光尘
LUXOPUS

La lunga vita di Marianna Ucrìa

Dacia Maraini

玛丽安娜的漫长人生

[意大利] 达契亚·玛拉依尼 著

陈英 王子俊 译

北京联合出版公司
Beijing United Publishing Co.,Ltd.

乌克里亚家族
人物关系图

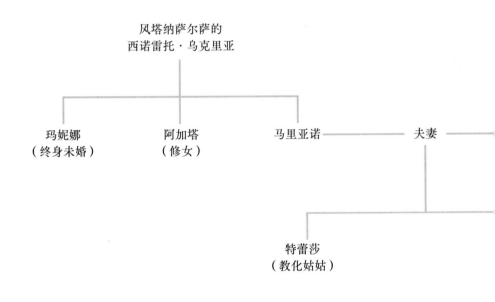

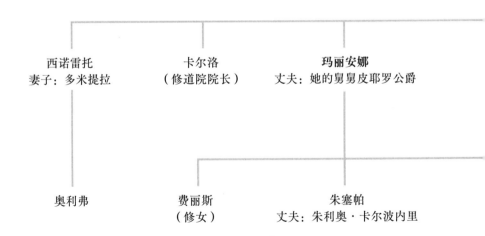

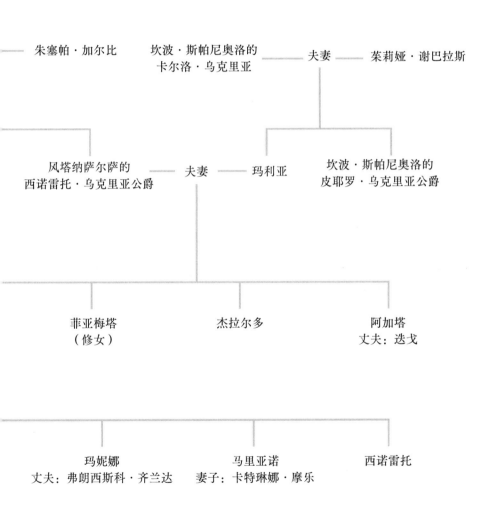

一

一对父女在房间里：父亲满头金发，笑容可掬，十分英俊；女儿脸上长着雀斑，笨手笨脚，看起来很胆怯。父亲穿得随意而优雅，长袜松垮垮的，假发也有些歪了；女儿身上穿着紧身衣，更凸显了蜡黄的脸色。

透过镜子，女儿看到父亲弯下腰，调整他小腿上的白袜。他的嘴一张一合，说着什么，女儿却捕捉不到任何声音，声音在传递到她耳朵之前就消散了，好像近在咫尺是一种错觉，实际上他们相隔万里。

小女孩紧盯着父亲的嘴唇，看到他嘴皮子动得更快了。即使听不到声音，她也知道父亲在说什么。父亲让她赶快去和母亲大人告别，然后和他一起去院子里，赶快坐上马车——像往常一样，他们又要迟到了。

在乡间别墅，拉斐尔·库法像只狐狸，脚步很轻盈，他小心翼翼地走到西诺雷托公爵身边，把一只柳条编成的大篮子递给他，篮子上的白色十字架显得尤其醒目。

公爵先生的手腕轻轻一翻，就打开了盖子。作为女儿，玛丽安娜很熟悉他的这个动作：通过这个习惯性动作，他把令自己感到厌烦的东西丢在一边。他把那只慵懒、性感的手探入熨帖平整的布料中，触碰到冰冷的银十字架，他打了个冷战，然后用手摸了摸装满钱币的袋子，很快就缩了回来。他做了个手势，拉斐尔·库法急忙盖上篮子。接下来就是让马车快点儿载他们到巴勒莫。

与此同时，玛丽安娜急忙跑进父母的卧室，她看到母亲仰卧在床上，蓬蓬的蕾丝衬衫从她的肩头垂了下来，露出一边的肩膀，涂着指甲油的手握着搪瓷鼻烟盒。

女孩停下了脚步，她闻到母亲起床时的味道：烟草、蜂蜜混合着玫瑰精油、鸢尾味糖果、汗腥味和尿臊味，各种气味迎面扑来。

母亲用一个慵懒而温柔的动作把女儿搂进怀里，玛丽安娜看见母亲的嘴唇在动，却不想费劲去猜她在说什么。她知道母亲正在嘱咐她不要独自过马路，因为她听不到马车驶来的声音，可能会被马车碾碎。那些狗，无论大小，都要躲得远远的，大家都知道，它像怪物奇美拉①一样，尾巴会慢慢变长，缠住你的腰，会用尾尖刺你，"咔嚓"一声，你都不知道自己是怎么死的。

玛丽安娜注视着母亲丰满的下巴、轮廓清晰的美丽双唇、红润光洁的面庞和毫无波澜的眼神。她心里想：我永远都不会成为像她一样的女人，死了都不行。

母亲大人仍然在谈论那些妖怪狗，它们会像蛇一样变长，用

---

① 古希腊神话中的杂交动物，通常被描述为狮头、蛇尾，背上还长着羊头，这个怪物会在本书中反复出现。——译者注（如无特殊说明，本书脚注均为译者注）

胡须挠你，用目光迷惑你，但玛丽安娜急忙吻了母亲一下就跑开了。

这时父亲已经在马车上了，他没大声喊叫，而是大声唱歌。她看到父亲的脸鼓起来了，眉飞色舞。她一踏上脚踏板，就被父亲有力的手抓住，放到座椅上，接着车门从里面"砰"的一声就关上了。佩皮诺·坎纳诺塔挥起鞭子，马车疾驰而去。

小女孩舒舒服服地坐在座椅上，闭上了眼睛，可她最依赖的两种感官却打起架来，这让她很痛苦。她的双眼野心勃勃，想要看清东西的全貌，而嗅觉却固执地想要通过鼻子深处的两个小孔来感知整个世界。

现在她垂下眼睑，让眼睛休息一下，可鼻子依然在吸气，把嗅到的味道进行严格归类：渗进父亲马甲里的莴苣水的味道可真强烈啊；在她身下，她猜测是香粉混合着座椅上油腻的味道；她还闻到一股虱子被挤压发出的酸味；透过车窗缝隙钻进来的路上尘土的刺鼻味；还有从帕拉戈尼亚别墅的草地上带来的一丝野薄荷的气味。

车子突然剧烈地一震，迫使女孩睁开了眼睛。她看到父亲睡在前座，三角帽倒在一侧的肩上，假发也歪了，耷拉在他冒汗的前额上，他的脸颊红润光洁，金色的睫毛优雅地垂下来。

玛丽安娜掀开酒红色的小帘子，帘子上是金线绣的老鹰图案，她看见一段尘土飞扬的路，鹅群拍打着翅膀，从车轮前跑开了。她寂静无声的脑袋里，浮现出巴盖里亚乡村的画面：长得歪歪扭扭的栎树，树干有些发红；果实累累、垂下来的橄榄枝；快要长到马路上的黑莓丛；大片耕种过的农田、高大的仙人掌、芦苇丛，以及坐落在村子后、总是刮风的阿斯普拉山丘。

这时马车经过布黛拉别墅栅栏门前的两根柱子，朝着奥利亚斯特罗和维拉巴泰驶去。玛丽安娜的两只小手紧紧地抓着车窗帘子，也顾不上帘子是粗羊毛制成的，抓在手里很热。她坚持一动不动，因为她不愿意吵醒自己的父亲大人。但她其实很傻！马车行驶在坑坑洼洼的路面上，佩皮诺的吆喝声、抽马鞭的声音，还有犬吠声，难道不会吵到父亲吗？对她来说，这些都只是她想象出来的，但对父亲来说是真实存在的声音。然而，这些噪声并未吵到父亲，却干扰到了她，那些缺失的感官真是太捉弄人了！

非洲刮来的风让一片芦苇丛轻轻地起伏，看到这片芦苇，玛丽安娜知道他们已经到达菲卡拉齐附近。在右侧，道路尽头有一座黄色的简易建筑，那是"蔗糖厂"，透过车窗缝隙，能闻到一股浓浓的酸味，那是甘蔗被切碎、去渣，最后制成糖浆的气味。

马儿今天跑得很快，尽管马车一直在摇晃，但父亲大人仍然在睡觉。她很喜欢父亲放松下来的样子，她在旁边守着，时不时地往前挪一挪身子，把他的帽子往上推一点儿，把一直围在他周围的苍蝇赶开。

玛丽安娜刚满七岁，因为听觉缺失，她的世界如同死水一般平静。在那潭清澈的死水中，漂浮着马车、晒满衣服的阳台、奔跑的母鸡、从远处瞥见的海，还有已入睡的父亲大人。所有这一切都轻飘飘的，很容易移动，但每个影像都互相关联，都像漂浮在水上，颜色会混在一起，形状也会失去轮廓。

玛丽安娜再向窗外看去，映入眼帘的是一片大海，海水清澈透明，海浪轻轻地拍打在巨大的灰色鹅卵石上。地平线上有一艘巨大的帆船，船帆松松垮垮，从右边驶向左边。

马车的玻璃车窗蹭到了桑树树枝，挤碎了几颗紫红色的桑葚。玛丽安娜赶紧躲开了，但是已经来不及了，她的头撞上了车窗边框。母亲大人说的有道理，她的耳朵不好使，听不到危险的到来，那些可怕的狗真的可能咬住她的腰。因此她的鼻子变得非常灵敏，双眼也能极为迅速地捕捉到每个移动的物体。

有那么一瞬间，父亲大人睁开了双眼，但紧接着又陷入了沉睡。他的脸庞容光焕发，还有匆忙刮了胡子之后留下的痕迹，玛丽安娜很想去拥抱他。她要不要给父亲一个吻呢？但她忍住了，她知道父亲不喜欢这些亲昵的表现。他睡得太香了，她要是这样做的话，又把他带回到庸常的一天。他会说那是"很烦闷的日子"，他甚至给她写过这种感受，用那种圆润、优美的笔迹。

马车逐渐规律地晃动，女孩猜测他们可能到了巴勒莫，车轮在石板路上滚过，很有节奏感。

他们很快就会从幸福门拐进去，走上卡萨罗路。他们要到哪儿去呢？父亲大人没有告诉她，但根据拉斐尔·库法之前递给父亲的那只篮子，她心里猜测是要去维卡利亚监狱。

二

小女孩扶着父亲的手臂下车时，正好看到维卡利亚楼的正面。父亲刚才匆忙醒来的动作像一场哑剧，让她笑了起来：他把扑了粉的假发向耳朵后理了理，拍了拍三角帽，从踏脚板上跳下来，想让自己自信从容，结果却并不尽如人意。由于手脚发麻，他差点儿摔倒在地——看起来有点儿窘迫。

维卡利亚的窗户都千篇一律，上面全都竖着弯曲的铁栏杆，栏杆上都是让人望而却步的尖头。正门上有很多生锈的螺丝钉，手柄的造型是狼头，大张着嘴。这就是藏污纳垢的监狱模样，人们从这扇门前经过时，都会扭过头不去看它。

公爵正要去敲门，但这时大门从里面打开了，他若无其事地走了进去，就像回到了自己家里。玛丽安娜跟在父亲身后，守卫和仆人向他们行礼。这些人中，有一位惊异地对她笑了一下，有一位一脸严肃地看着她，还有一位想伸手拦住她，但她立马逃开，紧紧地跟在父亲身后。

他们走进一条细长的走廊，父亲迈着大步朝长廊走去，女儿在后面吃力地跟着，她穿着缎面鞋一路小跑，但还是没能跟上父亲。有那么一刻，她想自己可能跟丢了，但一拐弯，发现父亲在那里等着她。

最后，父女俩来到一个房间里，房间是三角形的，室内很暗，只通过一个位于拱顶下、高高的窗户采光。一位侍从帮父亲大人把罩袍脱了下来，把三角帽和假发取下，挂到墙上的挂钩上，帮父亲穿上一身白粗布长袍，那袍子之前和念珠、十字架、钱袋一起放在篮子里。

这时贵族家族的首领已经准备就绪，小女孩之前没有注意到，一同进来的还有几位穿着白色长袍的贵族。现在她眼前有四个人穿着白色长袍，他们的脖子上耷拉着白色风帽，就像四个幽灵。

玛丽安娜抬头打量着他们，手脚麻利的仆人在帮这几位穿着白袍的贵族仔细拾掇着，就好像他们要准备登台演出似的：长袍上的褶子弄得整整齐齐，耷拉在露趾鞋子上，还有脖子上的帽子，帽尖统一朝上。

现在，五位先生都打扮得一模一样，分不清谁是谁了：他们的袍子都是白色，看起来都很虔诚。只有手从衣袖里露出来，或是眼睛在风帽下闪烁时，可以猜出谁是谁。

最矮的那个"幽灵"朝小女孩弯下腰，对父亲大人做着手势，在地板上跺了一脚，小女孩可以看出来，他很愤怒。另一个穿白色袍子的人向前一步，拦住了他，看起来像要掐他的脖子。但父亲大人用一个十分权威的动作，让他俩安静了下来。

父亲的袍子挨到了玛丽安娜赤裸的手腕，长袍布料冰凉而柔软。他右手紧紧地握住女儿的手。她的鼻子告诉自己，有不好的事情要发生，是什么事呢？父亲大人拉着她向另一条长廊走去，一股强烈的好奇心推动着她，她走得飞快，都没有看脚下。

他们走到长廊的尽头，面前是光滑、陡峭的石梯。几位绅士紧紧地抓住自己的长袍，就像那些女士为了不被长裙绊住脚，在上楼时把裙边提起那样。尽管守卫在前面举着火把，但四周依然很晦暗，石梯很湿滑。

他们到了一个地方，这里一扇窗户都没有，不管高的还是低的窗户。天突然一下就黑了，空气里混合着灯油、老鼠屎和猪油的味道。死刑执行长官把监狱钥匙交给乌克里亚公爵，公爵径直向前，走到一扇加固的木门前，一位赤脚男孩帮他打开了拴住的铁链，接着抽出一根巨大的铁条。

门开了，冒着烟的火把照亮了脚下的一块地板，蟑螂在四处乱窜。守卫举起火把向前探了探，照亮了两个赤身裸体的人，那两人挨着墙壁躺着，脚踝上拴着巨大的铁链。

不知从哪儿冒出来一位铁匠，弯腰把其中一位囚犯的手铐解开。那是一位眼睛上沾满眼屎的男孩，铁匠磨蹭的动作让他很不耐烦。他抬起一只脚，大脚趾快要挠到铁匠的鼻子了，他张开嘴巴大笑起来，嘴里没有几颗牙齿。

小女孩躲到父亲身后，父亲时不时地俯下身抚摩着她，动作有些粗暴，与其说是鼓励，不如说是强迫她看眼前的场景。

手铐解开后，年轻男孩站了起来。玛丽安娜发现，那几乎就是个小孩，大概十三岁，与仆人坎纳诺塔家的儿子差不多大，那男孩几个月前患疟疾去世了，只有十三岁。

其余囚犯都默不作声地看着，小男孩的脚踝一摆脱束缚，他就开始来回走动，其他人兴高采烈，借着火把的亮光，继续着进行到一半的游戏。

他们在比赛挤虱子，用两只大拇指捻死虱子，谁挤死的虱子多，谁就赢了。他们把捻死的虱子小心翼翼地放在一枚硬币上，谁赢了，就能拿走这枚硬币。

小女孩目不转睛地盯着那三个玩游戏的人，她其实听不到他们欢快的笑声和吵嚷声。她不再感到恐惧，她平静地想：父亲大人带我来到"地狱"，这其中一定有不为人知的原因。日后她会说："原来是这样啊。"

他要带小女孩看那些陷入泥潭的罪人、肩负巨石行走的人、变成树的人，那些嘴里放着炭、口冒青烟的人，像蛇一样在地上爬的人，那些母亲描述的可怕怪物——他们变成了狗，会伸长带着钩子的尾巴，把行人钩进嘴里。

此刻，父亲出现在那里，也是这个原因，就是想把她从深渊里解救出来。地狱这种地方，如果能像但丁一样，在活着时去参观一番，也是很有看头的。那些人在地狱里饱受折磨，而我们只是看着。那些戴着白色风帽，手里拿着念珠的人会来到这里，不就是因为这个原因吗？

三

那个男孩瞪大眼睛，盯着玛丽安娜。为了不露怯，玛丽安娜也用坚定的眼神盯着他看。他的眼皮很干净，但是肿着。玛丽安娜想：他可能看不清楚吧。在他眼里，不知道她是什么样的，是像在玛妮娜姑婆的哈哈镜里那样肥胖臃肿，还是骨瘦如柴。看到玛丽安娜的表情，有那么一刻，他露出了一个阴郁、邪恶的微笑。

父亲在一位白袍修士的帮助下，把男孩带向门口。在黑暗的牢房里，那几个人继续他们的游戏。一双干瘦的手把女孩轻轻举起来，放到第一级阶梯上。

一行人继续向前走，守卫举着明亮的火把，白袍修士、铁匠，以及抱着囚犯的乌克里亚公爵一起下楼，后面跟着两位穿黑色制服的侍从。他们又回到了之前的三角形房间，守卫进来又出去了，侍从拿着火把，摆好椅子，备好亚麻毛巾，端进来一小盆温水和几个点心盘子，上面放着新鲜的面包和水果蜜饯。

父亲大人向男孩亲切地弯下腰。玛丽安娜心想：我从来没见过父亲如此温柔体贴。他用手在水盆中捧了一掬水，在男孩黏糊糊、沾满污垢的脸上洒了一些水，用侍从刚带进来的干净毛巾给他擦脸。然后他拿起一块软软的白面包，笑着递给男孩，就好像那是父亲最疼爱的儿子。

男孩一声不吭，任由父亲照料着他，给他洗脸，喂他吃东西。他一会儿笑，一会儿哭。这时有人往他手里放了一大串珍珠母念珠，男孩用手指摸着这串念珠，最后任由它掉在地上。父亲大人有点儿不耐烦了，玛丽安娜弯腰捡起念珠，把它重新放到男孩手中，她触碰到男孩那长满老茧的冰凉手指。

囚犯张开嘴巴，嘴里没有几颗牙齿，浸过莴苣水的毛巾擦过他微红的眼睛。在穿白袍的绅士温和目光的注视下，他把一只手伸向托盘，眼中闪过一丝害怕，接着他迅速把一颗李子蜜饯塞进嘴里。

五位穿白袍的贵族跪下来，数着念珠做祷告。男孩嘴里塞满了蜜饯，他们让他也轻轻地跪下，想让他一起做祷告。

下午天气很热，他们昏昏欲睡地念着祈祷文。侍从时不时地会把点心托盘端进来，上面放着几杯水和茴香酒。穿着白袍的人会停下来喝几口，再继续做祷告。有人在擦汗，有人正打着盹儿，却突然惊醒过来，继续数着念珠做祷告。而男孩在狼吞虎咽地吃了几颗杏子蜜饯后就睡着了，没人费心叫醒他。

玛丽安娜看着念祈祷文的父亲，心想：那些穿白袍的人中，西诺雷托公爵到底是哪个？是不是脑袋晃来晃去的那个？恍惚间，她好像听到了他吟诵《圣母经》的声音。

她的耳中早已沉寂，但依稀回荡着家人一些细碎的声音：母亲大人爽朗、嘶哑的声音；厨娘伊诺琴刺耳的声音；父亲大人洪亮、温厚的嗓音，尽管父亲的声音有时会变得烦躁、尖锐。

也许，她之前会说话。当时是几岁来着，四岁还是五岁？她是一个安静、专注、迟钝的女孩，所有人都会把她遗忘在某个角落，又在某个瞬间突然想起她来，会反过来责怪她把自己藏起来。

有一天，她莫名其妙地就说不出话来了。沉默占据了她，像是一种病，又或许是天命如此。她再也听不到父亲大人快乐的声音了，她看到父亲难过不已，后来他慢慢习惯了。而现在，看着他说话，但不知道在说什么，这让玛丽安娜挺高兴的，那是一种近乎邪恶的满足感。

你生来如此，又聋又哑。父亲曾在本子上写下这句话。她必须说服自己，曾经听到过的那些声音都是幻觉。她无法相信，自己如此深爱的父亲大人会说谎，她觉得自己的感觉都是错觉。她不乏想象力，也不乏对言语的渴望，她脑子里回荡着这些儿歌：

哔，哔，哔
七个丫头一个塔里 ①
哔，哔，哔
一块塔里太少哩
七个丫头一颗梨……

一位穿着白袍的男人走出房间，回来时手上拿着一本书。女

① 塔里，源自阿拉伯的古金币。大约在 1000 年前后，西西里的法蒂玛哈里发发行了大量的金塔里，随后阿马尔菲和萨莱诺的诺曼王公也开始铸造这种货币，在阿拉帝国王时期，西西里岛出现了银塔里。

孩的思绪被打断了，那本书上印着几个烫金的字：悔罪书。父亲大人把男孩轻轻摇醒，他们俩一同去了房间的一个角落，那里的墙上嵌入了一块石板，像椅子一样——他们坐在上面。

风塔纳萨尔萨的乌克里亚公爵弯下腰，在男孩耳边说话，请他开始忏悔。男孩那张稚嫩、缺牙的嘴里嘟囔了几句，父亲大人在一旁鼓励他继续。最后男孩微笑了，此刻的他们看起来就像一对父子，在十分自然地谈论家事。

玛丽安娜惊异地看着他们，心想：他在做什么？那个像小鹦鹉一样待在父亲身边的男孩，就像他一直就认识父亲一样，他曾经握住父亲那双不耐烦的手，牢牢记着父亲的轮廓，就好像他一出生就闻到了父亲的气息，已经无数次被父亲强壮的手臂抱起，抱进马车，抱进轿子，抱进摇篮，抱上台阶，带着一种亲生父亲对自己的孩子才有的感情。而那个男孩在这里做什么？

她的喉咙里涌出一股想要杀了那个男孩的欲望，那种感觉吞没了她的下腭，刺痛了她的舌头。她想把那个托盘砸在他头上，刺穿他的胸膛，拔光他所有的头发。父亲大人是属于她的，不属于那个男孩。对这个可怜的聋哑女孩来说，这世上她拥有的唯一财富就是父亲大人。

门开了，一个大腹便便的男人出现在门口。空气突然一震，女孩想要杀人的念头顿时消失。他穿得像个小丑，衣服一半红、一半黄。他很年轻，身材魁梧，腿短肩宽，手臂粗壮，像个摔跤运动员。他眼睛很小，还是斜视，他欢快地嗑着南瓜子，边吃边吐瓜子壳。

男孩一看见他就脸色发白，刚才父亲大人好不容易才让他脸上露出了笑容，现在这笑容在他脸上瞬间凝固。他的嘴唇开始发抖，眼睛不敢去看那个人。那小丑一边吐着瓜子壳，一边走向男孩。他看着男孩像一块湿抹布一样瘫倒在地上，示意两个侍从架起男孩，将其拖到门口。

她又感觉到空气里一阵剧烈的震动，气氛阴沉下来，就像一只从来没有见过的巨鸟扇动了大翅膀一样。玛丽安娜看着四周，身穿白袍的几个人迈着庄重的步伐，径直向门口走去。门忽然打开了，那对扇动的翅膀仿佛更加逼近了，玛丽安娜很恐慌。那是总督让人敲响的鼓声。人群开始沸腾，挥舞着手臂，欢呼雀跃。

之前空荡荡的滨海广场现在挤满了人，大家都伸长脖子，张大嘴巴，挥动着旗子。马儿蹬着前蹄，犹如世界末日一般。人们推推搡搡，占据了整个矩形广场。

四

面向广场的窗口有很多人探出头来，阳台上也挤满了人，用力挥动着手臂，他们探出身子，想看得更清楚一点儿。手持黄色权杖的法官，拿着金紫色旗帜的皇家卫队，握着刺刀的卫兵，即便他们站在那里，也很难抑制密密麻麻的人群的焦躁。

要发生什么事了吗？小女孩心里猜出来了，但又不敢回答这个问题。所有吵吵嚷嚷的人都仿佛要打破她的沉寂，闹着要进到她脑子里去。

玛丽安娜把目光从人群中移开，转而看向那个缺牙的男孩。他昂首挺胸，看起来很镇定，他不再发抖，也不再站不住。他眼里闪烁着骄傲，此时的热闹喧嚣，都是因为他！那盛装而来的人群，那马儿和马车都在等待他的到来。还有那些飘扬的旗帜，那扣子闪闪发光的制服，那些用羽毛装饰的帽子，那些金色、紫色，一切都是为他而来，简直就是奇迹！

这时，两个守卫让那个男孩回过神来，让他不再得意扬扬。他们用一条更长更粗的绳子，把他手上的绳子和一头母骡子的尾巴绑在一起。他就这样被拖到广场中心。

在广场边上的斯泰里楼，一个窗口挂出一面鲜红的旗帜。宗教裁判所的法官两人一排，从奇拉蒙特宫出来了，跟在后面的是一大群神职人员。

广场中心搭了一个架子，有四五米高，那舞台像要演西西里戏剧——特拉瓦利诺和诺福里尤，纳尔多和蒂贝里奥①的故事一样。只是舞台上没有黑色的幕布，而是一个木头架子，像个翻过来的"L"，上面挂着一根绳子，末端打了个结。

母骡子拖着囚犯走，玛丽安娜被父亲推着，跟在囚犯的后面。现在队伍开始前进，没有人可以停下来，皇家卫队的马走在前头，接着是穿白袍的人、法官、副主教、祭司、赤脚修士、鼓手和号兵，长长的队伍很艰难地在激昂的人群中开辟出了一条通道。

绞刑台就在那里，距离游行的队伍只有几步之遥，但看起来十分遥远，因为到那儿之前，必须绕广场走几圈，这需要很长时间。

终于，玛丽安娜的脚碰到了木台阶，现在他们真的走到了那里。刽子手走在前面，父亲大人陪着绞刑犯一起走上台阶，后面跟着善后的兄弟们。

男孩苍白的脸上又出现了不知所措的笑容，父亲在说着一些安慰的话，这深深地吸引了他，让他入迷，把他推向天堂。父亲向他描述，那是一个可以尽情酣睡、大吃大喝、舒适闲散的极乐世界。这些话更像是一位母亲说的，而不是出自父亲之口，男孩

---

① 西西里喜剧中的人物。

听得出神了。他看起来仿佛已经想开了，一心只想奔向那极乐世界，那里没有监狱，没有疾病、苦难，只有甜蜜与安宁。

女孩睁大有些酸痛的双眼，此刻她心中升起一种渴望：变成那个男孩，哪怕只有一个小时也好。她想要变成那个缺牙的男孩，听听父亲温柔的声音。她太早失去了这种可能，所以希望哪怕就一次也好，为了实现这个梦想，她宁愿在太阳底下被吊死。

刽子手嘴里继续嚼着南瓜子，把瓜子壳往高处吐，显得很傲慢。所有这些看起来都像小酒馆里的表演：纳尔多即将要把头抬起来，刽子手会用木棍打他；纳尔多晃着手臂，然后掉在绞刑台下面，爬上去之后，他会更活跃，又会挨打挨骂。

就像在剧院里那样：人们放声大笑，高谈阔论，一边吃东西，一边等待高潮到来。绞刑台下，有卖水和茴香酒的小贩，他们带着"杯装酒"，和卖牛肚包、水煮章鱼，还有卖仙人掌果的小贩你推我搡。每个人都使出浑身解数，推销自己的东西。

一位糖果小贩靠近玛丽安娜，大概猜出她是个聋哑人。他用一根油乎乎的带子把便携货架挂在脖子上，把那些糖果展示在她眼前。女孩斜眼看着那些糖果，只需要伸直手，就能拿到一颗。可她不想分心，她的心思不在这里，而在黑乎乎的木阶梯上，父亲大人正继续用那低沉而温柔的嗓音跟囚犯说话，就好像那是他的亲生骨肉。

上完最后的台阶，他们到了绞刑台上。这时，乌克里亚公爵向坐在主席台上的权贵，也就是参议员、王公贵族、法官行礼鞠躬，然后他手握念珠，虔诚地跪下。人们在这一瞬间安静下来，就连那些流动商贩也停了下来，他们带着吃的喝的、各种商品，嘴巴张得大大的，鼻孔朝天，立在那里一动不动。

父亲大人念完祈祷文之后，拿出十字架，让男孩亲吻它。父亲大人看起来像是受难的耶稣：他赤裸着身体，皮肤是象牙的颜色，头戴荆棘王冠，把自己献给那个男孩笨拙的嘴唇，让恐惧不安的男孩镇定下来，然后把他平静、安详地送到另一个世界。

玛丽安娜心想：父亲大人和我在一起时，从来没有那么温柔、亲密，那样近距离接触过我。他从来没有让她亲吻过他，从来没有用如此温柔坚定的话语去安慰她，从来没有这样充满爱意地靠近过她。

女孩把目光转向囚犯，她看到男孩痛苦地跪下，刽子手把那黏糊糊、冷冰冰的绳子一圈一圈地捆在他的脖子上。这时，乌克里亚公爵在他耳边说的那些迷人的话都烟消云散了。男孩开始流鼻涕，鼻涕快流到嘴巴上，流到下巴上去了。他还能勉强站起来，他想腾出一只手把鼻涕擦掉，但他的手被捆在背后，他的肩膀耸了好几次，扭着手臂，似乎在那个瞬间，擦鼻涕成了他唯一重要的事。

鼓声敲响了，空气震动起来。在法官的示意下，刽子手踢了一脚男孩脚下的箱子，他身子抖了一下，然后伸长了，又卷曲了一下，开始转圈。

有什么地方出问题了。受刑者并没有像袋子一样，一动不动地挂着，而是依然悬在空中挣扎，他的脖子肿了起来，眼珠还在转动，快要从眼眶中蹦出来了。

眼看没成功，刽子手靠着双臂的力量爬上绞刑架，一下子抱住了那个受刑者。此时所有人都屏住了呼吸，两人在那根绳子上挂了好几秒，像两只恋爱的青蛙。

现在他真的死了，那悬挂着的身体已经像木偶一样。刽子手从容地从旁边的杆子上滑下来，灵活地跳到台上，人们开始把帽子抛向空中。小女孩后来才知道，那是个杀害了十几个人的少年犯。可此时此地，她只是暗自琢磨，那个比她大不了多少的男孩，那个面带惧色、愚笨呆滞的男孩，到底做了什么事，要受到这样的惩罚。

父亲大人向她俯下身，伸手触摸她的嘴巴，他很疲惫，好像在等待什么奇迹发生。他捏紧女孩的下巴，眼神中夹杂着恫吓与恳求。"你说话啊，"他看着她说，"张开你那鱼一样的嘴巴啊！"

小女孩试着张嘴说话，但说不出来。她的身体开始止不住地颤抖，双手紧紧地抓住父亲长袍上的褶子，那袍子像块石头一样冰冷坚硬。

那个她想杀死的男孩已经死了。她心里想，是不是自己害死了那个男孩？她那么渴望他死，就像渴望一个禁忌之物。

五

　　玛丽安娜的兄弟姐妹就在她面前，摆好姿势让她画像。他们看起来五颜六色的，正活蹦乱跳着：西诺雷托长得与父亲很像，他头发很细很软，大腿结实匀称，脸上神采奕奕；菲亚梅塔穿着修女服，戴着花边帽子，头发束在脑后；卡尔洛穿着短裤，粗壮的大腿被裤子包得很紧，黑色双眸熠熠生辉；杰拉尔多刚掉了乳牙，笑起来像个小老头；阿加塔的皮肤白皙透亮，身上全是蚊子叮的包。

　　这五个孩子看着玛丽安娜在调色板前俯下身，好像是他们在画她，而不是她在画几个兄弟姐妹。她拿起画笔，笔尖蘸上颜料，移向画布，一转眼，一种极其温柔的黄色在白色的画布上渲染开，接着又在黄色上抹上清晰柔和的蓝色。整个过程，五个孩子都盯着她。

　　卡尔洛说了句话，把大家都逗笑了，于是玛丽安娜做了一个手势，请求他们再安静一会儿。他们的脑袋、衣领、手臂、脸庞和双脚都用炭笔在画布上勾勒出来了，但上色要复杂一些，因为颜料很难干，总是顺着画布往下淌。几个兄弟姐妹耐心地坚持了几分钟，但不一会儿，卡尔洛就打破了安静，他拧了一下菲亚梅塔，菲亚梅塔立即踢了他一脚。他们马上打了起来，用手肘顶对方，又推又撞，扇耳光。一直到西诺雷托拍了他们的脑袋，他们才安分——西诺雷托是长兄，可以管教几个弟弟妹妹。

玛丽安娜的目光从画布转到几个兄弟姐妹身上，画笔也重新蘸上了白色和粉色，她开始上色。她发现，在她的画像里，有一种虚无缥缈的东西，看起来很像母亲大人的那些贵妇朋友让人画的画像。在画像里面，人物都昂首挺胸、表情僵硬，当时真实的样子，只存在于遥远的记忆里。

玛丽安娜想，如果不想忘记的话，那她应该牢牢记住他们各自的性格特点。西诺雷托总和父亲针锋相对，处事方式独断专行，笑声很洪亮。母亲大人十分护着他，当母亲看到父亲和儿子意见不一时，总是会饶有兴致地看着他俩，甚至可以说还有点儿开心。但当她看向儿子时，那溺爱的眼神，把她对儿子的宽容暴露得淋漓尽致。

可父亲大人对此很愤怒，那孩子不仅与他惊人地相似，并且很多方面都青出于蓝——更为谨慎，也更彬彬有礼。他仿佛在照镜子，一方面这让他自我感觉良好；另一方面这又好像在提醒他，自己迟早有一天会被取代，更别说西诺雷托是长子，还取了跟他一样的名字。

通常，西诺雷托很祖护这个聋哑妹妹，也有一点儿羡慕她，因为父亲大人很关注她。某些时候，他对妹妹的残疾极为蔑视，但有时候他会以妹妹为幌子，想在别人面前表现出他是多么慷慨大度。只是，没人知道他什么时候是做戏，什么时候是真的。

在他身旁的是穿着一袭修女袍的菲亚梅塔：一字眉，两只眼睛挨得很近，牙齿参差不齐。她没有阿加塔那么漂亮，他们决定让她去做修女，因为就算她找了丈夫，也无法凭借自身的美貌去讲条件。她的小脸红红的，虽然脸型歪歪扭扭，却已经浮现出要向被囚禁的未来挑战的神色。不管怎样，她骄傲地接受了这个事实，身上穿着那件掩盖了一切女性特征的袍子。

十五岁的卡尔洛和十一岁的杰拉尔多长得十分相似，像一对双胞胎。卡尔洛会进修道院，杰拉尔多会从军。穿着修士服的卡尔洛像个小修道院院长，穿着制服的杰拉尔多像袖珍版的士兵。两人一在园子里相遇，就会换衣服玩儿，抱在一起在地上打滚儿，像要毁了米色的修士服和配有金色徽章的军装。

卡尔洛胖起来了，他爱吃甜食，爱吃放很多香料的东西。但他也是所有兄弟姐妹中最亲和的一个，经常来找玛丽安娜，只是想牵一牵她的手。

阿加塔年龄最小，也最漂亮，家里已经开始给她谈婚事了。相中的那个家庭向他们要三万斯库多①的嫁妆，这样便会扩大他们家族的影响力，有利于家里攀上权贵亲戚，且能确保为子孙后代提供更殷实的经济条件。

玛丽安娜再看向兄弟姐妹时，发现他们都不见了。他们趁她盯着画布看时溜走了，因为他们知道，她肯定听不到哄笑声和跑

---

① 斯库多（意大利语：scudo，复数 scudi）是 19 世纪以前意大利半岛诸国使用的一类硬币，尺寸因货币行国而异。这个名字同法国的埃居（Écu）以及西班牙、葡萄牙的埃斯库多一样，来源于拉丁语 scutum（意为"盾牌"）。

开的动静。玛丽安娜四处张望，看见阿加塔的裙角消失在宅子后面，在长着剑一样的叶子的龙舌兰丛之间。

现在，她怎么能继续画下去呢？她得靠着记忆完成这幅画，这次他们能聚在一起，也是因为她的再三坚持和等待。她可以确定的是：他们不可能再重新回到她面前，让她把画画完。

他们走开了，只留下刚才身后的矮棕榈、茉莉花丛，还有一直延伸到海边的橄榄林。为什么她不画那些静谧、一成不变的风景，而要画几个一刻也安静不下来的兄弟姐妹？风景更有深度，充满神秘色彩，几个世纪以来一直在那里，准备迎接一切变迁。

少女玛丽安娜拿起了另一张画布，取代了那张人物画像，她的画笔蘸上了湿润的、油油的绿色。她要从哪里画起呢？生机勃勃的翠绿色矮棕榈？蓝天下茂密、浓绿的橄榄林？还是卡塔尔法诺山脉中黄绿相间的小山坡？

她也可以画祖父马里亚诺·乌克里亚建的宅子，四四方方，看起来很坚固，窗户的造型更适合装在塔上，而不是乡野别墅。她确信，总有一天这个宅子会变成大别墅，冬季她也会住在这里，因为她的根在这里，比起巴勒莫的石板马路，她还是更热爱这里。

在她还不确定要画什么时，画笔上的颜料滴在了画布上，她感觉有人在拉自己的袖子，她转过头去，发现是阿加塔给她递过来一张纸。

演木偶剧的人到了，快来看！从字迹看来，应该是西诺雷托写的。实际上，这听起来更像是命令，而不是邀请。

她站起来，把蘸了绿色颜料的画笔在湿湿的破布上擦了擦，把手放在条纹棉围裙上擦了擦，弄干净，跟着妹妹一起向宅前的院子走去。

卡尔洛、杰拉尔多、菲亚梅塔、西诺雷托已经围在图涂乙身旁，演木偶戏的人已经把驴拴在无花果树旁，快要结束准备工作。四根杆子立起来，与三根杆子交叉布置，上面蒙上黑色的幕布。与此同时，拉斐尔·库法、厨娘伊诺琴，还有几个女佣都出现在楼上的窗户前，母亲大人也露面了，她出现时，演木偶戏的人迅速转身，向她行了个大礼。

公爵夫人向他掷去一枚银币，是十个塔里。他飞快地接住，塞进衬衣里，演戏似的向夫人行了一个屈膝礼，从挂在驴侧边的挎包里拿出一些木偶。

玛丽安娜以前看过木偶剧，在舞台下面，那些木偶都垂头丧气的，但忽然间会神气活现地出现在舞台上。每年的这个季节，演木偶剧的人都会出现在巴盖里亚的乡间别墅里，逗孩子们开心。每一年，公爵夫人都会给他扔一枚十个塔里的银币，演木偶戏的人都会动作夸张地向她脱帽敬礼，看起来像是在演戏。

这时候，也不知道谁把消息传了出去，院子里来了十几个毛孩子，都是从离这儿不远的村子过来的。几个女仆也擦干净手，整理好头发走下来。来看木偶剧的，还有放牛人齐乔·卡洛、他的双胞胎女儿莉娜和蕾娜，园丁佩佩·杰拉齐与他的妻子玛利亚，以及他们的五个孩子，还有男仆佩皮诺·坎纳诺塔。

现在在舞台上，纳尔多开始棒打蒂贝里奥，打得啪啪响。演出开始了，小孩子仍然没有停止玩闹，可过了一秒后，他们都安静地坐在地上，目不转睛地盯着幕布看。

玛丽安娜在旁边站着，这些孩子让她感到害怕，因为他们经常拿她开玩笑，会从背后袭击她，想看看她会有什么反应。他们还会打赌，看谁能放一个鞭炮，而不被她发现。

出人意料的是，黑色幕布底下出现了一个新东西——绞刑架。在这之前，图涂乙的小剧场里从未出现过绞刑架。看到这个道具，下面的一群毛孩子都激动得屏住了呼吸——这实在令人兴奋。

一位腰上佩着剑的宪兵，像往常一样，沿着黑色幕布，追赶纳尔多跑上跑下，最后抓住他的脖子，用绳子套住他的头。左侧出现了一位鼓手。纳尔多站在一张小板凳上，接着，宪兵一脚把小板凳踢飞，而纳尔多吊在那里，绳子开始转动。

玛丽安娜抖了一下，被吓到了。她脑子里浮现出一个场景，就像鱼上钩了一样，那些事情她不愿想起来，因为那会搅乱她如水般平静的脑海。她抬起手，去摸索父亲大人粗糙的长袍，但没有摸到，只碰到了驴尾上粗硬的毛。

纳尔多悬空吊着，那个眼睛上挂着眼屎的缺牙男孩也在空中摇晃。他的身体很轻盈，目光中充满了绝望和震惊，他的肩膀在挣扎，想腾出一只手把鼻涕擦干净。

玛丽安娜的身体直挺挺地向后倒下，头撞到了院子里坚硬、光秃秃的地上。所有人都转过头。阿加塔向她跑来；卡尔洛跟在后面，跪下来放声大哭；坎纳诺塔的妻子用围裙给她扇风；一位女仆冲进去喊公爵夫人。演木偶剧的人从幕布底下钻出来，手里拿着一只木偶，木偶头朝下，而纳尔多依然高高地吊在绞刑架上。

六

一小时后，玛丽安娜在父母的卧室里醒来，她额头上盖着一块湿毛巾。毛巾上的醋流在睫毛间，灼得眼睛疼。母亲大人弯腰看着她——其实她还没睁眼就知道是母亲，因为她闻到了一股浓烈的蜂蜜烟草的气味。

女儿从下往上打量着母亲：她的双唇圆润饱满，上面覆盖着一圈金色的汗毛，鼻孔由于长期吸烟被熏黑了，眼睛黑亮、温和。她也说不上来母亲漂不漂亮，因为显然，母亲身上有让她排斥的地方，是什么呢？也许是她从来都不采取主动的妥协态度，她的心平气和、对烟草的沉迷，还有对一切都漠不关心的态度。

玛丽安娜总是在猜想，很多年前的母亲大人应该十分年轻、活力四射，且富有想象力，她为了不被生活杀死，就选择了自己装死。从那时候起，她就开始发挥自己的特点：接受生活中所有的无聊和烦闷，不挣扎，得过且过。

玛丽安娜的祖母朱塞帕，在去世之前，在那本印着百合花的法国记事本上，曾写过几次关于玛丽安娜母亲的故事。她写道：

"那时她是那么美丽，所有男人都想娶她，但她谁都不想要。她就像自己的母亲——格拉纳塔家族的茱莉娅一样，固执得像头牛。她不想嫁给自己的表哥，不想嫁给你父亲西诺雷托。但所有人都这么说：'他可是个好孩子，是真正的好孩子。'并非因为他是我儿子，我才这么说。'擦亮眼睛看看他吧。'于是你母亲就嫁给了他。出嫁的那一天，她绝望的眼神看起来像是去参加葬礼。结婚一个月以后，她爱上了自己的丈夫，因为太爱他，就开始吸烟……她晚上再也睡不着，就开始服用鸦片酊。"

公爵夫人玛利亚看到女儿醒过来了，就走到写字台前，拿起一张纸，开始在上面写东西。她用烟灰把墨水吸干后，把字条递给女儿。

你感觉怎么样了，我的女儿？

玛丽安娜一边起身，一边咳嗽，呕出从胃里涌上来的酸水。母亲大人见状，笑着拿开她头上的湿毛巾，又走向写字台，在纸上潦草地写了些字，又拿到床边来。

你十三岁了，顺便跟你说一下，你该嫁人了。我们已经为你找到了一个未婚夫，你不像你妹妹，她注定要出家。

小女孩重新看了一遍母亲仓促写出来的字，方言和意大利语混在一起，字体歪歪扭扭，一上一下的。嫁人？为什么？她之前一直觉得，自己是聋哑人，是不能结婚的。再说，她才刚满十三岁。

母亲大人正等着回复，她笑得很亲切，但看起来是假装的。这个女儿让她有些受不了，女儿很遭罪，她也很难堪。她不知道要怎么与之相处，怎么让女儿听懂自己的话。她很讨厌写字，让她读别人写的字更是一种折磨。但出于母性，她还是温温吞吞地走向写字台，拿了一张纸，还有鹅毛笔、墨水瓶，把所有写字的东西拿给躺着的女儿。

给哑女找个丈夫吗？玛丽安娜用手肘撑着写道，混乱中把墨水滴到了床单上。

为了让你开口说话，你父亲大人已经做了各种尝试，甚至还带你去维卡利亚监狱看绞死罪犯。你喜欢看热闹，但就是不说话，因为你就是个石头脑瓜，没有这个意愿……你妹妹菲亚梅塔会嫁给耶稣，阿加塔已经许给了托雷·莫斯卡亲王的儿子，你有义务接受我们为你选好的未婚夫。我们爱你，但家里的东西什么也不能留给你，我们就把你嫁给坎波·斯帕尼奥洛的皮耶罗·乌克里亚舅舅——斯卡纳图拉、博斯科·格兰德和菲乌梅·门多拉的男爵，也是萨拉·迪·帕鲁塔的伯爵、索拉齐和塔亚的侯爵。再说，他不仅是我弟弟，还是你父亲的表弟，他很喜欢你，只有在他那儿，你才能得到容身之所。

玛丽安娜皱着眉头，读着母亲写的话，不再注意母亲的书写错误，还有她文字里夹杂的一连串方言。她反复读着最后几句，心想：所以未婚夫就是皮耶罗舅舅了？那个总是皱着眉头的忧伤男人？那个总是穿一身红，家里的人都喊他"大虾"的人？

我不嫁。她愤怒地在那张字迹还未干的纸背面写道。

公爵夫人又耐心地回到写字台前，她额头上全是汗，心想：这个聋哑女儿真是不让人省心啊，她就是不想承认自己是个累赘。

没人会要你的，我的玛丽安娜。你也知道，进修道院需要捐一笔香火钱。我们已经在为菲亚梅塔筹备这笔钱了，这是一笔不小的花费。皮耶罗舅舅娶你没要任何嫁妆，因为他爱你，他的土地以后也都会是你的，你明白吗？

然后，母亲大人把笔放下了，不停地对她说话，好像她能听见似的，同时还用一个漫不经心的动作，抚摩了她沾满醋的头发。

说到最后，她把笔从想要写字的女儿手里拿走，骄傲地在纸上疾笔写下这句话：家里马上就会有一万五千斯库多的现金。

七

院子里堆满了凝灰岩砖块、一桶桶石膏粉，还有一堆堆沙子。玛丽安娜在太阳底下走来走去，为了不把裙边弄湿，她把裙角系在腰上。

她的胶底鞋鞋扣松开了，她用丈夫送给自己的银簪子把头发盘起来，固定在脑后，周围乱七八糟地堆着木材、泥刀、铁锹、铲子、手推车、锤子和斧头。

她的后背已经疼得快要受不了了，眼睛开始四处张望，想找一个可以让自己庇荫休息的地方。马厩旁有一块大石头，为什么不靠在那儿歇息一下呢？尽管石头旁边有很滑的泥浆，玛丽安娜还是用手撑着后背，慢慢地靠在了石头上。她低头看向自己微微隆起的腹部，她已经有五个月身孕了，这是她的第三个孩子。

她面前是一栋漂亮的大别墅，现在再也看不到乡间老宅的痕迹了。在以前房子的位置上，建起了一栋三层的小楼房，有一座盘旋而上的漂亮楼梯。和楼房主体相连的是两条向前伸出来的拱廊，几乎要形成一个完整的圈。窗户安装得很有规律：一扇、两扇、三扇、一扇，一扇、两扇、三扇、一扇，像跳舞的步子。有些窗户是真的，有些是画上去的，她想要造型统一。在其中一扇窗户上，可能会画上窗帘或是一个女人的头像，也许就是她自己的画像，在玻璃窗后向外看。

舅父大人本来是想保留这栋宅子本来的样子，也就是祖父马里亚诺建成时的样子，也是家里的堂兄弟一直都习惯并满意的样子。但玛丽安娜坚持要改建，最终她说服了丈夫建一座大别墅，这样到了冬天，她也能住在里面，孩子、仆人、客人都有房间休息。在这之前，父亲大人已经在圣弗拉威亚另买了一栋用于打猎的乡间小别墅。

舅父大人不怎么来工地上视察，他讨厌这些砖块、石灰、尘土。玛丽安娜在巴盖里亚与工人和画师交涉时，他宁愿留在巴勒莫，待在位于月桂路的家里。建筑师也不怎么愿意到这里来，他们把所有的工作都交给了工头和这位年轻的公爵夫人。

这栋大别墅可花了不少钱，光是请建筑师就花了六百块银圆，沙石砖块又总是不停地碎，所以每个礼拜都需要买新的。工头从施工架上摔下来，摔断了一只胳膊，所以不得不停工了两个月。

好不容易到了最后阶段，只剩下地板没装好，巴盖里亚暴发了天花瘟疫，三个砌砖工人都染上了，又不得不停工数月。舅父大人为了躲避疫情，带着朱塞帕和费丽斯两个女儿跑到斯卡纳图拉塔楼去了。尽管公爵给玛丽安娜留了字条，命令她离开，但她还是留下了，那字条上写着：快离开那儿，不然您也将染上瘟疫……要为肚子里的孩子着想。

但她还是坚持留了下来，只要求厨娘伊诺琴留下来陪自己，其他人都可以跑到斯卡纳图拉山上去躲一躲。

舅父大人当时很生气，但并没有坚持。经过四年的婚姻生活，他已经放弃了让妻子顺从自己，只要她不过分干涉他，不在孩子的教育问题上反驳他，不侵犯他作为丈夫应有的权利，他都尊重她的意愿。

他并不像阿加塔的丈夫那样，事无巨细地干涉她生活中的每一个决定。他安静、孤僻，像只老乌龟似的缩着脑袋，总是不太高兴、很严肃的样子，其实，他比她认识的其他女人的丈夫都要宽容。

玛丽安娜过去从没见过他笑，除了之前有一次，他看见她把鞋脱了，赤脚伸进喷泉池里，那次他笑了，之后就再也没有过了。从新婚第一夜开始，那个冰冷腼腆的男人就习惯睡在床沿，背对着她。一直到有一天早晨，当她还在睡梦中时，他扑到她身上，强暴了她。

这个只有十三岁的幼妻开始反抗，踢他、挠他。第二天一大早，玛丽安娜就逃回了巴勒莫的娘家。可回到那儿，母亲大人却给她写道：

你这样逃离妻子的职责，跑回娘家的行为很糟糕，你表现得像个"墨斗鱼"，简直丢尽了全家人的脸，给娘家人脸上抹黑。

结了婚的女人都不会后悔，就像只花了一百铜币就买下了巴勒莫。为爱情而结婚的，有受不完的罪。女人和母鸡一样，走远了就会走丢。有好妻子，才会有好丈夫。

母亲一直用这些老话教化她，斥责她。除了母亲，他们还把特蕾莎姑姑叫来了，姑姑在纸上写，她就这样离开婆家，以后是会下地狱的。

就更别提老姑婆阿加塔了，她抓住玛丽安娜的一只手，把戒指拔出来，粗暴地塞进她嘴里，让她咬住。后来，甚至连父亲都来责备她。最后，父亲大人陪着，用双轮马车把她带到了巴盖里亚，把她交还给自己的丈夫。一路上，父亲一直做祷告，祈祷上帝看在她年轻且残疾的分上，不要怪罪她。

闭上眼睛，想点儿别的。姑姑把这句话写在纸上，塞进她的口袋里，她回家后才看到。祈祷上帝，上帝会补偿你的。

舅父大人爱早起，每天大概五点就起了。玛丽安娜还在睡觉，他匆忙地穿好衣服，和拉斐尔·库法一起去自己管辖的村镇。他大概下午一点半回来，和她一起用餐，睡一小时午觉。下午，他要么会再次出去，要么就把自己关在图书室里，看他那些纹章学的书。

他待她谦和有礼，但也很冷漠。他好像总是会忘记，自己有一位太太在家。他有时候会去巴勒莫，一去就是一个礼拜。然后他会忽然回来，用阴郁的目光盯着玛丽安娜的胸脯看，她会本能地把胸口遮起来。

有时，年轻的妻子坐在窗边梳头，皮耶罗公爵会远远地注视着她。她一察觉，他就会跑掉。不过白天他们要单独待在一起也很难，因为总会有女佣进来，给房间点灯，整理床铺，往衣柜里放上干净的床单，擦亮门上的把手，给小水盆旁的架子上换上干净的毛巾。

这时，一只像苍蝇一样大的蚊子，停在玛丽安娜裸露的手臂上。赶走它之前，她好奇地看了一秒，心想：哪儿会飞来一只这么大的蚊子？毕竟，马厩边上的水坑，六个月前她就已经排干了；灌溉柠檬树的水渠去年就开始清理了；通往橄榄园小路上的泥塘，几个星期前也已经填土了。那么，肯定还是有死水没有弄干，但在哪儿呢？

树荫的面积越来越大，太阳已经落到齐乔·卡洛的房子后面了，院子里一半都在阴凉处。又有一只蚊子飞到了玛丽安娜流汗的脖子上，她不耐烦地拍了一下，心想：一定要扔一些生石灰到马厩里，也许就是牲口饮水池，那个给牛群提供饮水的地方养活了这些吸血鬼。在一年中，总有那么几天，网子、面纱、香水都没办法抵御蚊子。从前，最招蚊子的人是阿加塔。现在她也结婚了，去巴勒莫生活了，这些蚊虫好像尤其偏爱玛丽安娜洁白赤裸的手臂和纤细柔软的脖子。她想，今晚一定得在卧室里熏一些马鞭草叶。

别墅的修建工作已经接近尾声，就差内部装饰了。壁画的绘制，她请了因特马西尼来做。那个人出现时，腋下夹着一卷纸，戴着一顶汗津津的三角帽，宽大的靴子里是两只瘦瘦的小短腿。

他下马，向公爵夫人鞠了一躬，对她露出自信又迷人的笑。他把那卷纸在玛丽安娜眼前展开，用两只又小又胖的手展平——那是一双让她很不安的手。

他的画风奇异大胆，造型很严格，遵循传统，但看起来有一些来自夜晚的感觉：邪恶而闪耀。玛丽安娜看着希腊神话里的妖怪奇美拉，本来那些妖怪是应该长着狮子头的，但脖子上画的都是女人的脑袋。她看第二遍时，神奇地发现，这些头很像她自己，这个念头闪过，她觉得有些惊异。他只在婚礼上见过她一次，当时她才刚满十三岁，他是怎么做到把她的头画到那些神兽身上去的呢？

那些金色的脑袋上画着巨大的蓝眼睛，奇怪的鬈发覆盖住狮身，拱起的背部长着鬃毛，羽毛有着和鸡冠一样的造型。狮的爪尖像鹦鹉喙，长长的尾巴一圈圈地绕到前面，尾尖是蛇芯子的样子，向后甩着，就像母亲跟她讲过的那些可怕的狗一样。还有什么东西爬到了它背上，在背的中间，有一只山羊的小脑袋伸出来，看起来小心翼翼。但其他山羊不是这样的，它们的睫毛很长，眼睛里充满了惊恐。

画师用肆无忌惮、爱慕的眼神看着玛丽安娜，一点儿都不为她的沉默感到窘迫。相反，他开始用眼睛和她对话。他的手也没有伸向那些她用来写字的小纸片——这些纸与装着笔和墨水的盒子一同系在她的腰上。

他发亮的眼神暴露了自己的心思，这个来自雷乔·卡拉布里亚、毛发旺盛的小画师，妄想用他那双又黑又胖的手，去触摸这位年轻的公爵夫人洁白的身体，就像那是一团已经和好的面团，正在发酵。

玛丽安娜轻蔑地看着他，她讨厌这种举止轻浮、狂妄自大的态度。再说，他是什么人？不过是个名不见经传的小画师，爹妈是放牛倌，或放羊倌，来自卡拉布里亚某个茅草屋的无名小卒。

后来回到昏暗的卧室里，她对自己笑。她知道，自己方才表露的蔑视是装出来的，是为了掩饰内心从未有过的躁动。突然涌上来的一股恐惧扼住了她的喉咙。在这之前，从来没有任何人，当着她的面流露出对她身体的渴望，如此明目张胆，让她感到震惊与好奇。

玛丽安娜让人通知画师，她不在。第三天，她给他写了一张便条，告诉他可以开始工作了，还给他派了两个男孩当助手，一个负责调色，一个负责清洗画笔。她则把自己关在图书室里看书。

事情就是这样。只是有那么两次，她到楼梯上去看画家作画，他蹲坐在高高的施工架上，用炭笔在白墙上作画。她喜欢观察他那长满汗毛、胖乎乎的小手在灵巧地画画。那些画高雅、严谨，展示出他精湛又细致的画技，让人不由得对他产生好感。

他用那双沾满颜料的手去搓鼻子时，鼻子会染上黄色和绿色的颜料，要是他抓起一块牛肚包往嘴里塞，牛肚碎和面包屑会一起掉出来。

八

没有人预料到，第三个孩子——具体来说是第三个女儿，来得这么快，几乎早产了一个月，并且还是脚先出来，就像一头急匆匆的小牛犊。接生婆满头大汗，头发全湿了，紧贴着脑门儿，就像往头上浇了一大桶水似的。

玛丽安娜的目光一直跟随着她手的动作，就好像从未见过一样。接生婆把手放进盛着开水的脸盆里泡了一下，再放进猪油里，在胸口画了一个十字，接着又放进水盆里。同时，伊诺琴拿过来几块浸过柠檬香精的湿毛巾，擦了擦产妇的嘴唇和紧绷的腹部。

"出来吧，出来吧，小坏蛋，看在万能上帝的分上，快出来吧。"

玛丽安娜从接生婆的嘴唇上读出来这些熟悉的话。她能揣摩到接生婆的心思，但没有躲开，心想：或许这样能减轻一些痛苦吧。她闭上双眼，想要集中注意力。

"这臭小子在干什么？……为什么还不出来？这个笨蛋……他要干什么？怎么转过去了？腿先出来，手还在两边，看起来像在跳舞，跳啊跳啊，臭小子……怎么还不出来啊，小鬼头？……

如果你还不出来，我会打你……你不出来，那我怎么再向公爵夫人要五十塔里呢？啊！是个女娃娃呢！啊！从这个倒霉的肚子里出来的，都是女娃娃啊，真是太可怜了！这个哑女就没有好运气啊……出来吧，出来吧，你这个死丫头，如果我答应你，你出来我就给你一个糖做的羊羔呢？不出来啊，你不想出来……如果我答应你，给你很多吻，你出来吗？……如果这女娃不出来，我可能要失业了……那所有人都知道，缇缇娜接生婆做得不好，她很没用，让母女俩都丧命了……圣母玛利亚，帮帮我吧……虽然你从来没有生育过，啊，我的圣母，帮帮我吧……关于生小孩的痛苦，你又知道什么……帮我快点儿把小孩接生出来吧，我对上帝发誓，我会供一根像柱子一样大的蜡烛，哪怕要花光这位善良的公爵夫人给我的所有钱……"

玛丽安娜想，如果接生婆都觉得接生出来的孩子是死的，那也许她应该做好准备，和自己腹中的孩子一起死去。这时，她应该马上默诵祈祷文，请求上帝原谅自己犯下的过失。

就在玛丽安娜以为自己快要死时，孩子出来了，身子乌青，没有呼吸。接生婆抓着她的两只脚摇晃，就好像那是准备下锅的兔子。最后，这个丫头的脸皱得像一只老猴子，张开没牙的嘴巴，大哭起来。

这时，伊诺琴给接生婆递过来一把剪子，接生婆剪掉脐带，用蜡烛烧了一下。玛丽安娜嗅到肉被烧煳的味道，这意味着她不用死了。那股刺鼻的气味把她带回人间，她突然觉得累极了，却很高兴。

而伊诺琴一刻也闲不下来：清理床铺，用一条干净的带子缠住产妇的肚子，往新生儿的肚脐上放了一点儿盐，在她还带血的脏脏的小肚子上放了一点儿糖，在她嘴唇上抹了一点儿油。最后，她用玫瑰水给婴儿清洗身体，再用襁褓把婴儿一层层地包起来，从头到脚包得紧紧的，像个木乃伊。

"现在谁去跟公爵说，又生了一个女孩？……肯定是有人在这位可怜的公爵夫人身上施了法术……如果是某个乡下人生了女儿，那第一天喂一勺甘蔗汁，第二天喂两勺，第三天三勺，这样的话，这个不受欢迎的小女婴就会去另一个世界了……但是有钱人的孩子就不一样，尽管已经有太多丫头了，也都得养着……"

玛丽安娜无法将视线从接生婆身上移开，她正在帮自己擦汗，然后用一块上面浸着油、蛋清和糖水的布块给自己涂药。所有这些玛丽安娜都已经很熟悉了，她每次分娩时，见到的都是一样的东西。只是这一次，她的眼神带着炽热和亲切，因为她知道自己不会死了。看着这两个女人在自己面前忙碌——她们的动作很娴熟——在照料着她的身体，她心里涌起一股全新的喜悦感。

这时，接生婆用她又尖又长的指甲，刮去婴儿舌头上的那层薄膜，要不然她长大就会变成结巴。按照传统，为了安抚哭泣的婴儿，她往其嘴里放了一抹蜂蜜。

玛丽安娜在入睡前最后看见的，就是接生婆用她那双布满老茧的手，拿起胎盘举向窗外，向人展示胎盘是完好无损的，没有被撕破，产妇的肚子里也没有残留物。

在十二个小时天昏地暗的沉睡之后，玛丽安娜睁开了眼睛，她首先看到的是两个女儿——朱塞帕和费丽斯，她们都穿着盛装，衣服上有各种花边、缎带和珊瑚装饰。费丽斯已经会走了，而朱塞帕还在奶妈怀里抱着。她们仨都很震惊地看着她，那眼神就好像看到她从棺材里醒过来了。她们身后是孩子的父亲——她的舅舅兼丈夫，穿着他最好的红色上衣，脸上微微露出了一丝笑意。

玛丽安娜立马伸手，去探寻刚出生的女儿，她本来应该就在身边，现在却找不到了。她开始怀疑，心想：是不是在我睡着时，女儿死了？但看着丈夫脸上露出的微笑和两个女儿的盛装，她又安下心来。

她在怀孕的第一个月，就知道这是个女孩，其实从她肚子鼓起来的形状是圆还是尖，就可以知晓——如果是男孩，那肚子就是尖的，这是玛丽安娜的奶奶朱塞帕教给她的。而事实上，她的肚子每一次都圆得像西瓜似的，而且每一次她生的都是女孩。她还做过一个梦，梦见了肚子里的孩子：一个长着金色小脑袋的孩子靠在她怀里，很苦恼地看着她。奇怪的是，梦里的女孩顶着山羊的小脑袋，头上长着乱糟糟的卷毛。所以，她会生出一个怪物吗？

然而，生下来的这个孩子很完美，尽管早产了一个月，身体偏小，但她的皮肤白皙透亮，毛发不多，跟浑身是汗毛的朱塞帕出生时不一样，跟出生时脑袋像一只紫梨似的费丽斯也不一样。

她的性格也很快显现出来了：安静、不闹，给她喂奶她就喝，从来不要求什么；也不哭，在摇篮里一觉能睡八个多小时。如果不是伊诺琴拿着表，去叫醒公爵夫人起来喂奶，这对母女会一直睡下去，全然忘记了接生婆和奶妈说的那些话：新生婴儿隔三个小时必须喂一次奶，否则他们会饿死，会成为家族的丑闻。

她前两胎生的是女儿，这没问题，可第三胎又生了一个女儿。舅父大人不是很高兴，尽管他嘴上没有说什么。玛丽安娜知道，在她生出男孩之前，他会一直尝试下去。她害怕他会丢过来一张字条，上面写着那种话，比如：什么时候生个男孩？

她知道，很多丈夫都会在妻子生了两个女儿之后，就不再理会妻子了。但皮耶罗舅舅漫不经心，不会做出这样的决定。再说，他本来就很少给她写字条。

生出来的孩子叫玛妮娜，这个她在十七岁时生下的女儿，赶在别墅竣工时出生的孩子，沿用的是老姑婆玛妮娜——马里亚诺爷爷的妹妹的名字。这位老姑婆终身未嫁。

在他们家谱里，有好几个玛妮娜了：一个生于一四二〇年，一四四〇年死于鼠疫；另一个玛妮娜生于一六一五年，死于一六八〇年，是加尔默罗会的赤脚修女；还有一个玛妮娜生于一六五〇年，两年后就过世了；最后一个玛妮娜生于一六五一年，现在是乌克里亚家族最年长的女人。

玛妮娜像谢巴拉斯奶奶一样，手腕纤细、脖子修长，也遗传到了父亲那种忧郁、严肃的气质。尽管如此，在她身上，还是能看到风塔纳萨尔萨的乌克里亚家族特有的柔美和喜悦。

费丽斯和朱塞帕很喜欢和妹妹一起玩儿，她们把糖人玩偶放到她手里，希望她能吃一点儿，结果摇篮和布上到处都是黏糊糊的糖。她们对妹妹的喜爱之情溢于言表，但有好几次，玛丽安娜看她们太闹了——这对婴儿来说还是很危险的——所以，每当她们靠近摇篮时，玛丽安娜都会十分小心。

自从玛妮娜出生以后，两姐妹甚至都不去找莉娜和蕾娜玩儿了，她们是放牛倌齐乔·卡洛的一对双胞胎女儿，一家人就住在马厩旁边。这两个女孩没嫁人，自从母亲去世以后，她们就全身心地照顾父亲、牛和家里。两姐妹生得高大强壮，很难区分。她们每天穿着褪了色的红裙子、淡紫色的天鹅绒上衣，淡蓝色围裙上总是沾着血迹。厨娘伊诺琴决定不再杀鸡了以后，杀鸡和切鸡的工作就交给这两姐妹了，她们都杀得果断又麻利。

有传言说，莉娜、蕾娜与她们的父亲一起睡，就在父母曾经睡的那张床上。她们曾两次怀孕，但都用欧芹打掉了孩子。有一天，拉斐尔·库法把这些流言蜚语，写在交给玛丽安娜的家庭花销账单背后，但她根本没放在心上。

两个双胞胎姐妹晾晒床单时会唱歌，歌声十分动听。这也是玛丽安娜从家里的洗衣女仆那儿知道的。有几个早晨，玛丽安娜走到马厩顶上的长阳台上，靠在有彩绘的栏杆边，看着两姐妹晒床单，看着她们在大篮子前一同弯下腰，又高雅地踮起脚尖，一起拉扯床单——她们一人拉着一头，看起来像在玩拔河。她看到她们张开嘴巴，却无法确定她们是否在唱歌。她想听到她们的声音，想得心痒痒的。所有人都说，她们的声音很美妙，她却听不到，对此她十分不满。

放牛倌父亲对着两姐妹吹个口哨，就像他对牛群吹口哨一样，她们便迅速向父亲跑去，像那些习惯干重活儿的人。她们肌肉有力，行动敏捷，步伐坚定又迅速。父亲不在时，她们会对栗色马吹口哨，接着双双骑上马，两个人的身子紧紧地贴在一起。她们还会骑着马在橄榄园跑一圈，丝毫都不担心橄榄的枝条会扎到马肚子，也不担心挂在树上的荆棘会把她们的长发弄乱。

费丽斯和朱塞帕会去找双胞胎姐妹玩儿，就在马厩旁边那间黑漆漆的屋子里，里面挂满了圣人像，还有一罐罐用来做奶酪的牛奶。双胞胎姐妹会跟费丽斯和朱塞帕讲杀人和狼人妖怪的故事，回家后，她们就会转述给父亲大人，但他每次听了以后都很生气，不准她们再去双胞胎姐妹家。可只要他一去巴勒莫，这俩小女孩就马上跑到双胞胎姐妹家，在一堆苍蝇和马蝇的围绕下，一起吃面包和鲜奶酪。父亲大人实在是粗心大意，每当两个女儿蹲在麦秆中听完恐怖故事，偷溜回家时，他都不会闻到她们带回来的那股麦秸味。

白天听的故事让她们十分害怕，到了晚上，两个女孩就会钻进母亲的被窝。好几次，她们都哭着醒来，吓得满身大汗。"你的两个女儿都是笨蛋，如果她们这么害怕，为什么还要跑去听故事？"这就是舅父大人的逻辑，不容置疑。只是这种逻辑并不能够解释女儿的这种喜好——明明很害怕，却还是要去听这些关于死人的故事。或许，她们喜欢的正是这种刺激。

玛丽安娜一边想着总是往外跑的那俩姐妹，一边把刚出生的女儿从摇篮里抱出来。她低头探进女儿穿的花边衣服里，再移到小婴儿的脚边，闻到了一股独特的气味。那是刚出生的婴儿身上特有的，混合着爽身粉、尿臊、奶腥味和莴苣水的味道。不知道为什么，这也是世界上最好闻的味道。玛丽安娜把脸贴在新生儿身体上，心里在想，她以后会不会说话。之前，费丽斯和朱塞帕出生时，她也很害怕她们日后不会说话。她们呼吸时，她紧张地盯着，还用手去触摸她们的喉咙，就为了感受到她们开始说话的声音。每一次，看着她们的嘴唇跟随着句子的节奏一张一合，她才放下心来。

昨晚，舅父大人进房了，他坐在床上，有些厌烦地看着她给孩子喂奶。他腼腆地给玛丽安娜递了一张字条，上面写道：闺女还好吗？你的胸部有没有好一点儿？最后他温和地加了一句话：男孩会有的，把一切都交给时间吧。不要灰心，他会来的。

九

正如舅父大人盼望的那样，男孩生出来了，他叫马里亚诺。就在玛妮娜出生两年后，他也来到了这个世界上。他像姐姐一样，有着金色的头发，而且比姐姐长得更漂亮，性格却截然不同。他特别爱哭，如果照顾得不及时，他会发脾气。但事实上，所有人都把他当珍宝似的，捧在手里怕摔了，含在嘴里怕化了。所以短短几个月，他就已经明白了，稍微吵闹一下，大人就会满足他的所有要求。

这一次，舅父大人终于开怀了。他送给妻子一条珍珠项链，珍珠是粉色的，每颗都像鹰嘴豆那么大。他还送了一千斯库多给妻子——如果王后诞下一位王子，国王也会这样做的。

家里来了很多从未谋面的亲戚，都带来了鲜花和甜点。特蕾莎教化姑姑带了很多小姑娘来，都是贵族家庭的女孩，将来注定会成为修女。她们每个人都给产妇准备了一份礼物：有人送了银汤匙，有人送了心形顶针，有人送了刺绣枕头，还有人送了双镶嵌着星星的室内拖鞋。

西诺雷托大少爷也来了，嘴上一直挂着笑，在窗户边上坐了一个小时，一直在喝热巧克力。和他一起来的还有阿加塔和她丈夫堂①迭戈，带着他们盛装打扮的孩子。

卡尔洛也从斯卡莱的圣马尔蒂诺修道院来了，送了一本手抄本《圣经》作为礼物，是上世纪一个修士抄写的，上面有色调轻快的袖珍画。

朱塞帕和费丽斯觉得自己被遗忘了，她们很沮丧，就假装不在意这个弟弟。她们又养成了去莉娜和蕾娜家玩儿的习惯，在那里染了一头的虱子。伊诺琴用煤油和醋给她们梳头，那些大虱子都被弄死了，但小虱子都还活着，又开始在她们的头发里迅速繁殖。大家决定把她俩的头发剃光，所以，现在她们像两个倒霉蛋一样，光着脑袋满脸羞愧地跑来跑去，总让伊诺琴发笑。

玛丽安娜的父亲大人来了之后，在别墅里住了下来，他说要仔细瞧瞧这小家伙瞳孔的颜色。他说新生儿的眼睛都会变，让人无法判断"是萝卜还是豆子"。父亲大人还经常把外孙抱在怀里哄，就像在哄自己的儿子。

母亲大人只来过一次，长途跋涉让她筋疲力尽，到了以后，她在床上躺了三天。在她看来，从巴勒莫到巴盖里亚的路程"无穷无尽"，一路上的坑坑洼洼"非常颠簸"，太阳也是如此"毒辣"，灰尘简直"无孔不入"。

作为男孩，马里亚诺长得太漂亮了。臭小子长得那么漂亮有什么用啊？这是母亲大人在一张有紫罗兰香味的天蓝色纸上写的

---

① Don，放在人名前，表示尊称。下文会多次出现。

一句话。她把婴儿的脚拿出来，放在嘴里轻轻地咬了一下。将来长大，他一定很会跳舞。不同于往常的是，母亲大人这次心甘情愿地写了很多话。她喜笑颜开，胃口也很好，好几个小时都没有抽烟，然后她和父亲大人一起回到客房，一直睡到了第二天中午十一点。

家里的所有仆人都想抱一抱这个盼望已久的孩子。牛倌齐乔·卡洛用两只粗犷黝黑的手把他轻轻地抱起；出人意料的是，莉娜和蕾娜也很温柔地亲吻他的嘴唇和脚；还有盛装而来的拉斐尔·库法，他穿了一身全新的阿拉伯式锦缎长袍，是乌克里亚家族的颜色，他还带来了从不出门的妻子赛维丽娜，那女人由于偏头痛，几乎快要失明了。园丁佩佩·杰拉齐带来了他的妻子玛利亚和五个孩子，全都是红头发、红睫毛，害羞得都不说话；还有仆人佩皮诺·坎纳诺塔和他那个正在帕拉戈尼亚家做园丁的大儿子。

大家都轮流抱着新生儿，好像抱着圣婴，每个人都面带笑容，有点儿笨拙地理顺孩子身上的花边衣裳，嗅着那个王子般的小身体里散发的味道。

玛妮娜在房间里四处爬，有时爬到桌子底下，只有伊诺琴在照顾她。客人们进进出出，脚踩到珍贵的艾丽奇地毯上，在卡尔塔吉罗尼产的痰盂里吐痰，伸出手在玛丽安娜放在床边的托盘里抓一大把牛轧糖。

有一天早晨，父亲大人给玛丽安娜带来一个惊喜。他送了聋哑女儿一套书写用具：一个墨水瓶，瓶盖可以拧紧；一只玻璃笔盒；一个小皮包里装着把墨水吸干的粉末——这些东西都放在一个银线网兜里。另外还有一个笔记本，用一条小链子和网兜连在一起。但最让人惊喜的是一个移动书写架，木质很轻，可折叠，上面带着两条金链子，可以绑在腰上。

向萨伏依·奥尔良家族的玛丽亚·路易莎致以崇高的敬意，她是西班牙最年轻睿智的王后。她是你学习的榜样。父亲写了这句话给她，让她启用这套新文具。

在女儿的再三询问下，父亲言简意赅地把这位王后的故事写了下来。这位王后死于一七一四年，却名传千古。

她还是个小姑娘时，长得不算漂亮，但活力四射。她父亲是我们的国王维托里奥·阿梅迪奥，这位国王于一七一三年即位，她母亲是安妮·奥尔良——路易十四的侄女。玛丽亚·路易莎十六岁时嫁给了费利佩五世。婚后不久，她丈夫就被派遣到意大利打仗，在法国皇帝路易的建议下，她成了摄政王。大部分人都在抱怨：怎么让一位十六岁的女孩领导一个国家？然而人们发现，这无疑是最明智的选择。年轻的玛丽亚·路易莎很有政治天赋。在议会上，她会花大量的时间听取所有人的意见，再言简意赅地发表自己的评论，每次都一针见血。当有的"演说"过于冗长、毫无意义时，她就会从桌子底下掏出正在绣的东西，专心绣花。时间长了，大家就明白了这种暗示，每当他们看见她开始绣花，就会把讲话内容缩短。通过这种方式，她把国家议会变得迅速而高效。

她一直和太阳王保持着书信往来，一直虚心听取他的意见。但当她觉得需要时，她还是会斩钉截铁、毫不犹豫地说"不"。这位女政治家的聪明睿智，让那些老人目瞪口呆，也让她深受人民的爱戴。

她知道，西班牙军队多次战败，年轻的玛丽亚·路易莎为了做出表率，把自己所有的珠宝首饰都卖了。为了重建军队，她挨家挨户去筹钱，从富人筹到穷人。她生的第一个儿子是阿斯图里亚斯王子。她说，如果自己可以决定，她会抱着孩子骑马上前线。所有人都知道，她完全做得出来这种事。

当布里韦加和比利亚维西奥萨战场胜利的消息传来时，她非常开心，跑到人群中和人们一起欢呼雀跃。

后来，她又生了一个儿子，但那孩子在出生一个礼拜后就夭折了。正是在那时候，她患上了腮腺炎，但她对此没有任何怨言，只用花边立领包裹住肿起来的脖子。后来她又生了一个儿子，名为费尔南多·皮耶罗·加布里埃尔，万幸的是这个孩子活下来了。但遗憾的是，她的病情在恶化，大夫说是肺结核引发的。在那段时间，费利佩的父亲去世了，没过多久，玛丽亚·路易莎的姐姐玛丽亚·阿德莱德，还有她丈夫和大儿子都染上天花去世了。

两年后，她知道自己将不久于人世。她在临死前忏悔、领圣餐，与几个孩子和丈夫做最后的告别，她走得很安详，让所有人都赞叹不已。这个女人在二十六岁就离世了，临死前没有说过一句抱怨的话。

这时候，佩佩·杰拉齐家的一个孩子染上了天花，家里成群结队来的亲朋好友都离开了。巴盖里亚又一次暴发了天花，自从玛丽安娜着手把乡间宅子改建成大别墅，这已经是第二次出现天花。第一次瘟疫暴发时就死了很多人，这其中有齐乔·卡洛的母亲和库法家的儿子——他家唯一的孩子。也就是从那时起，库法的妻子赛维丽娜开始患上严重的偏头痛，使她后来一直在头上包着一条浸了醋的布条，不管她走到哪里，都留下一股刺鼻的酸味。

第二次疫情暴发时，佩佩·杰拉齐家里的两个小孩死了；还有坎纳诺塔家儿子的未婚妻也死了，她是巴盖里亚的一位美人，在帕拉戈尼亚家做侍女；布黛拉家的两个厨师也死了；还有年长的丝佩塔罗托公主，她在离玛丽安娜家不远的新别墅安顿下来不久后就死了。

玛妮娜姑婆——那个裹在长披肩里、由两个男仆照料着，用两只瘦骨嶙峋的手抱起小马里亚诺的姑婆也去世了。但没有人知道，她是不是感染天花而死的。但事实是，她走了，就从那栋乌克里亚别墅里走的，死得悄无声息。他们是在她去世两天后才发现的：她像一只羽毛凌乱的小鸟一样躺在床上，脑袋又小又轻，用玛丽安娜父亲的话说就是"轻得像一只核桃"。

父亲给玛丽安娜写道：

玛妮娜姑婆年轻时追求者众多，她长着一张精致的小脸，有着美人鱼一般的身材，眼睛炯炯有神，头发乌黑发亮。曾祖父西诺雷托为了避免引发追求者的不满，不得不改变想法，把她送去做修女。当时，库托亲王、圣·贾科莫的贵族阿尔塔维拉公爵，还有圣马尔蒂诺的贵族帕塔内伯爵都想娶她为妻。

但她只想待在家里，保持单身。为了躲避婚姻，她装了好多年的病。就因为多年装病，所以当她真的病了，就没人知道是怎么回事了。她拼命咳嗽，脱发，越来越瘦，也越来越轻。

尽管一直患病，玛妮娜姑婆也还是活到了快八十岁，大家都想邀请她参加聚会，因为她是一位细致入微的观察者，不管男女老少，她都模仿得惟妙惟肖，总是能把亲朋好友逗得开怀大笑。

尽管听不到姑婆说的话，但只要看着她，玛丽安娜也会被逗笑。她那小身体灵活得很，有一双像魔术师的手，能够捕捉到别人懊悔的表情，模仿别人笨手笨脚的动作，还有一些人的做作——现在想起来，玛丽安娜也会宛然一笑。

玛妮娜姑婆向来以毒舌出名，大家害怕她会在背后说自己，都努力跟她搞好关系。可阿谀奉承在她身上不管用，只要她看到滑稽的人，一样会嘲笑。这并不是因为她喜欢说三道四，而是有些人过于突出的性格特点吸引着她：小气吝啬、爱慕虚荣、软弱无能、粗心大意。有时候，她的玩笑话一针见血，以至于口口相传，变成了谚语。就像有一次她对拉乌王子的评价，"他蔑视金钱，却又待硬币如姐妹"；还有一次，她描述德斯·普科斯亲王（众所周知他是矮个子）在等待妻子生产，"他紧张得在床下走来走去"；以及她对帕拉戈尼亚侯爵公子的评价，"没有生活目标的标枪杆"。诸如此类的话，给人们的生活带来了不少乐趣。

对于马里亚诺，她嘟囔着说，他是一只"假扮成狮子的小老鼠"。然后她用闪闪发亮的眼睛扫视了一下周围，等待着听众爆发笑声。她俨然就是一位舞台上的演员，在这个世界上，不会为任何事情放弃自己的观众。

她有一次说："我死后一定会下地狱。"又说，"但地狱是什么啊？一座没有甜品店的巴勒莫，反正我又不喜欢吃甜食。"紧接着又说，"不过我最好还是去那家大舞厅，圣女都不跳舞，只坐在边上观看，那才是天堂。"

她一个人走得很安静，没有打搅任何人，也没人为她哭泣，但她的那些玩笑话会继续流传下去，如同泡在盐水里的沙丁鱼一般有滋味。

十

在改建大别墅的过程中，事无巨细都由妻子决定，皮耶罗·乌克里亚从来不发表任何意见。他唯一的坚持就是，一定要在花园里建一座"小咖啡亭"——他是这么称呼的，他希望这个亭子面向大海，铸铁结构，上面是圆顶，地上铺了蓝色和白色的地砖。

后来亭子按照他的想法建成了，至少打算这么建，因为铸铁部件已经全部备好，但缺乏安装部件的铁匠。这段时间，巴盖里亚有十几户人家都在建别墅，所以很难请到工匠师傅和泥瓦匠。舅父大人经常说，还是原来的宅子住着更舒服，尤其适合打猎。不知道他为什么要这么说，从来没见过他打猎，他讨厌吃野味，讨厌猎枪，尽管他收集了很多。他的爱好是看纹章学的书，玩扑克牌游戏，在乡间小路散步——四周全是他亲手嫁接的柠檬树。

他非常了解祖先的故事，对风塔纳萨尔萨和坎波·斯帕尼奥洛的乌克里亚家族的起源、勋章、爵位无所不知。在他的图书室里，挂着一幅大大的圣·西诺雷托殉难的画像。画像下的黄铜标牌上刻着这些字：风塔纳萨尔萨和坎波·斯帕尼奥洛的西诺雷托·乌克里亚，圣人，一二六九年生于比萨。然后用小字写着这位圣人的生平，讲述了他是如何到达巴勒莫，并做过哪些善举，在医院里救助过很多拥入城市的穷苦百姓，还有他是如何在三十岁时，退隐到海边一个荒无人烟的地方的。但这个荒无人烟的地方到底在哪里？他是不是到非洲那边去了？

在那个荒无人烟的海边，西诺雷托遭到了撒拉逊人的迫害，最后殉义了。但让人不解的是，为什么他会遭到迫害，铜牌子上也没有解释。只因为他是圣人吗？肯定不是，这样想就太傻了，他是在后来才成为圣人的。

解说词上写道：圣人西诺雷托的一条手臂作为圣骨保存在多明我会[①]修士那里。事实上，舅父大人一直竭尽全力，想要索回这件属于家族的圣物，但直到现在也没有成功。多明我会的修士声称，它落入了一个加尔默罗会修女修道院中，但加尔默罗会的修女声称已经赠送给克拉丽丝修道院，后者却称从来没有见过它。

在这幅画里有一片黑漆漆的大海，海边停泊着一艘空荡荡的船，棕色的船帆卷起来。近景有一束光从左侧落进来，像有个人举着一个火把，站在画框外。一位老人（他不是才三十岁吗？）被两个年轻力壮、打着赤膊的小伙子用匕首杀害了。在画的右上角，有三个天使渐渐飞升，形似一个荆棘王冠。

---

① 多明我会（Dominican），亦译"多米尼克派"，天主教托钵修会主要派别之一。1215 年，西班牙人多明我（Domingo de Guzmán，1170—1221）所创。该会为女修道者设有"第二会"，为在俗教徒设有"第三会"。会士戴黑色风帽，称"黑衣修士"。——编者注

对皮耶罗公爵来说，尽管家族的故事充满了传奇和幻想色彩，但比神父讲述的故事更有说服力。于他而言，上帝是"遥不可及，而且对一切都漠不关心的"；而耶稣，"如果真的是上帝的儿子，那他一定也是个疯子"。至于圣母玛利亚，他说："如果她是个善良的女人，就不会如此轻易地把那个可怜的孩子丢到狼群中去，把他丢在那里，让他以为自己是不可战胜的，而他最后的结局大家都看到了。"

对舅父大人而言，乌克里亚家族的第一位祖先，是公元前七世纪的一位皇帝，具体来说，是莉迪亚古国的国王。他一直认为，乌克里亚家族的祖先从那个偏远之地来到了罗马，成为共和国的参议员，最后在君士坦丁时代成了基督教徒。

玛丽安娜开玩笑，给他写道：乌克里亚家族的祖先肯定都是一些见风使舵的人，总是依附权贵。他会沉下脸来，好几天都不看她。他认为，家族已故的祖先是不能拿来逗趣的。

然而，当她向舅父大人问起靠墙放着的那些大幅画作时——那些画堆在黄色大厅里，要等房子完全建好，才能挂到墙上——他会迅速地走过来，拿起笔，给她写下那个与土耳其人抗战的乌克里亚主教的事迹；还有另一个乌克里亚参议员的故事——他为了维护长子继承权，发表过一段著名演讲。

玛丽安娜的回应并不重要，他极少看妻子写给他的东西，尽管他很欣赏她洗练娴熟的书法。玛丽安娜经常会待在家里的图书室，而且很频繁，这让他很不悦，但他不敢反对。因为他知道，对玛丽安娜来说，阅读很有必要，她虽然是个聋哑人，但也有自己的思想。舅父大人不看书，他觉得书上都是"谎话连篇"。在皮耶罗公爵看来，幻想是肤浅的、令人恶心的；而现实是既定事实，由一系列一成不变、约定俗成的规则所组成，每一个明事理的人都必须去适应它。

只有在探望产妇（巴勒莫的风俗习惯）时，或是需要出席某个正式典礼时，他才会要求她盛装打扮，让她把斯卡纳图拉的乌克里亚祖母戴过的那枚钻石胸针别上，跟着他去城里。

有时候，舅父大人决定留在巴盖里亚，他总是会请人来乌克里亚的这栋大别墅里吃饭。现在他请拉斐尔·库法来吃饭，后者是舅父大人的管家、卫兵和秘书。不过，他都是只请库法一个人，不带妻子。他还从巴勒莫请来了曼加贝沙律师，派马车去克拉丽丝修道院，把特蕾莎教化姑姑给接过来了，还派快马去瓦尔瓜内拉，请某个表兄弟过来玩儿。

舅父大人特别喜爱曼加贝沙律师，因为和他在一起，舅父大人可以不用说话。皮耶罗公爵称他为年轻的"讼棍"，根本不需要求他，曼加贝沙总是能有话题聊。他也特别喜欢在一些细微的法律问题上进行探究，并且熟知所有发生的政治事件，不会漏掉任何巴勒莫大家族的闲言碎语。

但是，当特蕾莎姑姑在时，律师就很难说得上话了，姑姑总是能打断他，而且一旦关乎街头巷尾的闲言碎语，她总是比律师知道得更多。

在所有亲戚里，特蕾莎姑姑——父亲大人的姐姐，是舅父大人最喜爱的。有时，他跟姑姑在一起，会聊得火热。他们会互通家族消息，互赠礼物：圣骨、加持过的念珠和家族的老物件。她从修道院带来的包裹里装满了鲜奶酪，里面拌着糖和茴香，简直太好吃了。皮耶罗公爵每次都能吃十块，而且总是皱起鼻子，像只贪吃的鼹鼠。

玛丽安娜看着他嚼东西，心想：从某种程度上来说，舅父大人的脑袋还挺像他的嘴巴。他把东西咬开、嚼碎、搅拌、混合，然后再咽下去，但他吸收得不是很好，所以才会一直都这么瘦。就像他花了太多精力去揣摩那些思想，但最后留在身体里的只有轻烟。他狼吞虎咽之后，就急于把残渣排出，因为他觉得，那些东西不配留在一位绅士的体内。

有很多与他同龄的贵族，都是在上个世纪成长和成熟起来的，他们认为那些系统化的思想很渺小、庸俗。对他们来说，和其他思想、头脑进行交流，这首先是一种让步。那些庶民总是人云亦云，想法基本上千篇一律；但贵族是独立的个体，孤独铸就了他的勇气与荣耀。

玛丽安娜很清楚，作为妻子，尽管舅父大人很尊重她，但在他心里，他们并不一样。于他而言，妻子就是个新时代的小女孩，他难以理解妻子的所作所为。她如此急切地要改变、修建，要大兴土木，他觉得这种狂热里有一种粗鲁的东西。

他认为，所有行动都是荒谬、危险、徒劳和虚妄的——看着妻子在堆满石灰和砖块的院子里忙碌，他忧郁的眼神流露出来的就是这种态度。他认为，行动是有选择的，是根据需要来的。因为行动会创造出一些以前没有的东西，让这些东西为人们熟知，这就意味着减少了很多可能性。从神学原理上来说，只有真正的贵族才能模仿上帝，闲适懒散地生活。

尽管玛丽安娜从来没听过他的声音，但她深切地知道，他暴

057

躁不安的喉咙里酝酿着什么：他对幻想、漫无目的的愿望、未实现欲望的无限可能怀有一种高傲、充满警惕的爱。他虽然从来都不会放松自己，严格控制自己的声音，但因为烦闷，他的声音会变得很刺耳。他每次靠近时呼出的炽热、急促的气息，让她明白，他一定就是如此。

此外，皮耶罗公爵还认为，妻子冬天也渴望住在巴盖里亚，这简直是胡闹。因为天气转凉时，他们本来可以住在巴勒莫那套舒适的大房子里。还让他感到不满的是，他必须放弃在城里的夜生活，在贵族的赌场里，他可以喝着茴香酒，听着身边同龄人无关痛痒的闲聊，玩上好几个小时的扑克。

可对玛丽安娜来说，月桂路的那套房子太阴暗了，里面挂满了祖先的画像，她不喜欢的来访者总是络绎不绝。

从巴盖里亚去往巴勒莫的那条路坑坑洼洼、尘土飞扬，也使她心情烦闷。她碰到过太多次这样的场景：每当她路过阿夸·科尔萨利时，总督的长矛上总挂着歹徒被刺穿的脑袋示众。这么做是为了杀鸡儆猴，那些人头被太阳晒干，被苍蝇啃噬，旁边时常还挂着几条粘着黑血的手臂和大腿。

她转过头，闭上眼不看也没用。那就像一阵旋风一样，会把你的思绪搅乱。她知道，再过一会儿就要穿过幸福门前的两根柱子，走进卡萨罗·莫尔托大路，紧接着进入宽敞的滨海广场，经过则卡宫和卡特那的圣母玛利亚教堂。右边就是维卡利亚监狱，她脑袋里的旋风开始变成暴雨，她只想抓紧父亲的长袍，她的手会撕破披在肩上的天鹅绒短披风。

因此她不喜欢去巴勒莫，更愿意留在巴盖里亚。她大部分时间都在乌克里亚别墅，只有在一些十分重要的场合，比如葬礼、洗礼和小孩出生，她才会回巴勒莫。不幸的是，亲戚们都很能生，她不得不经常回去。天气十分寒冷时，在巴盖里亚，她只能在少数几个放着炭火盆的房间里活动。

现在大家都知道，她要长居于此了。只要埃莱乌特里奥河水没有泛滥（这条河常会淹没菲卡拉齐和巴盖里亚的村庄），那条路还可以走时，他们都会去别墅找她。

有一次，父亲大人来别墅找她，在她那儿待了整整一个礼拜。正如玛丽安娜一直渴望的那样，只有他们俩，没有孩子、兄弟姐妹、侄子外甥和其他亲戚在周围。母亲大人也去世了，她走得很突然，没有任何征兆。父亲经常独自一人来玛丽安娜家，他会去那间黄色大厅，坐在朱塞帕奶奶的画像下抽烟或者睡觉。父亲大人很能睡，年纪越大就越能睡。如果他每天不睡足十个小时的话，状态就很不好。但由于他晚上很难持续睡那么长时间，所以他在白天打盹儿，躺在摇摇椅上或是沙发上睡过去。

他醒了以后，会邀请女儿和他玩扑克牌，尽管风湿病使他的双手变形，背也弯了，但他还是面带笑容，非常开心。他从来不发脾气，随时都会开怀大笑，或是逗别人开心。他没有玛妮娜姑姑那股机灵劲儿，他要慢一拍，但有着和姑姑一样的喜剧细胞，如果不是太懒的话，他也会是一个极好的模仿者。

好几次，他拿起玛丽安娜系在腰上的笔记本，撕下一张纸，在上面风趣地写道：你是个傻孩子，我的女儿，但随着年龄的增长，我发现，所有孩子里，我还是最喜欢你这个傻孩子。你丈夫——我的小舅子，他是个憨货，但他爱你。很遗憾，我会死去，这意味着我要离开你了，但我想知道，上帝值不值得一见，这样死了我还是很乐意的。

玛丽安娜发现，皮耶罗舅舅与他姐姐——母亲大人，以及他的表兄——父亲大人是那么不同，这一直让她很惊异。比如说，母亲大人体态丰满、慵懒闲散，而皮耶罗舅舅身材消瘦、十分好动，总是坐不住，哪怕只是去测量葡萄园的大小，他也会拔腿就走。还比如，母亲大人总是很好说话、善于妥协，而他总是固执己见、很难被说服。就更别说拿父亲大人和皮耶罗舅舅比了，父亲大人有多阳光，他就有多阴郁；父亲大人待人有多么和善，他待人就有多么疑心。总而言之，舅父大人就像是一个外来的种子，错误地落在了这个家族的土地上，愤愤不平、七扭八歪地长大了。

父女二人最后一次单独在一起，父亲大人和玛丽安娜一起玩了扑克牌，吃了蜜饯，喝了散发着果香的西班牙马拉加葡萄酒。而那时正值葡萄收获季，皮耶罗公爵就出发去斯卡纳图拉了。

就这样，在打完扑克牌，喝完酒之后，父亲给玛丽安娜写下了巴勒莫最近的所有八卦，比如：他们说，总督的情人为了显示自己肤白胜雪，总是睡在黑床单上；最近从巴塞罗那来了一艘商船，载满了透明玻璃夜壶，大家都买来作为礼物送给自己的朋友；从巴黎宫廷掀起的艾德丽安裙风潮，像一场不可阻挡的雪崩一样，席卷到巴勒莫，让所有裁缝都激动不安。父亲大人甚至还向她坦承，他对一位制作花边的侍女动心了，她名叫艾斯特，在他帕皮雷托的房子里干活儿。我送了一个房间给她住，那房间正好可以看到街景……你应该看看，她有多开心。

这个男人是她的父亲，她一生中深爱的父亲，同时也是让自己受过巨大惊吓的人。但他不知道那件事情对她的影响。他这么做是为了帮助她，当时是一位萨莱诺学派的名医建议，鉴于女儿的失聪是惊吓导致的，为了治好她，可以让她再经历一次更大的惊吓，以毒攻毒。可"实验"失败了，这并不是父亲的错。

父亲大人最后一次来找她时，给她带来了一个礼物——一位十二岁的小女孩。她是一名罪犯的女儿，父亲大人把那位罪犯送上了绞刑台。父亲大人说："她母亲被天花带走了，父亲被处以绞刑，他在临死之前把女儿托付给我。白袍兄弟本想把她关进孤儿修道院，但我觉得，她还是和你在一起更好。我把她送给你，你要好好爱她，她在这世上孤苦无依。她好像还有个弟弟，但没人知道他躲到哪儿去了，可能死了吧。她父亲告诉我，自从他把那个孩子交给一位奶妈，送去乡下以后，就再也没有见过他。你向我保证，你会好好对她，好吗？"

就这样，菲洛梅拉，也就是菲拉，进入了这个家。她来了以后，换了衣服、鞋子，也能吃饱了，但还是对别人充满了戒备。她基本不说话，总是躲在门后面，盘子拿在手上也总是会掉。一有机会，她就会跑到马厩里，坐在牛旁边的草垛上。当她回家时，身上总是散发着一股牛粪的味道，十步远就能闻到。

骂她也没有用，玛丽安娜熟悉那种受惊的目光，那目光总是会触碰到她童年的某些回忆。她经常会惹厨娘伊诺琴生气，惹拉斐尔·库法生气，甚至惹舅父大人生气。而舅父大人纯粹是出于对岳父和聋哑妻子的尊重，才勉强接受了这个新来的女孩。

十一

　　晚上，玛丽安娜忽然被冻醒。她在黑暗中瞪大眼睛，想看清楚丈夫是否像往常一样，背对着她，躺在被子下。可是不管她怎么用力看，都没有看到往常熟悉的、身旁的被子拱起来的样子。他的枕头原封不动，床单也很平展。她正要起身去点蜡烛，却发现房间里洒满了一种淡蓝色的光。月亮低低地挂在海平线上，乳白色的月光洒在黑漆漆的海水上。

　　舅父大人肯定是留宿在巴勒莫了，他最近经常这样。不过，玛丽安娜并没有因此而感到心烦意乱，反而松了一口气。因为第二天，她终于可以让他把床搬到另一个房间，或许是搬到他的图书室，就摆在先贤西诺雷托的画像下，摆在纹章学和历史学的书籍中间。

　　最近一段时间，玛丽安娜总是睡不安稳，在床上辗转反侧，有时候会突然惊醒。每到这时，她都想起床出去，但为了不吵醒舅父大人，她没有这样做。如果她一个人睡的话，她就不用待在那儿，犹豫要不要点亮蜡烛，可不可以看会儿书，是否可以下楼去厨房喝一杯水。

母亲大人去世后，没过几个星期，双胞胎——莉娜和蕾娜突发疟疾，也去了。玛丽安娜时常被梦魇搅得心神不宁，她醒来后会觉得惴惴不安、心情沉闷。

在半梦半醒间，母亲大人出现了，玛丽安娜甚至因此看到了之前从没注意过的某些细节。玛丽安娜就像是第一次见到母亲一样：她那双白白胖胖的脚在床边摇摇晃晃，两只像牛肝菌的大脚趾上下移动，好像要用脚弹琴。她慵懒地张开丰满的嘴唇，想喝满满一勺汤。她把一根手指伸进热水盆里，想试试水温，再把手指放到舌头上，看起来好像是要喝水，而不是想洗脸。再一眨眼，她就站到地上了，想把后背上的丝绸腰带系上，由于太费劲，她脸都红了。

在饭桌上，她吃完一个橙子后，拿起一粒橙子籽儿放到嘴边，用门牙把它嗑成两半，再把皮吐进盘子里，又拿起另外一粒，重复刚才的动作，直到盘子上慢慢堆积起一座绿色的小山——橙子籽儿本来是白色的，咬开却是绿色的。

她走的时候很安宁，没有打扰任何人，就像她生前的风格。在她短短的一生里，她很害怕成为大家注意的焦点，就默默地待在一边。她太懒散了，不愿意做任何决定，都交由其他人做，她也不会阻挠别人的选择。她的理想状态就是坐在窗边，身旁放一盘蜜饯，偶尔来一杯热可可、一些鸦片酊，让自己保持心情平和。再有一个鼻烟盒，她就更畅快了。

对她来说，只要不要求她参与，这个世界就是场精彩的演出。她只想做个安静的观众，十分乐意为其他人的表演献出掌声、笑声，并乐在其中。但对她来说，她看到的一切，很久之前已经发生过了，一切都是她熟稔于心的故事的重演。

玛丽安娜无法想象，母亲少女时代会像朱塞帕奶奶描述的那样：纤细苗条、活泼灵动。在玛丽安娜眼中，母亲一直是这副样子：脸很宽，皮肤细嫩，眼睛有一点点突兀，眉毛又粗又黑，有一头浅色的鬈发、圆圆的肩、粗壮的脖子、丰满的腰身。整体看来，母亲的腿有些短，手臂很粗壮，上面全是一圈圈的脂肪。她的笑也很特别，有自己的特色，介于害羞和豪放之间，好像她自己也不知道是要尽情享乐，还是矜持一点，保持精力。她摇头时，额前与耳边的几缕金发也随之摇晃。

母亲已经去世了，她为什么会如此频繁地出现在玛丽安娜的记忆里，这无从得知。这并不是回忆，而是一种忽然的现身。她的身体在经历多次分娩、流产后，已经失去了线条，但她还在做着生前常做的一些动作。她活着时，整个人半死不活，现在这些动作让人能体会到生活苦涩、残酷的味道。

现在，玛丽安娜已经睡意全无，不可能再重新入睡了。她从床上坐起来，伸出脚去够床边的拖鞋，但脚在半空中停住了，她开始活动脚趾，就像用脚趾在弹琴。这是母亲大人的意念在控制她，真是该死，母亲就不能让她安静一会儿吗？

这个夜晚，双腿牵引着她，带她来到了仆人用的楼梯前，那道楼梯通往屋顶。她很喜欢脚底下的台阶上散发的清凉。她上了十级台阶，休息一会儿；又上十级，再休息一会儿。玛丽安娜迈着轻盈的脚步往上走，宽大的绸缎睡袍衣边在摩挲着她的脚面。

她上去后，一侧是通往天台的门，另一侧是几个仆人的卧室。

玛丽安娜没有带蜡烛上来，她凭着嗅觉就能走过长廊、楼梯、过道、地道、储藏室、储物间，以及突然出现的楼梯和台阶。有各种各样的味道为她引路：灰尘、老鼠屎、残烛、晾晒的葡萄干、腐烂的木头、夜壶、玫瑰水和草木灰。

通往屋顶的那扇矮门已经关上了，玛丽安娜试着去拧门把手，但门似乎关得很紧，用手拉不开。她用肩膀顶住门，边拧把手边推门。就这样，门突然一下打开了，她还站在门槛那里，但身体失去平衡，向门外倒去——她很害怕自己弄出很大的动静。

犹豫了几分钟后，她决定踏上屋顶。银色的月光照在她脸上，柔和的风吹乱了她的头发。

月光笼罩了周围的村庄，在橄榄园下面，海水波光粼粼，像无数金属盔甲在反射着月光。茉莉花和橙花的香味向上飘，像飘扬在屋顶上的缕缕炊烟一样。

远处的地平线上，在漆黑平静的海面上有一道耀眼的白光，再近一点儿的地方，在山谷里是橄榄树、角豆树、巴旦木和柠檬树的影子，此刻它们都在沉睡。

> 一位骑士走入林中
>
> 身披雪白的盔甲
>
> 头盔上有一根白色的孔雀毛
>
> 真像一个无畏的勇士……①

---

① 《疯狂的罗兰》中的诗句。

阿里奥斯托的句子在玛丽安娜的脑海中浮现。但为何此时此刻，偏偏就是这句呢？

从远处浮现出一张愉快的脸，她觉得那好像是父亲大人。他是玛丽安娜唯一爱过的"身披雪白盔甲的骑士"。从她六岁那年开始，这位"骑士"就用他"白色的孔雀毛"迷住了她。当她开始追随他的脚步时，他却离开了，去俘获别人的心和躁动不安的眼睛。

或许是因为他等女儿说话等得太累了，或许是因为女儿那固执、不自觉的沉默让他失望了。事实上，当她年满十三岁，他就已经对她十分厌倦，在一种慷慨的骑士精神的推动下，他把女儿托付给了那个可怜的小舅子——他当时可能会孤独终老，没有妻子，也没有孩子。命苦的人容易相互理解，这就是父亲当时的想法。他像往常一样耸耸肩，漫不经心地决定了。

不过，这牛油燃烧的气味是从哪儿来的？玛丽安娜环视四周，但没看到哪里有光。有谁会在这个时候还醒着？她有些犹豫不决地向前走了几步，头探出墙外，那道矮墙是建在屋顶上的，上面有几尊神像：一尊是门神雅努斯，一尊是海神波塞冬，还有美神维纳斯和四个拿着弓箭的小爱神。

从阁楼窗户透出一丝光线，玛丽安娜的身体微微前倾，就能看到房间里的一小部分。她隐约看见伊诺琴点燃了床边的蜡烛。奇怪的是，她还穿戴整齐，就像刚进房间似的。

玛丽安娜看着她开始解鞋带，动作带着怒气。玛丽安娜猜，这个女人应该在想：讨厌的鞋子，鞋带还必须得穿在鞋眼里，可这毕竟是玛丽安娜公爵夫人专门给我们定做的，是她送给我们的……再说，怎么能唾弃一双价值三十塔里的麂皮鞋呢？

现在，伊诺琴走到窗户旁，往外看。玛丽安娜害怕被发现，就下意识地往后缩了一下，如果厨娘发现她偷看怎么办？但伊诺琴向下看去了，皎洁的月光洒满花园，把远处的大海照得波光粼粼，这景象把她迷住了。

玛丽安娜看见她的头稍微偏了偏，像是要倾听什么东西忽然发出的动静。很可能是栗色马——米圭里托在马厩里踢地板的声音。这时，玛丽安娜又好像感觉到了伊诺琴的想法：米圭里托肯定是饿了，那匹马肯定是饿了……堂卡洛手脚不干净，把草料克扣了，大家伙儿都知道，但谁去把这件事告诉公爵呢？我才不当告密者……总会有办法的！

伊诺琴赤着脚，身上穿着粉色的紧身胸衣，腋下已经被汗水浸湿，外面套着一件扣子解开的衬衫，下身穿着一件两侧都有口袋的棕色宽裙子。她走到房间中央，跪了下来，轻轻地掀起一块木板，把手伸进洞里去，焦急地摸索了一下，从里面拿出一个用黑绳子绑着的皮质袋子。

她把袋子拿到床上，用两只黑黑的手指解开绳子，再把手伸进去，摸到了什么宝贝，她闭上了眼睛。她慢慢地从包里掏出一大把银币，一枚枚摆在床单上，那动作就像是园丁在小心照料着含苞待放的花骨朵一样。

明天早上五点，就要把灶火点燃，要去搬煤，脸要被烟熏，然后又要去杀鱼，杀那些可怜的兔子。兔子脑袋耷拉着，你拿在手上会想，含辛茹苦地去喂养它们，等它们长大，"咔嚓"一声，在头上砍一刀，兔子的眼神慢慢变得涣散，但依然还在看着你，好像在说：为什么？明早又要去杀鸡，卡洛的两个双胞胎女儿死了，真是太可惜了，她俩杀鸡杀得多好啊……她俩当然是处女，虽然赛维丽娜说，有一天早上她在马厩里看见她们姐妹俩，一个在给奶牛挤奶，一个在给父亲"挤奶"。她说是这么说，但谁知道到底是真是假。自从儿子死了以后，赛维丽娜的脑子就变得不正常了，到处看见一些奇怪的事……但是她们姐妹俩一前一后，有几个月不来月事倒是真的，这是玛利亚告诉她的，玛利亚说话比较可信……因为她每个月都要查看那些挂在外面晒的月经带，心里都有数的……但也可能是怀了别人的孩子啊，为什么就一定是父亲的？其他人也这么说，因为同样也是一天早上，佩佩·杰拉齐很早就去取奶了，当他过去的时候，看见他们三个睡在一张床上……她们流产了……可怜的傻姑娘……她们肯定去找药婆了，那些药婆知道怎么让小孩流掉……也不知道她具体怎么做……她认识草根、草药……拉三天肚子，会难受、呕吐，第三天孩子就打掉了……男爵夫人也去找她……流产成功了，她们就给她三个铜币……不过她总能成功，药婆很厉害的……

玛丽安娜回过神来，不想去琢磨别人的心思，这片荒凉空旷的屋顶上充斥着游荡的鬼魂。但要甩掉伊诺琴的声音并不是一件容易的事，那个平静的声音伴随着那股牛油燃烧的甜腻气味，一直紧紧地跟随着她。

而且还要猜那个疯狂的公爵夫人在小字条上画的东西，她想吃什么，五分钟一个主意，还要求别人看懂她那些稀奇古怪的画：扦子上穿着一只老鼠，意思是烤鸡肉；平底锅上画一只青蛙，其实是油炸鸭；水里放俩土豆，其实是烤茄子。那个厚脸皮大小姐朱塞帕就会跑下来，把鼻子和手指伸进调好的酱汁里，总是把没烤好的蛋糕带进图书室，会不小心打翻牛奶，唱歌像乌鸦一样难听……真想扇她几个耳光，但她母亲都不打她，母亲都不管，我们着什么急啊！……我脑子里都在想些什么啊？还有这么多事情要做，公爵不是已经交代了明天的事儿了吗？明天是玛妮娜的生日，要做盐烤鲟鱼吗？那东西得在红酒里腌一晚上……还要做千层蛋糕，每一层都要费好大力气，还要放在那里饧着……现在可能已经夜里一点了，早上五点就要起来在厨房里忙活……这一切都是为了那可怜的四个银币。为了这四个银币，每个月都要遭罪，还得一次又一次去问他们要，因为大家都忘记要给我发工钱……这些公爵们有房有地，但就是没钱，天哪！都是些什么人啊！……

公爵夫人有时会给我塞一些硬币，但这些零钱能拿去干什么……我的皮袋里需要其他东西，我的钱包一直都很饥饿，张着大嘴，就像鱼张着嘴呼吸似的……我都不屑把这些破零钱放到地板下面……我们要不要来一枚新锃锃的金币，铸着查理三世像的那种？或者是一枚达布隆金币，上面铸着已逝的费利佩五世像？拉斐尔在把那些该死的硬币给我之前，还要反反复复数上好几遍。我有时候都想给他几巴掌，真是蠢蛋！我闭着眼睛都认识这些钱，就像妻子熟悉丈夫的鸟。

玛丽安娜绝望地晃着脑袋，还是无法把伊诺琴的想法从脑子里甩出去。好像从她沉醉于月光的那一刻开始，这些想法就从她的脑子里面冒出来了。她离开了屋顶上的矮墙，但厨娘的声音还在她脑中回响，疯狂地折磨着她，继续嘟囔着：

那么多钱，要用来做什么？找一个丈夫吧，买一个丈夫的钱都有了……我真的需要丈夫吗？难道我要像两个姐妹那样，一个一张嘴就会挨打，另一个现在孤身一人，像个白痴一样，因为她丈夫跟一个比他小二十岁的年轻女人跑了，没有房子，没有钱，还有六个孩子要养？……那是为了床第之欢吗？公爵夫人看的书里，还有人们唱的歌里都说的那些事儿……但是，这个过着锦衣玉食生活的公爵夫人，拥有那么多马车和金银珠宝，就真正享受到了床第之欢吗？可怜的哑女，总是在那里看书写字……我看着都可怜……

想想真是难以置信，但事实正是如此：厨娘伊诺琴·波尔顿，一位威尼斯雇佣兵的女儿，一个文盲，来自遥远的地方，手上长满老茧，在这个世界上除了自己，没别人疼她，却对那个出身名门的公爵夫人感到同情。

玛丽安娜又重新靠在矮墙上了，无法抗拒伊诺琴的嘀咕。她接受厨娘说的那些无礼的话，就好像在这温柔、虚幻的夜里，厨娘的话是唯一真实存在的东西。她无法控制自己，还是看着伊诺琴：她用那双在厨房里游刃有余的手拿起两块大银币，一对一对放回袋子里，好像要让它们相伴而眠一样。她的手指好像可以精确地感受到银币的重量，就算闭着眼睛，她也知道那些钱是不是缺了一小块。

伊诺琴深吸一口气，用那条黑绳子把皮袋捆起来，重新放回房间中央的地板下。她把木板盖上，然后站起来，用脚把木板踩严实。最后她回到床上，一边飞快地脱裙子、衬衫、紧身胸衣，一边晃着脑袋，好像在跳舞似的——发钗和玳瑁梳子在空中飞舞，以前这些都是属于女主人的。

玛丽安娜闭上双眼，向后退去，她不想看到厨娘赤裸的身体。现在轮到她晃脑袋了，她要把那些不合时宜的想法甩掉，那些想法像甜角豆汁一样黏糊糊的。这种被别人的思绪占据的事，在她身上已经发生过几次了，都是她身边人内心的嘀咕，但从来都不像这次时间这么长。现在问题越来越严重了吗？小时候，她能接收到一些句子，一些零散的念头，但都是偶然发生，毫无预兆的。比如说，她特别想知道父亲大人在想什么，但毫无头绪。

最近不知道为什么，她老是钻到别人的脑子里，被某个有趣的想法所诱惑，谁知道会不会有什么惊喜的发现。慢慢地，她发现自己被这些思绪淹没，迷失在其中，不知道怎么走出来。她真希望自己从来没有上过屋顶，没有窥视过伊诺琴的房间，没有呼吸过那清新但致幻的空气。

十二

父亲的遗嘱引起了轩然大波。

他把本该给长子的给了几个女儿。

这是前所未有的事。

西诺雷托真是个傻蛋。

杰拉尔多也不会答应。

教会的姑姑是反对的。

他居然把巴盖里亚的乌克里亚别墅留给了你，我们觉得这太荒谬了。

曼加贝沙律师说，法律上不承认这种遗产继承法。

有长子继承权保护，他的遗嘱到时肯定会被判无效。

几个姑姑和姐姐在纸上写下这些话，都丢进玛丽安娜的盘子里。她把那些字条混在一起。眼泪让她看不清她们写的字，她的手也被泪水打湿。父亲还没有安葬，那张苍白亲切的脸还在她眼前，他们怎么就能在这儿讨论房子和土地？

看着他们激动夸分地做着手势，一定是什么难听话都说出来了。厨娘做的那些美食，也没法让他们埋下头吃。玛丽安娜心想：我站在屋顶，欣赏着月光洒向整座村庄的景色，父亲却在巴勒莫月桂路的那套房子里，躺在床上死去。想到这一点，她就没有了胃口。她能感受到别人内心的嘀咕，但怎么没感觉到父亲临死前急促的呼吸呢？是的，当时的确有感应，她好像在矮棕榈林间，看到了父亲亲切的身影，她想到了"白色盔甲的骑士"，但她当时不知道这是死亡的征兆。她想，父亲还是那么迷人，但她没有想到，这场父女的缘分已经到了尽头，这是他们最后一次见面。

公爵让伊诺琴准备的生日宴席——盐烤鲟鱼和千层蛋糕，现在都变成了难以下咽的、吊唁的一餐。然而并没有多少吊唁的成分，父亲大人不同寻常的遗嘱激起的争吵倒是最主要的。不知怎么回事，还没把父亲安葬好，这份遗嘱就公开了。

所有人都很惊异，尤其是杰拉尔多，父亲对几个女儿如此慷慨大方，他心里很不平衡。其实涉及的遗产都是无关紧要的部分，总的来说，大头还是归长子西诺雷托，可是几个弟弟也是这次遗产分割的获益者。父亲这次不按照常理出牌，让他们都很意外，说到底，能分到一点儿他们也很高兴，只是他们觉得有必要抗议一下。

西诺雷托是最大的受害者，但他一副绅士派头，没有参与争论。都是马里亚诺爷爷的妹妹——修女阿加塔姑婆在捍卫他的权利。她指手画脚，吵得脸红脖子粗。

舅父大人是唯一一个不关心这些争执的人，姐夫的遗产与他毫不相关，最终将归谁，他也不关心。他有自己的产业，反正他已经知道，巴盖里亚的那栋乌克里亚家族别墅是他妻子的，会完全属于他们。因此他倒了点儿红酒，想其他事去了，有时他用嘲讽的目光扫过几个外甥外甥女怒气冲天、激动万分的脸。

西诺雷托坐在玛丽安娜前面，父亲去世了，也许他是唯一应该表现得痛心疾首的人。每当有人跟他说话时，他就摆出一副难过的表情，这种刻意看起来有点儿好笑，就像是提前演习好的一样。

各种头衔都落在了西诺雷托头上：乌克里亚公爵、风塔纳萨尔萨伯爵、博斯科·格兰德、裴莎迪和乐默拉男爵、库迪齐奥侯爵，还有杜佳那·维奇亚侯爵。

西诺雷托仍然没有成婚，母亲大人曾给他物色过一位女子，但他不想要。很快母亲就去世了，带着遗憾走了，从此再也没有人操心和乌佐·迪·阿亚诺家族之间的复杂关系，那桩婚事就不了了之了。

西诺雷托二十五岁了，还没有成婚，父亲大人有些着急，觉得自己责任重大，就急忙去给儿子物色了另一个对象：圣艾丽娅的特里格娜公主。但这个女孩，大少爷还是不喜欢，父亲大人很虚弱，也不愿意强迫他。

准确来说，父亲大人放弃并不是因为虚弱，而是因为失去了信心。尽管他天性强势，但他已经不相信自己的权威了，做所有决定时，都有些踌躇不定。那种内心的疲惫常常让他微笑，而不是暴躁；常常让他妥协，而不是强硬。

就这样，巴勒莫的那些与他同龄的贵族青年都已经结婚生子，西诺雷托还是单身。

西诺雷托很早开始就热衷于政治，说自己想成为参议员，但不是像其他人那样，舒舒服服地当官，他的目标是推动岛上小麦的出口，从而降低价格，打开内部市场，要修建通往岛内的道路，提高运输效率，为参议院购买一些船只，以便农民把粮食运出去。西诺雷托在外面就是这样说的，很多青年人支持他的主张。

每次只有教皇死了时，参议员才会去参议院。有一次，卡尔洛背着西诺雷托，悄悄给玛丽安娜写道，而他们去了，也只是讨论一些特权的问题，吃着开心果味冰激凌，说着城里的新闻和八卦。他们有否决权，就可以一劳永逸，保证自己所占有的土地不受任何影响。

西诺雷托野心勃勃，他说以后要去都灵的萨伏依宫廷，有许多巴勒莫年轻人在那儿都做出了一番成就，他们态度谦逊，通过坚持不懈的精神和聪明才智，都争得了一席之地。因此，他最近去了巴黎，学会了法语，而且在下苦功研读古典著作。

阿加塔姑婆最爱西诺雷托，也最护着他。她是马里亚诺爷爷的妹妹，加尔默罗会的修女。她总是披着金色流苏披肩，随意地搭在长袍上，她还收集名人传记——修道院院长的、国家领导人的、皇帝的、主教的，以及教皇的传记。

皮耶罗公爵与她兴趣相仿，他们应该很谈得来，但其实不然。事实上，在皮耶罗公爵看来，乌克里亚家族源起于公元前六〇〇年，而她却认为是在公元前一八八年，从昆托·乌克里亚·杜佩罗尼年仅十六岁，就成为执政官时开始的，这在史料上也有记载。由于在这件事上意见不一，他们多年没有交谈。

菲亚梅塔妹妹自从成了修女，就没有了小时候那种弱不禁风、逆来顺受的样子。现在她胸脯丰满，气色红润，眼神明亮，由于长期在厨房作业：揉面、切菜、削皮和搅拌，她的双手也变得很粗壮。

菲亚梅塔身旁的是卡尔洛哥哥，他越来越像母亲大人了：懒惰、迟缓、神秘，手臂肥胖，双下巴已经快要变成三重下巴了，他眼睛近视，目光柔和，胸膛快要把修士袍撑开了。他成了解读古老宗教文本的专家，前不久，墨西拿①的圣卡洛杰罗修道院还把他叫去，请他破解十三世纪一些典籍中的秘密，一些没有人能懂的文字。他逐字逐句地把那些文字破解了，可能也加上了一点儿他自己的东西，修道院的人对他充满感激，赠送了很多礼物。

然后是弟弟杰拉尔多，玛妮娜姑婆说，他有"将军之才"。他衣装笔挺，身上的军装好像刚从裁缝店里取出来的。他很精致、客气、冷漠。他追求了众多女人，那些女人也对他趋之若鹜，但他拒绝结婚，是因为他并没有多少财产，也没有多少头衔。本来阿加塔姑婆给他相中了一个姑娘，她叫多梅尼卡·丽丝波利，是某个农场看守的女儿，是个富家女，因为她父亲从糊涂懒惰的地主那儿发了一大笔横财——现在这类人还挺多——但杰拉尔多根本就不考虑。他说哪怕这姑娘"像特洛伊城的海伦一样倾城倾国"，他也不想让自己的血统和"乡巴佬"混在一起。他也是到现在才知道，父亲给他留了一块库迪齐奥的土地，如果经营得当的话，那他可以有钱享用一辆马车和一套城里的房子。但他还渴望更奢华的生活，如果只是一辆马车的话，圣多梅尼克广场的很多商人也都有了。

---

① 墨西拿（Messina），意大利城市。

阿加塔妹妹像个小女孩似的坐在椅子上，洁白的手臂上全是蚊子叮的包。这就是家里最漂亮的阿加塔，十二岁的时候就嫁给了托雷·莫斯卡的堂迭戈。玛丽安娜想，以前她们在一起时，只要看一眼，就能知道对方的心事，现在却变成了两个不相干的人。

有时候，玛丽安娜会去阿加塔家里做客，她家住在巴勒莫马桂达路，那栋房子叫作莫斯卡楼，她会欣赏他们家的挂毯、威尼斯风格的家具和镀金的木框大穿衣镜。但每次看到妹妹，她都感觉很陌生，妹妹总是沉浸在遥远、阴郁的思绪里。

生了第一个儿子后，阿加塔就开始变得憔悴，她那特别招蚊子的雪白、芬芳的肌肤变得枯萎，提前衰老了。她的容貌开始走样，体形开始发胖，眼窝深陷，就好像周遭的一切都让她很受罪。

菲亚梅塔曾经是家里公认的丑丫头，她整日在修道院锄菜园子、揉面做面包，但现在可以说变得很漂亮了。按照父亲的说法，十五岁的阿加塔美得让"天使都会爱上她"，可二十三岁的她，看起来就像画在羊皮纸上的圣母——就是人们挂在床头的圣母像，都是一些无名画家的作品，挂在那里很多年，好像随时都会碎成粉末。

阿加塔生了六个孩子，其中有两个夭折了，生老三时，她患上了血液病，差点儿死了。虽然后来她的身体慢慢好转，但一直没能痊愈。现在她又患上乳疮，每次给小孩喂奶时，她都痛得要死，喂给孩子的，血比奶水还多。

她丈夫给家里请了奶妈，但她坚持要自己哺乳。她很固执，作为母亲的那种义无反顾的牺牲精神让她骨瘦如柴，产后发烧也使她越来越憔悴、虚弱，她的眼睛深深地陷入眼眶，柔软的金色眉毛还是以前的样子。可她听不进去任何意见，也不接受任何人的帮助。

从她嘴唇上的褶皱、前额那道深深的皱纹、僵硬的下巴、勉强的笑容、脱落的牙釉质和过早衰老发黄的牙齿，可以看出这位年轻母亲英勇的决心和意志。

阿加塔的丈夫时不时地会握住她的一只手，亲吻一下，从下往上打量她。玛丽安娜心想：谁知道他们婚姻生活的秘密是什么。每段婚姻都有自己的秘密，那是连自家姐妹也不会说的。玛丽安娜的婚姻充满了沉默和冷漠，幸运的是，这种沉默和冷漠越来越少被夜晚那些可怕的时刻打断。那阿加塔的呢？尽管频繁的分娩，受难般的生育让她的容颜开始失去光泽，身材变形走样，但堂迭戈看起来好像很爱她。而阿加塔呢？从她对丈夫的爱抚和亲吻的反应来看，就像是强忍着痛苦，忍受一种让她厌烦的折磨。

堂迭戈长着一双清澈的天蓝色大眼睛。他对阿加塔的柔情蜜意，好像隐藏着一种很难启齿的东西，也许是他的占有欲，是占有欲没得到满足而产生的焦虑。事实上，有那么几个瞬间，他纯真的眼睛里会闪烁出一种光芒，一种一闪而过的满足——妻子的早衰似乎让他很满意，他会伸出手去，喜悦中夹杂着满足和同情。

就在这时，玛丽安娜的凝视被打断了，她被撞了一下，差点儿从椅子上掉下来。那是因为杰拉尔多突然站起来，他坐的椅子撞在了墙上，把桌布拖到了地上，向门口走去的时候又撞到了聋哑姐姐。

舅父大人立马向她跑过来，看她有没有受伤。玛丽安娜对他微笑了一下，好让他放心。她突然惊讶地发现，这一次她是站在舅父大人这边的，他们是一条战线的伙伴和朋友，来对抗自己的兄弟姐妹。

对玛丽安娜来说，巴盖里亚别墅是她一手建造的，她想在里面住到老。她当然很高兴能够继承娘家的一块地，能够拥有一些可供自己支配的钱，那样就不用老问别人要钱。虽说舅父大人在斯卡纳图拉的土地收益都很好，但她花每一分钱都必须向皮耶罗公爵要，有时候，她连买纸的钱都没有。

就算只有裴莎迪核桃林或是巴盖里亚橄榄园，那她也很满足。她可以用自己的方式管理好，这样她就有了一份自己的收入，不受别人的监控……是的，她在没有意识到的情况下，也开始想着瓜分遗产的事，她也在算计、渴望、索取、要求。幸好她不能说话，这样就不会加入兄弟姐妹愚蠢的争吵中，否则天知道她会说些什么！再说了，也没有任何人来询问她。他们都专注于自己说的话，现在很激动地在争吵，声音像喇叭一样发出震颤。她从来都没有听过他们的声音，但她想象那就像金属发出的撞击声，会让人想跳舞。

他们经常表现得仿佛她不在跟前一样，寂静笼罩着她，并把她带到了远处，寂静就像母亲大人描述的那种妖怪狗，缠住她的腰，把她拖得远远的。现在她待在亲戚中间，就像一个忽隐忽现的幽灵。

她知道，现在争论的话题正围绕着巴盖里亚的那套别墅，但没有一个人来问过她的意见。父亲大人拥有以前爷爷修建的宅子的一部分，还有别墅周围的橄榄园和柠檬园的一半。父亲决定把这些都留给聋哑女儿，这个不经意的决定，却让别人觉得不可思议。因为这里已经有人想着"推翻遗嘱，这太过分了"。这时，舅父大人走开了，把一张字条放在她膝间，上面写道：不知道要走哪些程序，反正巴勒莫的律师多的是，就像雨后的春笋一样。

此时此刻，玛丽安娜想到，父亲大人在月桂路的那张床上躺着，已经死去，而她正卡在几个吵来吵去的兄弟姐妹中间吃饭，她突然觉得这个场面十分滑稽可笑。她兀自无声地笑了起来，可紧接着，她的眼泪就流下来了，像寂静的瀑布一样，像暴风雨一样袭击了她。

卡尔洛是唯一发现她在痛哭的人，但他太专注于吵架了，没办法抽身过来安慰她。他只能用温柔的目光看着她，但同时也很惊愕，因为玛丽安娜无声的啜泣，就像一道道没有雷声的闪电，有一种残缺的感觉。

十三

黄色客厅腾出了一部分空间，要在那里布置耶稣诞生的布景，规模比较宏大。木匠师傅花了两天的时间，做出了一座山的背景，丝毫不逊色于卡塔尔法诺山脉。从远处看，可以看见一座火山，轮廓是白色的，在火山中间有一股白烟，是用白色的羽毛缝在一起做的。种满橄榄树的山谷下面是大海，大海是用一层层的丝绸做出来的，小树的树干都是用陶土烧制的，上面的树叶是用布做的。

费丽斯和朱塞帕坐在地毯上，做一个周围长满青草的小湖，小湖是用镜子做成的，她们用染了绿色的纸片做青草。玛妮娜靠墙站着，看着她俩。马里亚诺在吃饼干，吃得满脸都是。菲拉在他身边，她本来是要把牧羊人小雕像摆放在深绿色织布做成的草坪上，可她盯着整个场面看，看入迷了，忘记了自己要做的事。伊诺琴站在马厩旁边，正在调整马槽上面的稻草，让稻草看起来自然一些。

西诺雷托——最小的孩子正睡在玛丽安娜的怀中，她把孩子裹在西班牙披肩里，抱着他，身子前后摇晃，温柔地哄他。

现在小湖已经快做好了，但湖水反射的，并不是粘在马厩后的绿色纸片，却照出了天花板壁画上的奇美拉，它从叶簇中探出头来，露出嘲讽的眼睛。

伊诺琴轻轻地把圣婴放到新鲜的稻草上，小耶稣头上戴着沉重的陶瓷光环。在圣婴旁边的是屈膝跪着的圣母玛利亚，她身上披着一件青绿色斗篷，盖住了头和肩膀。圣约瑟穿着羊皮裤，戴着浅褐色的花边帽。一头很肥的牛，身上全是腱子肉，看着很像一只癫蛤蟆，还有一头驴子，有一对长长的、红通通的耳朵，有点儿像兔子。

马里亚诺不久前刚满七岁，他把手伸进绑着蝴蝶结的篮子里，里面放着一些小雕像，他手上的糖都抹到雕像上了，他从里面拿出"东方三贤"中的一个，雕像上的头巾是用花岗岩石雕刻的。朱塞帕见状，马上冲过去，从他手中抢过雕像。他失去了平衡，摔倒在地上，但他毫不让步，继续把手伸进去，拿出另一个披着金色罩袍的"东方三贤"。

这一次费丽斯冲了过去，想从他手中夺走那尊珍贵的雕像。但他坚持不肯放手，他俩一起摔倒在地毯上。他用脚踢姐姐，费丽斯则咬他。朱塞帕跑过去帮姐姐，于是两个姐姐联手，把他压在身下揍他。

见此情景，玛丽安娜抱着怀中的孩子向他们三人冲过去，伊诺琴抢在她之前抓住了姐妹俩的手臂和头发，但"东方三贤"掉在地上摔碎了。

玛妮娜看着他们打闹，有些不安，这时她朝弟弟跑过去，抱他，亲吻他哭泣的脸。然后又紧紧地握住两位姐姐的手，把她们拉过来，拥抱她们。

玛丽安娜想，这个女儿有息事宁人的天分，比起吃和玩儿，她更爱和睦。为了让两位姐姐消消气，不要打架了，她鼓起腮帮子，对着那些雕像吹气，吹起了圣母玛利亚的斗篷，吹开了圣婴的小衣服，圣约瑟的一撮长胡子也飞起来了。

她把费丽斯和朱塞帕逗笑了，也逗笑了手上还抓着一半雕像的马里亚诺，就连伊诺琴也笑了，玛妮娜吹的那股风把布做的椰子树叶吹乱了，牧羊人的头发也都飞起来了。

朱塞帕突然想到一个主意：为什么不把玛妮娜装扮成天使呢？她已经有了金色的鬈发、甜美的圆脸蛋、大大的眼睛，在祈祷文里就是这样描述天堂里的天使的，她就差一双翅膀和一条天蓝色的长裙。

在费丽斯的帮助下，朱塞帕展开一张金色的纸，开始剪裁。马里亚诺也想加入她们，但他什么都不会，被两个姐姐推开了。

玛妮娜明白，把自己扮成天使，就可以让两个姐姐和弟弟少吵一会儿，所以她没有抗拒。她们给她披上一件短斗篷——那是母亲的，然后在她的紧身胸衣上缝上一双翅膀，给她的脸涂上红色和白色的颜料。只要滑稽的模样能把他们逗笑，她便任由他们摆布。

玛丽安娜闻到了一股颜料的味道，那是刺鼻的松节油和腻腻的油脂，突如其来的怀念从她内心升起。假如有一张白色画布和一支炭笔，她就会画出这个大厅的情景：大家在积极地布置耶稣诞生的场景，在有窗子的屋角，地板沐浴着阳光，朱塞帕和费丽斯低着脑袋，耐心的玛妮娜的背后已经粘好了一只翅膀，另一只大翅膀还在地上。伊诺琴结实的上身弯下来，俯身于那些陶瓷材料的树木之间，菲拉盯着巨大的彗星看，不知道她在做什么，眼睛里反射着星光。

就在这时，西诺雷托醒了，从母亲的披肩中探出他光秃秃的小脑袋，充满爱意地看着她。他没有头发，没有牙，像一只欢呼雀跃的"精灵"，朱塞帕奶奶在那本金百合笔记本上写着"一只不会消停的精灵，永远洋溢着笑容"。

一位母亲和几个孩子在一起。画布很大，玛丽安娜会把自己也画进去。她会从妖怪开始画起，然后再画上菲拉乌油油的头发，伊诺琴长满老茧的手，玛妮娜金黄的鬈发，马里亚诺黑夜一般的眼睛，再画上朱塞帕和费丽斯姐妹俩紫红色的小裙子。母亲应该是坐在一张坐垫上，就像她现在的样子。厚披肩和衣服应该交织在一起，大约在臂弯的那个位置，露出一个刚出生几个月的婴儿的小脑袋。

这本是一幅展现家庭幸福时刻的画，可为什么在这幅画中，几个孩子的母亲看起来那么痛苦和震惊？那奇怪的惊异到底是因为什么？

这幅想象出来的画让玛丽安娜的手僵住了，就好像她是有罪的，因为她的想法违背了上帝的意愿。如果不是上帝，那么是谁在这么焦急地推着人们前行，让他们连滚带爬、成长，然后变老，最后在一声"阿门"中死去？

绘画的手有着小偷的本能，把从上天偷来的东西送给人类，存放在人们的记忆中，假装存在永恒，在这样的虚幻中营造幸福的假象。画家好像创建了一套自己的秩序，更加稳定清晰，甚至更加真实。这难道不是对上帝的亵渎吗？不是对神圣信仰不可原谅的轻慢吗？

依然有一些手，它们傲慢地让时间停滞下来，让我们了解过去的事。在那些画布上，时间不会老去，它像布谷鸟的歌声一样，无止境地重复下去，带着无尽的忧伤。玛丽安娜想，时间是上帝对人类隐瞒的秘密，因为这个秘密，人们日日夜夜苟延残喘地活着。

在客厅的地板上，阳光在蔓延，在她想象的画面里，有一个影子忽然闯了进来。玛丽安娜抬起目光，看着窗口，舅父大人在玻璃后面看着他们。他的眼睛很小、很聚光，好像非常满意。在他面前，在整个别墅最明亮的房间里，全家人都聚在那里，那是他的后代。现在他有两个儿子，他的目光里充满了自豪和对他们的关爱。

丈夫的目光与年轻妻子的目光相遇，他朝她笑了一下，目光里有一丝感激，而她只察觉到一种古老、悲哀的满足。

舅父大人会打开落地窗吗？他会过来看看他们布置的这个场景吗？玛丽安娜很了解他，当他觉得放心了，他会选择一个人，远离温暖的房间。事实上，她看见他转过身，背对他们，双手放在了口袋里，大步向咖啡亭走去。在那儿，在玻璃窗和攀缘植物下，他让人端来一杯加了很多糖的咖啡，欣赏眼前他已经熟谙于心的风景：右边是缇娜山的山顶，前面是索伦托山上的洋槐林和卡塔尔法诺山光秃秃的黑色山脊，咖啡亭面向大海，今天的海水扬起轻轻的波浪，像春天的草地一样绿。

十四

房间里光线晦暗，地上放着炭火盆，火上架着一把水壶，水已经沸腾了。玛丽安娜窝在一张低矮的沙发上，双腿伸到地上，头靠在枕头上，她睡着了。

在她身旁，有个系着蓝色蝴蝶结的木质摇篮，玛妮娜和马里亚诺都曾在里面睡过。从窗缝里吹进来一丝风，摇篮上的饰带飘了起来。

伊诺琴慢慢地推开门——她是用脚推开的，因为手上端着一个托盘，上面放着一大杯热饮和蜂蜜饼干。她把托盘放在公爵夫人身边的椅子上，正要离开时，突然想起了什么，又去床上拿了一条毯子，给这位正在熟睡的母亲盖上，以免她着凉。伊诺琴从来没见过夫人像现在这般模样，她的脸色苍白消瘦，黑眼圈很重，整个人油腻、凌乱，根本不像平时的样子。平时在大家眼里，她看起来像个二十岁的年轻女人，但今天看起来好像老了十岁。地板上有一本打开的书，她竟然还有力气读书！

伊诺琴把毯子盖到她腿上，走到摇篮前，看了看这个最小的孩子。听见西诺雷托呼吸时发出的嘶嘶声，她心想：这个孩子活不过今晚。这个念头一从她心中升起，玛丽安娜就立刻惊醒过来。

玛丽安娜梦见自己在飞，风灌得眼睛和鼻子里都是，马蹄蹬上云端。她意识到自己和父亲一起骑在栗色马米圭里托上，父亲坐在她前面，拉着缰绳，马在那些棉花一样的云朵中间奔跑起来。下面就是山谷，山谷间可以看见乌克里亚别墅的全貌，优雅漂亮，别墅是琥珀色的，两条带窗户的拱廊看起来像两只手臂，那些雕塑像芭蕾舞者一样，在屋檐上保持着平衡。

玛丽安娜一睁开眼，就看到伊诺琴亲切和善的大脸，距离自己的面孔只有一指远。她马上向后躲闪了一下，同时本能地推了一把，伊诺琴为何要这样盯着自己看？可她的微笑里带着关切，玛丽安娜又没有勇气赶她走了。她坐了起来，整理了下领子，用手理了理头发。

现在，厨娘又走到摇篮边上，小孩在里面睡着，裹在被子里。她用两根手指调了调丝绸带子，仔细观察着那张僵硬的小脸蛋，看着他拼命张开嘴巴呼吸，寻找着空气。

玛丽安娜不禁自问，是什么巫术使得伊诺琴的想法这样清晰地展现在自己的脑子里，就好像自己能听见一样。玛丽安娜不想要这样的负担，这让她浑身不自在。但同时她又很喜欢闻伊诺琴那条灰色裙子的味道，混杂着炸洋葱、迷迭香、醋、猪油和罗勒的味道。那是生命的味道，现在这种味道和慢慢从摇篮里散发出来的汗液、呕吐物、樟脑油的臭味混合在一起。

玛丽安娜示意伊诺琴坐到自己身边来。她把宽大的裙边折起，安静地走过来，坐在地板上，脚伸到地毯上。

玛丽安娜伸出一只手,想去拿装着热饮的小杯子,她想喝一大口凉水,伊诺琴却给她准备了一杯热辣的烈酒。或许厨娘觉得,一杯热辣的烈酒可以帮助她抵御寒冷的夜晚。玛丽安娜不想让厨娘失望,一口气喝下了那杯微辣的酒,可她没有暖和起来,倒冻得打起冷战来。

伊诺琴关切地握住了玛丽安娜的一只手,给她搓手,想让她慢慢暖和起来。可玛丽安娜突然僵住了,她满脑子都是那个钱袋,以及伊诺琴用她那性感的手指,让钱币成双成对地睡进钱袋里的画面。

玛丽安娜不想拒绝得太明显,让伊诺琴难堪,所以她起身走到床那边去。那儿的天鹅刺绣屏风后面,放着一个干净的尿壶,她蹲下来尿了几滴,然后把尿壶递给厨娘,就好像要送给她一件礼物。

伊诺琴抓住把手,用她的围裙边盖住尿壶,然后下楼,准备把尿倒进污水坑里。她挺着上身,就好像手里捧着什么珍宝似的,一步一步小心翼翼地走着。

而这时,小孩好像已经没有呼吸了。玛丽安娜盯着他发紫的嘴唇,不安地俯身去看他,她伸出一根手指放在他的鼻孔上,他的气息很微弱,呼吸急促,也不平稳。

母亲把头靠在儿子的胸膛上,听他的心跳声,它跳得十分微弱。儿子身上吐奶的腥味和樟脑油的气味一下子涌进了她的鼻子。医生又不让给他洗澡,那可怜的小身体就得一直包在绷带里,让那股濒死的味道慢慢地渗透在布里。

她想:也许他能撑过去,其他孩子也都生过病,玛妮娜曾经得过腮腺炎，连续十几天发高烧，马里亚诺差点儿得丹毒死了。但没有一个孩子像刚满四岁的西诺雷托现在这样，全身散发出一股腐肉的气味。

在他刚出生的几个月，玛丽安娜总是看着他用那双蜘蛛一样的小手抓紧她的胸部。他跟玛妮娜一样，是个早产儿，玛妮娜是提早一个月来到世上的，而他是在预产期两个月前就想蹦出来了。他发育得很吃力，但至少看起来是健康的。坎那梅拉医生当时就说了："过不了几个月，他就会赶上几个哥哥姐姐了。"

在哺乳时，他似乎不懂得怎么吮吸，只会拱来拱去，即便吃下去，也会吐出来。可他是最早认出母亲的那一个，看到她，他会很激动，会热情地对着她笑。

除了玛丽安娜，他不愿意让任何人抱。不论是奶妈、乳母，还是保姆，都无法安抚他，不在母亲的怀抱里，他就会一直大哭大闹。

他是个聪明、快乐的男孩，好像天生知晓母亲的失聪，出生没多久，他就发明出与母亲沟通的专用语言，让母亲可以明白他，也只有她能够明白他。他会踢蹬着脚，用动作和表情来表达自己的情感，他会笑，缠着她，黏糊糊地亲吻她。他会把没长牙的大嘴紧紧地贴着母亲的脸，用舌头舔舔她闭着的眼睛，也会像小狗一样，用牙龈轻轻地咬她的耳垂，但他知道轻重，不会咬痛她。

他比其他孩子长得快，越长越高，脚也很大。有一天，伊诺琴抓着他的脚赞赏地说："这个小子长大后会成为圣殿骑士。"舅父大人听到后，急忙把那句话写在纸上，给玛丽安娜看，想逗妻子笑。

但他一点儿都不胖，她抱他的时候，可以感觉到他硬硬的肋骨，用手摸的时候，感觉就像月牙。她心想：这孩子什么时候能长点儿肉呢？她亲亲孩子露在外面的肚脐，那里一直都有点儿红肿，就像半小时前才剪的一样。

　　他身上总是有一股奶腥味，就算在水缸里盛满水，用肥皂给他洗澡，也完全洗不去这个味道。她就算闭着眼睛，也能认出这个在她三十岁时生下来的小儿子。她明目张胆地偏爱这个幼子，放任自己溺爱他。

　　很多个清晨，玛丽安娜会忽然醒来，感觉赤裸的肩膀上有一股热气，她发现是西诺雷托悄悄地钻上床，用还没长牙的嘴紧紧地咬着她的肉，就好像那是乳头一样。

　　玛丽安娜边笑边搂住他的脖子，把他抱进暖和的被子里，屋子里黑乎乎的，什么也看不到。他大笑起来，抓住母亲，亲她，去闻她身上睡了一晚的味道，用头去顶母亲的胸部。

　　吃饭时，玛丽安娜让他坐在自己身边，舅父大人是断然不肯的。他给她写了很多次字条，说：小孩必须与其他孩子待在一起，待在幼儿室里。

　　但玛丽安娜知道，西诺雷托的瘦弱身体能让舅父大人心软。她回道：舅父大人，我不在跟前，他就不吃东西。

　　别叫我舅父大人。

　　可这孩子太瘦了。

　　如果您不把他放到幼儿室去，我会让他更瘦。

　　您把他赶走的话，那我也走。

　　这些斗嘴的字条就这样来来回回，让菲拉和她身后的仆人都笑了起来。

最后，玛丽安娜胜利了，西诺雷托得以坐在她身边，但只能是吃中饭的时候。这样，她就能大口大口地给他喂剁碎的鸡肉、奶酪鸡蛋面、橙汁蛋黄酱，还有其他伊诺琴说能够补血的食物。

但西诺雷托就是一直只长个子，不长肉，他长得高高的，脖子像鹳，双臂像猴子，哥哥姐姐都明目张胆地取笑他。他两岁时，就比阿加塔三岁的儿子高了，只是体重一直不涨。他长高的速度，就像一株急于呼吸新鲜空气的植物一样。他的牙和头发也不长，脑袋像个球似的，玛丽安娜给他戴上了刺绣卷边婴儿帽。

在所有孩子都开口说话的年纪，他还是只会笑。他会唱，会大喊，会吐口水，但不说话。舅父大人开始给玛丽安娜写一些带有威胁性的字条：我不想儿子像您一样。接着又写：药剂师说，你们必须分开，坎那梅拉医生也这么说。

玛丽安娜很害怕他们会把西诺雷托带走，吓得发起烧来。其实，在她神志昏迷时，皮耶罗也在家里徘徊不定，为自己的犹豫不决感到苦恼。他不知道是应该趁妻子昏迷之时，把儿子带到特蕾莎教化姑姑的修道院那儿，让他学习说话，还是让可怜的孩子留在母亲身边？毕竟他们形影不离，谁都离不开谁。

正在他纠结不定时，玛丽安娜退烧了。她让丈夫答应自己，再把儿子留在身边一年。但作为条件，她必须答应舅父大人，往家里请一位家教，让西诺雷托开始学习识字。其实，玛丽安娜对儿子抗拒说话的表现也很困扰，毕竟他已经四岁了。

事情就这么定了。舅父大人安慰自己：这孩子很好，他很快乐，会吃东西，在慢慢长大，怎么能把他从母亲的怀抱中夺走？

唯一令人担忧的一点就是，他没有任何要说话的意思。

直到有一天，在离约定的一年快要期满时，西诺雷托病了。他不停地呕吐，整个人都变成了灰色的。

坎那梅拉医生说，这是一种谵妄症，脑膜炎的一种。赤脚医生波佐伦戈给西诺雷托放了血，他的意见是让西诺雷托不要再吃东西，并把他隔离到一个单独的房间里，只有母亲和伊诺琴可以进去。事实上，这个赤脚医生宣称，这种病与脑膜炎无关，而是一种非典型天花。

厨娘伊诺琴已经中过天花，她那时半死不活，但最后还是活过来了。玛丽安娜没有得过，但她不害怕。那会儿整个巴盖里亚遭遇天花瘟疫，大家都在发烧、呕吐时，她不是也独自留在别墅里，没有受到感染吗？她时不时地用醋洗手，吃盐水柠檬，用手帕包住嘴，把它系在后颈上，像个蒙面海盗一样。

自从西诺雷托病了以后，她都没有做过常规的预防措施。她睡在沙发上，摇篮就在身边，儿子睡在里面，呼吸非常困难。夜晚，她会突然惊醒，把手放到孩子的嘴巴上，确认他是否还有呼吸。

她看见儿子用如此令人难过的方式呼吸，看着他乌黑的嘴唇，看着他的小手紧紧地抓在摇篮的边上。玛丽安娜想，也许帮助他的最好方式就是让他死去。赤脚医生说，他可能已经走了。但她还是让他活着，把他抱在怀里，给予他温度，亲吻他，把自己微弱的呼吸传递给他。

十五

　　父亲大人有自己的一套上马办法：他抓住浓密的马鬃，一边上马，一边跟它说话，安抚它。玛丽安娜从来不知道，他跟它说了什么，那些含糊不清、热情体贴的话语，看起来很像之前那次在滨海广场上，他对着即将走向绞刑台的死囚说的话。

　　他上了马鞍之后，示意玛丽安娜靠过来，他俯身至马脖子处，把女儿拉上来，让女儿坐在他前面，骑在马鬃上。父亲不需要扬马鞭，或是用马刺催马，因为他只需要坐到某一个位置，身子前倾，双腿夹着马的腹部，米圭里托就会开始跑。

　　他们骑出别墅，下坡，骑到圣·尼古拉门前的开阔地带。那里有牧羊人晒的剥下来的羊皮，所以空气中总是弥漫着一股强烈的腐肉和鞣皮的气味。接着，父女俩经过特拉比亚别墅前的栅栏，穿过一条小胡同。那条小胡同的一边就是帕拉戈尼亚别墅的花园，他们会经过左边的两座雕塑——两个独眼怪兽，然后踏上一条尘土飞扬的路，两侧是无边无际的桑树林和仙人掌灌木丛，这条路通往阿斯普拉和蒙杰比诺。

父亲大人身体前倾，米圭里托疾驰起来，穿过歪歪扭扭的角豆树，经过零零散散的农舍、橄榄园、桑树林、葡萄园和河流。

海面上的潮湿雾气开始升起，她的鼻腔里充满着一股新鲜、咸咸的味道，栗色马扬起前蹄，借着腰两侧的巨大冲力，从地面一跃而起，飞了起来。空气变得越来越清新干净，受惊的海鸥向他们飞了过来。父亲大人踢了一下马，女儿抓紧马鬃，同时抱紧米圭里托灵敏而温柔的脖子，就好像那是一只长颈鹿的脖子。

风钻进头发，吹乱了玛丽安娜的呼吸，这时，一朵云温吞地向他们飘来。马一跃就跳进了云层，开始在波动起伏的泡沫里游动、踢踏，发出嘶嘶声。突然间，玛丽安娜什么都看不到了，一片黏糊糊的雾遮住了她的双眼。后来他们又到了云朵之外，飞到了清澈、宜人的天空中。

玛丽安娜心想：显然，这次父亲大人是要带着我一起去天堂。她心满意足地看着他们身下的树木渐渐变小、变暗。大片的农田成了蓝色的几何形状，有的是四方形，有的是三角形，杂乱无章地重叠在一起。

但此时栗色马不往天空那边骑，而是向着山顶驶去。玛丽安娜认得出那贫瘠、空旷的山尖，那座像城堡一样灰色的山，那是朝圣者山，一眨眼他们就到了那儿。此时此刻，他们降落在晒得干燥的岩石上，稍作休息，不知道接下来他们要到哪一重天去。

但此时，有一大群人聚集在他们下面，人群中间有一块黑乎乎的东西：那里有个台子、一个男人和一根悬挂着的绳子。米圭里托开始围着台子绕圈，周围变得更热了，鸟儿落在后头。现在，玛丽安娜看清楚了，绞刑台上有个男孩正要被行刑，父亲大人准备带着女儿和马一起降落在那儿。

在米圭里托的蹄子落地的一瞬间，玛丽安娜醒了，汗水浸湿了她的睡衣，她的嘴唇很干。自从小西诺雷托死了以后，她时常夜不能寐。尽管她已经在服用缬草油和鸦片酊，还有用野菊花、橙花和山楂一起泡的安神茶，但每到夜晚，她还是每隔两小时就会气喘吁吁地醒过来。

玛丽安娜很烦躁地用脚把被子踢开，露出赤裸的脚踝。她起身下床，羊皮小地毯使她的脚掌微微发痒。她把手伸向火柴，点燃床头柜上的蜡烛，披上紫罗兰雪尼尔绒斗篷，向走廊走去。

从舅父大人的房门下透出来一丝光线。难道他也失眠了？还是他又像最近经常出现的状况，没有熄灭蜡烛，手捧着书就睡着了？

再往前一点儿，就是马里亚诺的房间了，他的房门虚掩着，玛丽安娜用两根手指把它推开，几步就到了床边。她看见儿子正张着嘴巴睡觉，她想，是不是又要去坎那梅拉医生那儿问问情况。这孩子的喉咙一直很脆弱，每次感冒都会鼻塞，总是咳嗽得很凶。

他已经拜访过两位名医了，一位按照惯例给他放血，让他的身体更虚弱了；另一位则说他需要做开鼻手术，把里面碍事的鼻息肉割掉，再重新把鼻子缝合。但舅父大人不同意这样做，他说："婊子养的！这里可以开合的只有门！"

幸好，随着他慢慢长大，他的性格也在变好：他不再任性了，不再一言不合就在地上耍赖。他有一点儿像玛丽安娜的母亲大人，也就是他的外婆：生性懒惰，温厚善良，很容易开心，也很容易沮丧。每次他过来亲吻玛丽安娜的手，并且给她讲最近发生的事，写在字条上的字体都是宽宽的，很潦草。

有时候，儿子会用怜悯的目光，看着玛丽安娜那双过早衰老的手。她能感受到他的目光，从某种角度来说，他心里觉得这是她应得的报应，因为她那么不遗余力，照顾着那个四岁就夭折的弟弟，她在那个让人作呕的小身体上耗费了那么多精力。

皮耶罗公爵和特蕾莎教化姑姑如今正绞尽脑汁地劝诫他，让他的行为举止要像个公爵。他父亲比母亲年长很多，父亲百年之后，他将承袭父亲的所有头衔和遗产，而且谢巴拉斯家族没有后人，皮耶罗公爵也会获得这个家族的所有财产。但马里亚诺不以为意，他变得骄傲自满、狂妄自大。有时候他会很厌烦，又回去和几个姐姐玩捉迷藏，让父亲吹胡子瞪眼，但他才十三岁啊。

接着，玛丽安娜在朱塞帕的房门前停下了脚步，她是三个女儿中最不安分的一个：她拒绝上音乐课，不想学刺绣、西班牙语，只喜欢吃甜食、骑马。在莉娜和蕾娜患上疟疾死去之前，她们姐妹俩会吹口哨，把栗色马唤来，一起骑过橄榄园，还教会了朱塞帕骑马。但其实舅父大人是不许她去的，他说："有专门给小姐们乘坐的轿子、马轿、马车，我家里不需要亚马孙女战士。"

然而，只要皮耶罗一去巴勒莫，朱塞帕就会骑上米圭里托去海边。玛丽安娜知道，但她从没告发过女儿，因为她以前也想骑马，在尘土飞扬的小路上疾驰而过，但家里人从不允许。母亲大人劝告她，一个聋哑人几乎什么都不能做，否则就会被"那种长着长尾巴的狗"缠住。只有父亲大人，在她的多番坚持下，偷偷带她骑过两三次，骑在米圭里托的背上，那时它还是匹无忧无虑的小马驹。

皮耶罗公爵对朱塞帕尤其严格，如果她早上拒绝早起，他就把她关在房间里一整天。其实伊诺琴会悄悄地给她送去专门为她做的好吃的，而舅父大人却从来都不起疑心。

你女儿朱塞帕都十八岁了，行为举止还像个七岁的小女孩。他在纸上这样写道，然后生气地丢到玛丽安娜身上。玛丽安娜也发觉女儿闷闷不乐，却不知道她为什么不开心。她的床单都被泪水浸湿了，但她好像很喜欢在床上滚来滚去，床上全是饼干渣。她头发油油的，总是抗拒一切人与事。

她正在成长，总是要经历这个过程。父亲大人以前会这样写道，别管她了，她自己会好的。而舅父大人却一点儿都不放过这个女儿，他写道：真是胡搅蛮缠。他每天早晨都站在女儿床头，喋喋不休地训诫她，却适得其反，他说得最多的就是朱塞帕不想结婚。十八岁了还待在家里，简直丢人，你母亲十八岁时，都已经生了三个小孩了。你会变成个老姑娘。我要你这个老姑娘做什么？生你做什么？

玛丽安娜摸索着向前走，这是一条很长的走廊，几个孩子的房间一个连着一个，就像十字路口的车站一样。这间房是玛妮娜出嫁前的卧室，基于她父亲的意愿，她十二岁就嫁人了。她一直是父亲最喜爱的女儿，因为她最乖巧听话，也最漂亮。他觉得，让她嫁出去是他做出的巨大牺牲，他说："这也是为了她能嫁得好，嫁给一个正直、富裕的人。"

挂着流苏床幔的四柱床、赭石色的天鹅绒窗帘、玳瑁梳子和刷子，还有卷发的工具，这是西诺雷托外公在玛妮娜十岁时送给她的生日礼物。她卧室里的每样东西都摆放得很整齐，就好像她还住在这儿似的。

　　玛丽安娜又想起了之前，为了让丈夫放弃那桩过早的婚事，她很生气，给他写了很多字条。但那些亲戚朋友，还有风俗习惯把她打败了。此时她在想，她是不是为那个年幼的女儿做得太少了，她没有拿出足够的勇气。很显然，如果事关西诺雷托，她会花更多的精力去为他争取。而对于玛妮娜，她只是在刚开始时抗争了一下，之后就撒手不管了，因为疲惫、厌烦，或者因为胆小、懦弱，谁知道呢?

　　玛丽安娜很快就离开了这个房间。在玛妮娜的房间里，挂着一幅圣母玛利亚的画像，那幅画的下面点着一根蜡烛，闪烁着微弱的光。旁边的房间，也就是对着楼梯的那间，几年前，里面住着费丽斯，她是玛丽安娜最活泼可爱的女儿，十一岁就进修道院了，她和那些方济各会修女一起建立起了一座自己的王国——一个管理制度独特的小王国，她进出随意，中餐和晚餐时间也随意。父亲经常用轿子把她接回巴盖里亚住一两天，也没有人说什么。

　　费丽斯也在这里留下了一个空洞。玛丽安娜想，她太早就失去这几个女儿了，除了朱塞帕，这个浑身不自在，老是在床上翻来覆去的女儿。但玛丽安娜也无法理解她。抚养孩子就像母鸡孵蛋似的，要怀着巨大的耐心，这里面有些很愚蠢的东西。

　　玛丽安娜生下这些骨肉，她自己的身体也在发生变化，就好像在结婚时，她便已经失去了自己的身体。她每天就像个幽灵似的，在衣服里进进出出，所有的举动只是出于一种古老而阴暗的女性尊严所赋予的义务，而并非一种由心而生的喜爱。她做了母亲，贡献了自己的肉体，她感觉对这些孩子的态度是适应、服从和克制。只有在生下西诺雷托时，她才有些看开了，她自己清楚，他们之间的感情已经超越了一般的母子之情，其实已经有点儿像情人了。也正因为如此，它才不能长久。西诺雷托如此年幼，他比她更早明白，所以最后选择离开。一个人可以脱离肉体活着吗？就像她这三十多年的生活，其实她的身体已经与木乃伊没什么分别了。

这时，双脚又把她带去别处，她沿着铺了花卉图案地毯的石梯走下去。入口那里的外墙上，一株株蔓生植物攀缘而上，走廊很黑，大窗户对着寂静的庭院。黄色大厅里，可以瞥见浅色的斯频耐琴，两座罗马雕像立在阳台门的两边，屋顶上的壁画，有两只奇美拉怪兽从树枝那儿探出头来。粉色大厅里摆着柔软的沙发，红木跪凳，餐桌上白色的陶瓷盘子十分醒目，里面装着梨子和葡萄。空气寒冷刺骨，这些天，巴盖里亚迎来了一次不同寻常的降温，已经很多年没有这么冷过了。

厨房里倒是有一点儿热气，有一股油炸的气味和番茄干的味道。门开着，照进来一束淡蓝色的光。玛丽安娜走向橱柜，机械地打开橱柜门，餐巾里包着面包，一股面包的香味扑面而来。玛丽安娜突然想起了她读过的书，普鲁塔克对德谟克利特的描述：奄奄一息的哲学家，不愿让要出嫁的妹妹为他的死感到痛苦，他还强撑着，去闻刚烤出来的面包的味道。

玛丽安娜眼睛的余光瞥见地板上有一团黑的东西在挪动，她弯腰去看。其实她已经近视好几年了，舅父大人给她从佛罗伦萨买了几副近视眼镜，但她一直都不习惯。她觉得，脸上戴着个东西很可笑。在马德里，年轻人会赶时髦戴眼镜，有时视力没问题，他们可能就是想戴个玳瑁镜框。这已经是她不愿意戴眼镜的好理由。

她靠近一点儿看，发现地上是蚂蚁群：从碗橱一直到门边，无数只小虫子组成勤劳的队伍，来来回回，穿过了整个厨房，爬上墙，爬到那只装满猪油的鸭形琉璃大碗中去。

可是糖在哪儿？玛丽安娜四处看了看，用目光在搜寻那个搪瓷罐子。自她小时候起，那些珍贵的糖粒就宝贝似的放在那个罐子里。最后她找到了，糖罐靠近百叶窗，排成一排放在一块木板上。伊诺琴为了让蚂蚁远离糖罐，真是费尽心机！那木板搭在两张凳子上，凳子腿放在装满水的小锅里，每个糖罐子下都放着一碟醋。

玛丽安娜从地上的篮子里取出一颗皱巴巴的柠檬，味道很清新，她用一把牛角柄的小刀把它切成两半。她从切开的半颗柠檬上，用小刀切下柔软多汁的一片柠檬果肉，往上面撒了一点儿盐，再送进嘴里。

这是从朱塞帕奶奶那儿学来的，她每天早上在洗脸之前，都会吃几片柠檬。这是她保持牙齿健康和口腔清新的方式。

玛丽安娜把手指放在牙床和舌头之间，摸了一下牙齿。她的牙齿还很坚固，虽然医生去年已经给她拔了两颗牙，现在一边牙齿的咀嚼功能已经不太好了，有些已经碎了，有些已经磨平了。生了孩子之后，从牙齿上能看出来。也不知道为什么，当他们还在肚子里时，就会拼命地吸收钙。那颗臼齿本来可以留着的，但很痛，而且那些拔牙的，谁都知道他们只管拔，不管修。拔牙时，费了那人好大的力气，他大汗淋漓，浑身发抖，好像发了高烧似的。他用手拿着钳子，往外拖拽，一直拔，但牙齿岿然不动。于是医生只好用小锤子把它敲碎，这才取出来一些碎牙，他用膝盖顶住她的胸，气喘吁吁的，像水牛一样。

玛丽安娜拿着柠檬片，朝橱柜走去。她用手指推开小橱窗，端出硼砂罐，抓了一把白色粉末，向蚂蚁队伍走去，她对着蚁群，把硼砂从手中撒了出去。很快，蚁群就方寸大乱，队伍全散开，互相踩踏着溃散，逃到墙缝里去了。

玛丽安娜走到百叶窗前，用沾满硼砂粉的手轻轻打开它，让月光照进来。庭院里的石灰墙很耀眼，一大片乌黑的、郁郁葱葱的夹竹桃，让人联想到睡着的巨型乌龟，把脑袋缩进去，以抵抗寒风。

困意袭来，她的眼里全是泪水，不由自主地向卧室走去。马上天就要亮了，从紧闭的窗户渗进来一股烟味。附近的某个宅子里，已经有人在马厩旁边生火了。

那张凌乱的床，不再是让人想逃离的囚笼，而是一个舒适的栖身之地。她的双手和双脚都已经冻僵了，嘴里冒出了寒气。玛丽安娜钻到被子底下，脑袋一沾上枕头，就陷入沉睡，无梦而眠。

但她还没睡够就被弄醒了，有一只冰冷的手掀起她的睡衣。她猛地坐起身，看到舅父大人的脸近在咫尺，她从来没有如此近距离地看过他。她觉得这是一种冒犯，所以每次接受丈夫的拥抱时，她都会闭上眼睛。然而现在玛丽安娜注视着他，而他却烦躁地移开了目光。

舅父大人的睫毛已经发白了，它们什么时候变得这么苍白的？从什么时候开始？她怎么从来都没发现？他举起一只又长又瘦的手，像要打她，但他只是捂住了她的眼睛，他的腹部压住了她的大腿。

曾经多少次，她闭紧双眼，咬紧牙关，忍受他狼一样的拥抱！这是一场没有出路的逃亡，捕猎者的爪子会搭在她的肩膀上，喘着粗气，双腿一紧，然后停止，留下一片空洞。

可以肯定的是，他从来没想过玛丽安娜是否喜欢这种袭击。他的身体是用来侵占的，他不懂得用别的方式去靠近女人的身体，玛丽安娜只能这样闭上眼睛，随他去，就像自己是一个局外人。

这样一件生硬残忍的事，居然会得到乐趣，这是她从来没有想到的事。以前，她闻着母亲大人懒洋洋的身上散发的烟草味道，感觉那是一种隐秘的、带着肉欲享乐的味道，那是一个她完全不熟悉的世界。

此时此刻，玛丽安娜看着舅父大人的脸，第一次摇头表示拒绝。他顿住了，四肢僵硬，目瞪口呆，对她的拒绝如此惊讶，以至于有些手足无措。

玛丽安娜走下床，由于冷得发抖，她套上披风，不由自主地朝着丈夫的房间走去。到那儿以后，她在床边坐下，环顾四周，就好像是第一次来这个房间，这个房间离她如此近，又如此远。这个房间这么简朴、遥远，白色的墙壁、白色的床、白色的棉被，地板上那张脏兮兮的羊皮地毯，在橄榄木做成的桌上躺着的佩剑，还有一对戒指，一顶失去光泽的卷毛假发。

再往前看，可以看到在"厕所"半开的边门后面，有一个金边尿壶，里面浅色的液体快要满了，上面漂着两根黑色的东西。

这个房间仿佛在对她说一些她从来不想听的话：这个孤僻可怜的男人，他对自己并不了解，他把体会到的可怕情感全都转化成了骄傲。造化弄人，玛丽安娜对丈夫萌生了一种无尽的温情，对于这个忽然老去的男人，还有他的羞怯产生了同情，但同时她也找到了拒绝他的力量。

玛丽安娜走回自己的房间，四处搜寻他，她房间墙壁和天花板上画着奇美拉，还摆着一些多肉植物，还有花瓣上落着霜的花盘。但他不在那儿，通往走廊的那扇门也紧闭着。所以，她走向通往阳台的大窗户，他在那里，坐在地板上，脑袋陷到肩膀里去，看着眼前乳白色的田野。

玛丽安娜很柔顺地靠在他身边。此刻在他们面前，种植着橄榄树的山谷开始变得越来越明亮。在山谷的尽头，在索兰托山顶和波提切洛山顶之间，浅蓝色的大海与天空混在一起，海面平静如油。

在这个寒冷的早晨，在僻静的角落，玛丽安娜把手伸向舅父大人的膝盖，动作轻柔。她觉得，这种温柔并不属于他们的婚姻，这是一个前所未有、始料不及的举动。她感觉到身边的男人身体僵住了，在那个苍白、缺乏智慧的头脑里，万千思绪都随风一起消散了。

十六

　　在镜子里，菲拉笨手笨脚的，迅速地解开玛丽安娜的束发。公爵夫人盯着她的手，这位年轻的女仆把象牙梳子紧紧地握在手里，就好像那是一把犁似的。她每梳到一个头发结，就用力扯一下；每到一个结，都要拽一下头发。她的手指好像充满了怒气，这让她的动作非常粗暴，她的手放在玛丽安娜的头发里，就好像要把里面的鸟窝拆掉，把野草拔掉一样。

　　这时，玛丽安娜忽然从侍女手里抢过梳子，掰成两半，丢出窗外。女孩惊慌失措地看着她，一动不动。菲拉从没见过夫人如此生气，的确，自从小儿子夭折以后，夫人就经常发脾气，但现在简直有点儿过分了，夫人的头发乱成一团，难道还是她的错吗？

　　玛丽安娜看着镜子里的自己，她的脸都变形了，旁边是侍女惊异的面孔。她感觉自己的上腭深处传来一阵咕噜声，好像有一个词就快要从褪色的记忆里冒出来。她张开嘴巴，可是舌头在牙齿里一动不动，既不震动，也不发声。最后，她沉睡的喉咙吼了一下，发出一声尖锐的叫喊，让人毛骨悚然。显然，菲拉已然吓得瑟瑟发抖，玛丽安娜让她退下了。

此时，玛丽安娜独自一人，睁大眼睛看着镜子。那是一张枯瘦、素净的脸，绝望地盯着镜子中的自己。那是一个由于悲痛而变得喜怒无常的女人，宽阔的额头上有一道皱纹，仿佛被马刀砍了一下。这个女人可能是她吗？她的温柔去哪儿了？她圆润的脸庞去哪儿了？还有她柔美的眼睛和极具感染力的笑容，都去哪儿了？

她的瞳孔颜色变浅了，像有些褪色的天蓝色，看起来有些疲惫。它们正在慢慢地失去之前活泼的光泽，失去了天真、惊奇的眼神，它们正在变得像玻璃一般坚硬。她有一绺白发落在额前，有时菲拉会用野菊花汁给那绺头发染色，但她现在其实已经喜欢上了金发中的这一绺白发。她满脸沧桑，被一种深深的无力感淹没，而这绺白发就是一个记号。

她的视线移至几个孩子的画像上，那是几张小幅水彩速写，手法轻快，几乎都是在他们玩耍时和睡觉时捕捉的。在画像里，马里亚诺的鼻子一直都肿着，他拥有漂亮性感的嘴唇、一双迷离的眼睛；玛妮娜的金色鬈发十分蓬松，把半张脸都遮住了；还有费丽斯，她像一只贪吃乳酪的小老鼠；以及不高兴、噘着嘴的朱塞帕。

她是受到惊吓而导致聋哑的，现在再受一次惊吓，也许能治好。有一天，她在父亲大人写给母亲大人的信中看到这句话。他们说的是哪一次惊吓？她还是个小女孩时，发生过什么事情？她忽然就不说话了，再也无法张口了，这到底是什么原因呢？

父亲大人已在九泉之下了，只能透过镜子看到他。他就像生前那样，高兴地对着她笑。他手上戴着银戒指，上面有两只海豚，在父亲过世后，玛妮娜把这只戒指要了去。

过去就是一些残破旧物的集合，而未来存在于那些金色画框中，在几个孩子漠然的笑容里。可就连他们也会和修女姨妈、乳母，以及农场看守一起，渐渐地变成过去。他们全都向着天堂奔跑，没什么能让他们停下脚步，一刻也不能。

只有西诺雷托停下了，在她所有的孩子里，他是不会奔跑的，不会一天一天发生变化。他就在那儿，在她的脑子里，一直没变，永远带着充满爱意的笑容看着她。

她原本不愿意像妹妹阿加塔一样，为了孩子，牺牲自己的全部——妹妹在三十岁的年纪，看起来却像一个老妇。她本来是想与几个孩子保持距离，也做好了失去他们的心理准备。但对于小儿子，她没能做到这一点，她对小儿子的溺爱，激起了其他几个孩子的愤恨，甚至达到不可原谅的程度，但她无法抗拒诱惑。她放任自己沉浸在那种爱里，直到品尝到了灰飞烟灭的苦涩滋味。

此时，暗淡的镜子里透进来一丝光。不知不觉中，夜晚来临了，菲拉拿着烛台站在门口，不确定是否要进来。玛丽安娜对她招了一下手，让她过来。菲拉踌躇地迈着小碎步，不安地进来，把烛台放到桌子上准备离开。玛丽安娜拉住她的一只手，让她停下，用两根手指掀起她的裙边，看见她没有穿鞋。女孩知道自己被发现了，像只落入陷阱的老鼠一样，战战兢兢地看着女主人。

但夫人笑了，她并不想责备女孩，她知道，菲拉特别喜欢赤脚走路。她送了菲拉三双鞋，但菲拉只要一有机会，就会把鞋脱掉，赤着脚跑来跑去，反正菲拉那拖地的长裙能遮住脚，也能把自己皲裂、长茧的脚后跟隐藏起来。

玛丽安娜忽然动了一下，她看见菲拉立刻耸起肩膀，像要躲开，避免挨打。可是玛丽安娜从来没打过她，她在害怕什么？玛丽安娜把手伸向她的头发时，她抖得更厉害了，就好像在说：我知道我该打，我只是不想被打得很痛而已。玛丽安娜只是用手摸着她的脑袋，菲拉却用那双桀骜不驯的眼睛盯着对方，爱抚比耳光更让人感到不安。也许，菲拉是怕玛丽安娜抓着自己的头发，用力扯——伊诺琴好几次不耐烦了就会那样。

玛丽安娜对她默默笑了，菲拉却认为夫人一定会惩罚她，她只想弄清楚女主人会从哪儿下手。玛丽安娜放弃了，松开菲拉，女孩踮着脚尖跑开了。她想，她会教菲拉读书，让菲拉把头发扎起来，扎成一个蓬松的发髻。

门又开了，伊诺琴牵住菲拉的手走进来，女孩噘着嘴，满脸不情愿的样子。厨娘也发现了菲拉打赤脚吗？因为她知道皮耶罗公爵特别受不了别人打赤脚？还是厨娘只是对菲拉的匆忙逃跑感到生气？

玛丽安娜笑了一下，她的微笑让伊诺琴感到泄气，同时让女孩看到了希望。这是她唯一能让别人知道自己没有生气的方式，她也没有要惩罚任何人的意思。她总是扮演法官和审判者的角色，这让她很烦。可她也不想刺激伊诺琴，不想看到厨娘做各种手势和表情，试图和自己交流。玛丽安娜从写字台的抽屉里拿出两块硬币，放到她们手上，想让她俩回去。

菲拉向玛丽安娜行了个礼，怒气满满地溜走了。伊诺琴来回转着手里的硬币，一副心知肚明的样子。玛丽安娜看着她，担心那些蠢蠢欲动的思绪向自己逼近。不知道为什么，在身边这么多人之中，她能感受到的偏偏就是伊诺琴的思绪。

庆幸的是，伊诺琴急着要回厨房，于是拿出一张纸给玛丽安娜，上面的字写得很大，歪歪扭扭，她认出来这是库法的笔迹，上面写着：您想吃点儿什么？

玛丽安娜漫不经心地在纸的背面写道：鹰嘴豆和章鱼。她压根儿没想起来，丈夫讨厌鹰嘴豆，也受不了章鱼。她把纸折起来，放进伊诺琴围裙上的一个口袋里，推着她往门那边走，让拉斐尔·库法或是杰拉齐念给她听。

十七

今天在滨海广场上，宗教裁判所将对异教徒进行判决。我需要出席，公爵夫人也需要随行。我建议您穿紫红色的衣服，把马耳他十字架戴在胸前，这一次，别穿得像个粗野的村姑一样！

玛丽安娜看着舅父大人写下的字条——原本放在她的香粉盒下，上面的语气斩钉截铁。执行判决，就意味着有火刑，滨海广场上会有很多人参加：权贵和卫兵，还有卖水、牛肚包、煮章鱼、糖果和仙人掌果的小贩，空气中的汗臭、口臭、沾着泥巴的脚臭，更别说群情激扬，不断高涨的激动心情。所有人都在那儿等待着判决执行，一边吃东西，一边讨论那个刀俎上的"鱼肉"，还有痛苦和解脱。她不会去的。

这时，她看见舅父大人进来了，他穿着一件散发着香气的花边衬衫，脚上是一双崭新、锃亮的皮鞋，看起来像漆皮的。

我很遗憾，但我不能和您一起去参加判决仪式。玛丽安娜飞快地写下这句话，把墨迹未干的字条递给他。

为什么不能？

我牙疼，像吃了酸葡萄。

他们要对两位知名的异教徒实施火刑，帕尔米拉修女和雷吉纳尔多修士。整个巴勒莫的人，还有其他城市的人都会去。我不能缺席，夫人您也不能。

玛丽安娜正要拿起笔回复，皮耶罗公爵已经出去了。如何才能逃过这个命令呢？当舅父大人表现出急促匆忙的样子，违抗他是不可能的，因为他固执得像头驴。她得装病，这样就有理由让他独自出席了。

帕尔米拉·马拉加修女，玛丽安娜对这个人有印象，她似乎在某本书里读到过这个修女的故事。也许是关于异端的书？或是在刊物《寂静主义》上发表的文章？还是在宗教裁判所公布的有异端嫌疑的名单里？

帕尔米拉修女——她想起来了，她在一本出版于罗马的小册子上看到过这个名字，那本小册子不知道怎么就出现在她家的图书室里了。那本书上还有一幅讽刺画像，帕尔米拉修女的头上有两个魔鬼的小犄角，身后有一条长长的驴尾巴。现在玛丽安娜全都想起来了，帕尔米拉的修女服下面伸出一条尾巴，尾尖上面有一个分叉，与母亲大人害怕的妖怪狗的尾巴没什么分别。

玛丽安娜看见她一步一步地走上断头台的台阶，她赤着脚，手绑在背后，脸上的表情很扭曲，似乎有一丝诡异，仿佛那恐怖的下场会为她平静的决定画上句号。在她身后的是雷吉纳尔多修士，玛丽安娜想象，他长着胡须，脖子纤细，身体消瘦，一双脏兮兮的大脚上长满了老茧，穿着一双方济各会的露趾鞋。

刽子手把他俩绑在杆子上，他们脚下是劈好的木柴。有两位助手拿着点燃的火把，走近木柴堆，火苗并没有迅速蔓延到接骨木和碎芦苇上，有人把柳树枝条也放在里面，方便引火，冒出来的白烟直接飘到前排观众的脸上。

柴火慢慢燃烧，散发出一股刺鼻的味道，帕尔米拉修女闻到了那种味道，恐惧使她的腹部开始痉挛，小便顺着大腿流了下来。然而酷刑才刚刚开始而已，她要怎么才能忍到最后？

她的耳边传来一个温柔的声音，在向她传递秘诀：我的帕尔米拉，接受这一切吧，别硬扛着，别抵抗，你要把那些星火看作飞舞的花朵，把它们拥入自己的怀抱，把烟火当作熏香，让自己沉浸于其中。你要直视那些同情的目光，受苦受难的是他们，不是你。

这时，有一双手粗暴地抓住她的头，给她的头发抹上树脂，可帕尔米拉修女向折磨她的人投以怜爱的目光。他们走近了，郑重其事地将火把对准她涂了树脂的头发，修女的头燃烧起来了，冒出熊熊火焰，就像一圈耀眼的光环。观众开始鼓掌。

他们想要让她的死成为一场演出，如果上帝允许的话，这就意味着他也希望这样，上帝用一种神秘而深刻的方式，想让这世上的一切这样运转。

雷吉纳尔多修士张开嘴，想要说话，不过可能只是痛苦地呐喊。在他面前，帕尔米拉修女的头仿佛太阳一样在燃烧，她的嘴角想要上扬，露出微笑，火的热度使她的嘴扭曲了起来。

玛丽安娜看着舅父大人，他坐在一张紫色天鹅绒椅套包着的镀金凳子上。他旁边是宗教裁判所的教父们，他们衣着高雅，衣服上绣着葡萄串图案。

周围人山人海，挤得互相都认不出谁是谁了。人群像是长满眼睛的巨大身体，焦急地等待行刑，人们抬起头，有些雀跃。

修女帕尔米拉的头发被点燃以后，人群发出了巨大的欢呼声。玛丽安娜听见自己的腹腔在震动。此时，舅父大人把身体往前倾，伸长了满是皱纹的脖子，麻木的脸上出现一种很陌生的神情，是恐惧还是安慰，可能他自己也不知道。

玛丽安娜伸手去拉挂着铃铛的绳子，连续拉了好多次。不一会儿，门开了，菲拉出现在门口。玛丽安娜示意她进来，女孩有点儿不敢，她有点儿害怕女主人的喜怒无常。玛丽安娜看向她的双脚，是赤裸的。玛丽安娜对着女孩微笑了一下，让她不要害怕，伸出手，用食指朝自己的方向勾了两下，就像以前叫自己的孩子过来那样。

菲拉犹豫不决地走过来。玛丽安娜示意其帮自己解开衣服后背的纽扣，袖子她可以自己脱下来，袖子上全是镶嵌的珍珠，像木头一样僵硬。而裙子已经脱下了，像蝉蜕一样撑在那里，就好像出现了两个公爵夫人：一个身材苗条、动作敏捷，上身穿着一件白色的棉布衬衣；另一个是尊贵的乌克里亚夫人，身份高贵，举止得体，身体紧紧地包裹在笔挺的锦缎衣服里，一板一眼地行礼、微笑、点头。很难发现这两具身体之间的连接处：它们一个掩护着另一个，一个是展示出来的，另一个是隐藏起来、彻底迷失的。

这时，菲拉蹲下去，帮主人脱鞋子，但玛丽安娜很着急，踢了菲拉一脚，但没有恶意。菲拉抬起头看着她，眼神里充满了怒气，好像不会轻易原谅夫人的行为。玛丽安娜想，这之后再解决吧，现在她很急。她把鞋子脱下来，甩得这里一只，那里一只，抓起一件蛋黄色的睡衣，钻进刚刚收拾好的床上。

她终于躺在床上了，时间刚刚好。门开了，她还没有来得及把头发解开。耳聋的坏处就是大家都知道她听不到，没人会在进门之前敲门。也正因如此，面对相继而来的客人，她总是有些措手不及。他们总是打开门，兴高采烈地走到她面前，就好像在说："我来啦，您没有听到我来，现在您看得到我啦。"

这一次进来的是她女儿费丽斯——高贵的修女小姐，她穿着一身白色修女长袍，非常优雅，头上戴着一顶奶油色宽檐女帽，有几簇不听话的栗色鬈发，从她的帽子里钻出来。

费丽斯直接走向母亲的写字台，用了上面的纸、笔和银色的小墨水瓶。很快她把一张纸递给母亲，上面写着：今天处决异端，这是巴勒莫的盛大庆典，您在干什么？您不舒服吗？

玛丽安娜看了又看她写的字条。自从费丽斯去了修道院以后，她的书法就越来越好了，并且她的身上有一种大方得体、不拘小节的气质，其他孩子的身上都没有这种风度。她和菲拉说话时，玛丽安娜盯着她优雅性感、一张一合的嘴唇看。

她的声音一定很甜美，玛丽安娜想，她很希望可以听到女儿的声音。玛丽安娜的胸腔能感觉到一种节奏，像有一块可以动的东西：展开、融化、流动，她跟随这种节奏用脚点地，伴随着一种遥远的、来自地下的调子。

她读过科雷利、斯特拉代拉和亨德尔的书，书里的文字就像音乐一样精妙。她试着去想象在色彩斑斓的圆顶上，有一根绷得紧紧的弦，但在她童年记忆深处，却只存在少数的声音片段，都是一些残缺破碎的音乐。只有眼睛才能捕捉到快乐，那些音乐能不能变成有形的东西，可以通过眼神捕获？

你会唱歌吗？她在一张干净的纸上写道，递给女儿。费丽斯惊讶地转过身来，都现在这种时候了，还想着唱歌这种毫不相关的事？遇到执行火刑这种盛大庆典，全家人都在为动身去巴勒莫做准备，而母亲大人却还问这些愚蠢的问题，真是有些不合时宜。有时，费丽斯真觉得母亲是个十足的笨蛋，不可理喻，这肯定是她不能说话的缘故。她的每个想法都得一字一句写下来，大家都知道，东西一写下来，就会经过仔细揣摩，变得沉重，就像做标本一样。

玛丽安娜猜测着女儿的想法——她能揣摩到。这些想法里有一些很残酷的东西：

外婆不到五十岁就死了，可能母亲大人也会早死吧……虽然她现在只有三十七岁，但随时都可能得一种急症……说到底，她是个残疾人……而且母亲要是死了，我就能从父亲那儿拿到一大笔遗产……应该有三千或是五千……修道院的花销变得越来越多了……还要买新轿子，上面有镀金童子像、流苏锦缎花纹布……总不能一直等着父亲大人寄钱给我……糖也涨到了五块一包，猪油涨到了二十块，蜡烛更是涨价涨得不可思议，七块一个蜡烛头，我哪来那么多钱？我也不是盼着母亲大人死……可有时候，母亲真的很荒唐可笑，比她所有的孩子还更幼稚，她以为读那么多书就什么都懂吗，但其实她什么都不懂……再说了，凭什么玛妮娜的嫁妆比我的多？就因为她嫁的人是马嘉齐娜索家族的弗朗西斯科·齐兰达那个蠢蛋吗……可是，把一生奉献给上帝，难道不是更重要吗？……把所有一切都给马里亚诺，这真是太荒唐了……据说现在荷兰人都不这么做了。如果让孩子们如此贫穷，两手空空，什么都没有的话，那他们为什么要生孩子？……把他们留在天堂不是更好吗？那里有流着蜜的河、结满果实的树。菲亚梅塔姨妈想让我像其他女孩一样锄菜园子……她还说："外甥女啊，你和其他的女孩都一样，不是吗？"可是，我是来自博斯科·格兰德的乌克里亚家族，怎么可以像别的乡下人一样去锄菜园子？女修道院院长的脑子坏掉了吧，她们内心充满了愤恨和妒忌。"我和你一样，也是贵族，我也要做……"菲亚梅塔姨妈这么说。你要看看她是怎么卷起袖子，怎么弯腰拿锄头，怎么用她的小脚把铁锹踩进土里……一个女疯子……谁知道她哪来那么多热情，干这些低贱的活儿……最有趣的是，她自己并不为此感到耻辱……就是这样，她喜欢锄头，喜欢土地，顶着大太阳弯腰干活儿，晒得黑黑的，像个"乡下人"……实在难以理解那个笨蛋。

去看两个异教徒被活活烧死，对你有什么好处？玛丽安娜写给女儿，她想摆脱掉女儿那些愤恨不平的无礼想法。虽然她知道，女儿只是因为还太幼稚，才会有那些想法，并没有恶意，但她还是很反感。

圣奇拉修道院的所有人都会去：院长、教姑、修女……之后还会有祷告和茶点。

你就直说吧，你是为了茶点才去的。

只要我开口，想要多少甜点都可以，修女姐妹会给我的。费丽斯气愤地回道，她写字时，把"L"写得特别歪，好像被怒气给吹倒了。

玛丽安娜想靠近女儿，想要抱抱她，想尽量忘记女儿刚才那些乱七八糟的想法，却发现女儿板着脸，准备推开自己。她已经二十二岁了，不喜欢母亲还把自己当十三岁小孩一样对待。所以她僵在那里，生气地瞪着母亲。

那长长的衬衣……到膝盖的短裤……都是些上世纪的东西……陈旧过时……三十七岁的女人，女儿都这么大了，还能干什么？……那颗又聋又哑的脑袋，比七十岁的父亲大人还老。父亲身材消瘦修长，可以说是半只脚踏进棺材的人，但眼神依然清澈，可母亲穿着西班牙儿童式的衣服，衣领看起来像围嘴。那些过时的东西，无法避免地把她推向……那些哈布斯堡家族风格的橡胶底鞋、乳白色的袜子……而我的其他朋友的母亲都穿着用金线编织的彩色袜子，腰上系着蝴蝶结，柔软的裙子上绣着花冠，脚上穿着绣有东方图案的尖头低帮鞋……

玛丽安娜经常会遇到这种情况，一旦捕捉到别人的一点儿想法，她就再也摆脱不掉，她好像在手上翻来覆去，掂量着这些心思，女儿和她的想法在脑中纠缠在一起。

听到女儿脑海中那些丑陋、不像话的窃窃私语，玛丽安娜很想骂她，这种欲望很强烈，让她的手都开始颤抖。可就在这时，她还想再问一遍费丽斯是否会唱歌，这种渴望使她走向写字台。玛丽安娜很确定，自己通过某种方式可以听见女儿的声音，虽然她耳朵听不见，但她可以感觉到那如蝴蝶飞舞般振动的嗓音。

十八

智慧按照它最普通的原则，单独发挥作用，这也会摧毁自己……我们只有凭借想象——虽然它很特别，表面上看起来很庸俗——才能把自己从彻底的怀疑论中拯救出来。因为只有通过想象的特性，我们才能艰难地进入事物最隐秘的层面……

玛丽安娜手撑着下巴在看书，腿上盖着被子，双脚互相蹭着取暖。虽然窗子关着，但寒气还是能渗进来。不知道是谁把这个硬皮笔记本留在了图书室。这是西诺雷托兄长从伦敦带过来的吗？他几个月前回来了，到巴盖里亚拜访了两次，拿着从英国带回来的礼物，但她从来没有见过这个笔记本。是不是马里亚诺的朋友把它遗落在这里了？那是一个父母都是英国人，但生于威尼斯，个子很小，有些驼背，徒步游行了半个世界的年轻人。

他之前在巴盖里亚住了一些时日，睡在玛妮娜的房间里。他是一个不同寻常的小伙子，总是中午才起来，因为大半个晚上都在看书，早上，床单上总是滴着很多蜡油。他从图书室里拿了书总是忘记放回原位，床边的书堆得有几尺高。他吃得也很多，尤其喜欢吃西西里地方菜：炖茄子、沙丁鱼面、洋葱和牛至做成的大饼，还有茉莉味和甜葡萄味的冰激凌。

他头发乌黑，但皮肤很白，只消太阳晒一会儿，鼻子就会脱皮。他叫什么名字来着？迪克、吉尔波特，还是杰罗姆？玛丽安娜记不清了。就连马里亚诺都是叫他的姓：格拉斯，他每次叫格拉斯时，都会在"斯"上停留很长时间。

这个笔记本肯定是格拉斯的，那个来自伦敦、要去墨西拿游览的人，像他自己说的那样，这是一次求索之旅。伊诺琴不喜欢他把蜡烛放在床单上、在床上看书的习惯，不过舅父大人可以包容他，但也对他存有戒心。舅父大人小时候也学过英语，但他总是抗拒说英语，所以差不多已经忘了。

格拉斯偶尔会通过字条和玛丽安娜交流，他的字迹干净，写得很工整。到了快要离开的时候，他才发现自己和玛丽安娜喜欢看的书都一样，于是他们的交流突然变得很密切。

玛丽安娜翻着笔记本，在第一页就惊讶地怔住了，因为在下面有一段钢笔写的小字：赠给那位不说话的公爵夫人，让我喜欢的思想也进入她那浩瀚的脑子里。

不过，他为什么把这个笔记本藏在图书室的书中间？格拉斯知道只有她会来看这些书，但他也知道，舅父大人时不时也会过来查看一下。这是一份藏起来的秘密礼物，在客人离开后，她才能收到这份礼物。

一个人能感知到美德的意义，这只是意味着，在看到某些品质时，会感到一种特别的满意……正是这种满意，构成了我们对一种品质的称赞和钦佩。我们不会向前一步，探究那种满意的原因。我们判断一种品质是好的，并不是因为我们喜欢，而是因为我们觉得，喜欢的方式很特别，我们觉得那些品质很好。在我们判断美、品味、感觉时，也会出现这样的情况。我们的赞许就蕴含在它们传达给我们的直接快乐中。在这段话下面，他用绿色墨水写了一个名字：大卫·休谟，字很小。

公爵夫人不习惯用这种严格深入的方式思索，这些分析在她有些凌乱的脑子里逐渐开辟了道路。她必须反复读这段话才能慢慢地跟上这位哲学家的思路，这与她之前习惯的那些思想截然不同。

讨论理性和激情的斗争时，我们既不严格，也没有运用到哲学。理性乃是且应当是情感的奴隶，在任何情况下，理性都应该遵从激情的召唤。

这与玛丽安娜从小所接受的教育截然相反。激情难道不是个巨大的包袱吗？从这个包袱里会冒出那些需要隐藏、像箭栝一样的贪欲？而理性难道不像每个人都佩戴在身侧的一把剑，当欲望的幽灵出现时，人们就以美德的名义，拔剑砍断它的脑袋？舅父大人如果看到这本书，一定会一句话都受不了。在独立战争的那些年，他就已经说了："世风日下，越来越让人厌恶。"并且他认为这全都怪伽利略、牛顿和笛卡尔这些人，他们企图以科学的名义改变自然，但实际上，他们想把自然放在口袋里，按照自己的方式运转，真是一群自以为是、背信弃义的疯子。

玛丽安娜突然合上笔记本，本能地把它藏进裙褶里。后来她才想起来，皮耶罗公爵昨天就已经去巴勒莫了，于是她又把本子掏出来，放到鼻子下面，闻到一股新纸和高级墨水的味道。她打开笔记本，发现本子里夹着一幅彩色画像。那是一位三十岁的男人，头上包着柔软的丝绒头巾，盖住了鬓角，脸宽宽的、很圆润，目光投向地面，就好像在说，所有知识都来源于脚下这片土地。

他的嘴唇半张着，眉毛浓密，紧锁眉头思考时，像是很痛苦的样子。他的双下巴让人联想到他是个爱吃爱喝的男人，他穿着一件花马甲，白色领子里包裹着优雅的脖子，外面穿着一件外套，上面是宽大的骨纽扣。

这幅画下面也有格拉斯小小的字：大卫·休谟，一位朋友，一个非常不安的哲学家，其他人很难喜欢他，除非是他的朋友，我想那位不会说话的夫人也包括在这些朋友中。

这个格拉斯真的很古怪，为什么他不把笔记本直接送到她手里，而是让玛丽安娜在他离开一个月后，在一堆和旅行相关的书籍中找到？

当我们得知，我们的思想、感情、力量之间的联系都在自己内部，只是我们脑子的机制，会产生什么样的抵触？

天哪，这位休谟先生真是大胆！这就像说上帝是"我们脑子的产物"。玛丽安娜感到一阵心慌，又把笔记本藏进裙褶里去了。类似这种想法，如果谁大声说出来的话，按照宗教裁判所神父的意思，一定会在滨海广场上的监狱前被活活烧死。

习惯会让我们产生既定的思想……玛丽安娜在父亲写的小字条里读过类似的话。虽然他是一个遵循传统的男人，但有时候，他会开这些传统的玩笑，只是为了好玩儿。他会弯起嘴角，露出一个调皮的、难以置信的笑容。

每只蚂蚁都爱自己的巢穴……会在巢里放入自己的所有，灵魂的、物质的，所有的东西都融为一体：精神的和物质的，父亲和儿子。

母亲大人看了一眼丈夫写给女儿的话，她当时吸了一下鼻烟，咳着痰，往身上倒了半瓶橙花水，想去掉烟草黏糊糊的感觉。不知道那个总是无精打采、头耷拉在肩膀上、温柔的母亲大人的脑子里在想些什么！她是不是真的悄无声息，从一扇门进来，又从另一扇门出去呢？难道她是"习惯产生的既定思想"的牺牲品？她的人生消磨在散乱的床上、沙发上，甚至深陷锦衣绸缎里，她柔软的肉体依附在鲸骨、挂钩、锁眼上，越来越懒惰。这种懒惰比井更深，她整个人好像被昏庸包裹起来，就像角豆荚里包着硬硬的、软软的、深色的籽一样。在她黑色的果皮里，母亲大人还是很甜蜜，就像角豆树里的一粒籽，永远处在家庭这个小天地里，她深爱父亲，以至于忘了自己。她的人生停了下来，一只脚还没有落下来，于是为了不让自己跌倒，她坐下来，欣赏面前这一片迷人的荒芜。

不知道母亲大人的声音是怎样的？在玛丽安娜的想象中，她的声音深沉，说话时会发出低低的颤音。如果没有听过一个人的声音，是很难爱上这个人的。父亲虽然从来都没有听到过玛丽安娜讲话，但还是深爱着她。她的舌头有一股淡淡的苦涩味道，蔓延到口腔：这是不是懊悔的味道？

如果我们把不断重复之前的东西，不经任何反思、没有任何改变和更新的行为称为习惯，我们就可以肯定一个确凿的事实：每种顺应第一印象的信仰，都是习惯的产物。

这就好像说，以前所有确信的事，现在都应该摒弃，一直都是习惯在引导我们，教导我们。习惯带来的乐趣，重复带来的福祉，这些难道就是人们思想的光辉吗？

她很想认识这位休谟先生，这个戴着深绿色头巾，双下巴，眉毛浓密，眼带笑意，穿着花马甲的先生。

伴随着记忆和感官的信念与观念，不是出于别的，而是产生于清晰、鲜活的感知，这和想象不同，在这种情况下，信仰就有一种直接印象，或者是重复记忆里的印象。

这个逻辑简直太严密、考究了！看到这样的文字，你不得不露出赞赏的微笑。这对于玛丽安娜简直是迎头一棒，因为她平日只是读一些冒险小说、爱情小说、历史故事、诗集、年鉴和童话故事。她只是全盘接受古代的思想，那些不容置疑的思想，是的，就像传统的糖醋茄子的味道。或许是因为她不停地拷问自己的命运——为什么聋哑的偏偏是她，才使得她无暇顾及别的更有深度和内涵的思考？

对一个物体存在的简单看法，和对它的信仰是截然不同的。因为这种不同之处，并不存在于我们感知的整体或者部分，它应该存在于我们感知方式的不同。

她琢磨着休谟的思想，有一种大胆的东西在推动着她默默地沉迷其中。这位莽撞的格拉斯先生，可以说是个名副其实的青年学者，开始践踏她脑中的那片草地。他一个人还不够，还带来了一位朋友：戴着奇怪头巾的大卫·休谟先生，现在，他们想要搞乱她的思想，但他们不会得逞的。

与此同时，门那边怎么会有裙子在晃动？在她没有觉察到的情况下，有人进图书室了。玛丽安娜想，还是把这个硬皮笔记本藏起来为好，但她发现已经晚了。

菲拉端着一个托盘走到面前来，托盘上有一个杯子和一把水壶，她轻轻地行了个屈膝礼，把托盘放在铺满纸的桌子上。她故意掀起厚重的裙边，想让玛丽安娜看到她穿了鞋，然后靠在门边，等着主人的指令和吩咐。

玛丽安娜注视着那张圆润、鲜活的脸，还有她苗条的身段。菲拉已经快三十岁了，却还像个小女孩。我把她送给你，她是你的了。父亲曾这么给她写道。可是谁说人可以像小狗或鸟一样被送来送去的，甚至可以被丢弃？你说的是什么傻话？舅父大人知道她这么想，肯定会这么回答她，上帝难道不是创造出了贵族和贱民，马和羊吗？这不就是她对于平等问题做出的反思吗？这难道不就是从格拉斯笔记本上冒出来的火种，扰乱了哑女迟笨的脑袋吗？

她的脑子里到底有什么？难道不是其他人的头脑，其他如同星群一样的思想、意愿和兴趣激起的一点点反思吗？她只是在记忆中，不断重复着那些看起来像真实的幻影，这些幻影就像怪异的蜥蜴一样，在日常经验的阳光下，扭动着身体。

玛丽安娜回过神来，看向笔记本，不，准确来说，她看向拿着笔记本的手。那只手未老先衰了：指甲已经开裂，指关节凹凸不平，青筋暴起。然而这是一双十指不沾阳春水的手，一双习惯下指令的手。可她也习惯于听天由命，任凭自己被捆绑在她认定的责任与义务的锁链中。对于这双如此大胆、却又如此畏缩的手，那位戴着东方头巾的休谟先生会说什么？

十九

玛丽安娜此刻翻着旧箱子、装油的玻璃瓶子，忽然发现了一张满是灰尘、有些掉色的画布。她把画布拿起来，用衣袖擦干净，才发现这不是别的，正是她给几个兄弟姐妹画的画像，那是在她十三岁时画的。在那个遥远的早晨，在老宅子的庭院里，图涂乙来表演木偶剧，这幅画就中断了，也正是在同一天，母亲大人让她嫁给皮耶罗舅舅。

上面的灰被擦掉之后，画布上浮现出几张明亮、已经有些褪色的脸：西诺雷托、杰拉尔多、卡尔洛、菲亚梅塔和阿加塔——美极了的阿加塔，她那时的容颜简直就像一个未来的王后。

二十五年过去了，杰拉尔多因一场车祸意外身亡，他乘坐的马车撞到墙上去了，身体被甩到空中，后来摔到地上，一辆马车的车轮从他的胸膛碾过。这全都是由于在马路上抢道引发的："你们让一让，我有优先权。""什么权，我是西班牙王族，给我记住了。"最后当他被送回家时，衣服上没有一丝血迹，只是脖子上的骨头断了。

西诺雷托如愿以偿地成了参议员。经过多年的单身生活之后，他结婚了，妻子是一位女侯爵，是个寡妇，比他大十岁，这场婚姻在家里掀起了轩然大波。可他是风塔纳萨尔萨的乌克里亚家族的继承人，他可以这么做。

这个嫂子很喜欢玛丽安娜，她根本就不管别人的闲言碎语，也没有什么偏见，会经常引用伏尔泰、塞维涅夫人的话，她的衣服都是从巴黎买来的。她还请了一位音乐老师，所有人都传言说，那是她的"男宠"。那个小伙子会说法语和英语，也会希腊语，为人风趣幽默。玛丽安娜在巴勒莫的几次舞会上见过他们在一起，那是她丈夫硬拉着她去的。她总是穿着带花边的缎袍，而那位小伙子穿着蓝色袍子，上面缝着银白色的盘扣。

西诺雷托对妻子的交往一点儿也不生气，相反，他为妻子有一位私人陪同而感到自豪。他想让别人明白，这不过是他安置到妻子身边的人，就像"十七世纪的名伶"，也就是阉伶。但这到底是不是真的，很多人都很怀疑。

菲亚梅塔已经是圣·特蕾莎的加尔默罗会修道院的正式修女了。她那一头浓密的栗色头发总是包在修女帽里面，有时她会把帽子摘下来，尤其是做菜时，她的双手也变得很粗大。她已经习惯了把生的炒熟、冷的煮热的生活。她的牙齿参差不齐，但让人觉得很快乐，她也很爱笑。

阿加塔日渐憔悴，她生了太多孩子。算上活下来的和夭折的，玛丽安娜甚至都不知道她到底生了多少个。她从十二岁就开始生，到现在还没有停止。她每年都怀孕，要不是很多都胎死腹中，她现在可能都生出一个部队了。

125

玛丽安娜嗅到颜料的味道，她把画布移到窗户边，又用袖子擦画布，想把上面那层绿锈给擦掉。很遗憾，她那时放弃画画了，没有一个具体的原因，在她生下第一个孩子之后，她就没有再画画。可能是舅父大人责备的目光，也可能是母亲大人的一句讽刺，或者是孩子的一声啼哭。她把画笔和颜料放进父亲送给自己的漆盒子里，束之高阁。她很多年都没有再把它拿出来过，现在她的手已经生疏了。

　　龙胆蓝——龙胆蓝到底是什么味道？在松节油和沾满颜料的抹布的味道中，龙胆蓝的味道会冒出来，那是一种独特的味道。她闭上眼睛，感受那种味道进入自己的嘴里，在舌头上停留，留下一种很神奇的味道，像碎杏仁，像春雨，也像海风。

　　还有白色，差不多是亮光白，有一点儿颗粒状的白，那是一种什么样的味道？在那幅色调暗沉的画里，眼白的那种白色，可能是杰拉尔多肆无忌惮的眼睛，也可能是阿加塔雪白细嫩的手，这些被遗忘的白色，定格在这张脏脏的画布中。而现在，经过袖子的擦拭以后，画里的那些眼睛都显得很羞怯，不知不觉成了过去的见证者。

　　玛丽安娜画那幅画时，这栋别墅还没修建起来。对她来说，之前那栋老宅是曾祖父修建的，是打猎时用的"乡间住宅"，这几乎是一个世纪之前的事了。那时候，从宅子的花园到橄榄园，人们必须穿过一条羊肠小道。那时巴盖里亚还不是个村子，这里只有一些马厩、"石屋"和王公贵族建的小教堂，零散地住着布黛拉别墅的一些仆人，而后每年都会增加新的马厩、新的"石屋"、新的教堂，还有巴勒莫的亲戚朋友建的新别墅。

巴盖里亚诞生于一场叛变。玛丽安娜的奶奶曾这样写道，当时她决定要让这个聋哑小孙女了解一些西西里的历史。费利佩四世在位期间，不，是在他死之后，西班牙开始出现了继承王位的斗争。因为这个国王没有儿子，在众多的侄子中，人们不知道该选谁继任王位。

奶奶的字很小，歪歪扭扭的，她就像那个年代的大多数女人一样，是个半文盲。甚至可以说，奶奶学写字，就是为了和这个聋哑小孙女交流。

当时的面包越卖越贵。丫头啊，你是不知道饥饿的感觉。为了能填饱肚子，大家都吃土，像猪一样吃糟糠、橡子，还会像你这个不懂事的女娃娃一样啃指甲。我们现在没闹饥荒，你就不要再啃指甲了！

有时，她会用两根手指打开玛丽安娜的嘴巴，盯着她的牙齿看一会儿，写道：为什么不说话，你是傻子吗？你有红通通的嘴、坚固的牙齿和美丽的双唇，但你为什么一句话都不会说？

但玛丽安娜只想从奶奶那儿听故事，而朱塞帕奶奶为了不让她跑掉，开始用钢笔在小孙女的笔记本上写字。

当时的巴勒莫，在人行道上，走着走着就会被绊住。你不知道绊住你的人是在睡觉、做梦，还是正在痛苦地死去。在大主教的号召下，大家在广场中央赎罪，有人跪在玻璃上，有人鞭打自己，还有一些公主为了赎罪，在家里接待那些娼妓，用已经少得可怜的面包供养她们。

我父母逃到了菲乌梅弗雷多庄园，他们双双感染了天花，为了不让我也感染，他们让我和保姆一起回了巴勒莫，反正他们觉得，那些人能对一个小孩子做什么？

当"面包起义"爆发时，我一个人在巴勒莫空荡荡的房子里。有个叫拉比洛萨的人大喊，穷人反抗富人的战争爆发了。他们开始放火烧房子。

他们到处放火，所有人的脸都被烟熏得黑黑的。拉比洛萨的脸是最黑的，他看着就像一头西班牙公牛，低着头反抗王公贵族。女仆跟我说，她特别害怕那些人会到曼苏埃托家族的房子里来。事实上，他们后来来了。大胖子门卫拉索内对那些人说："里面没有人。""这样最好，"他们这样说，"这样也就不需要我们对着殿下脱帽敬礼了。"于是，他们戴着帽子冲上楼来，收走了所有地毯、银器、珐琅钟表、画像、衣服和书籍，然后放火把那些东西烧了，烧得一干二净。

玛丽安娜想象着房子前升起的火焰，奶奶当时一定很害怕，但她不敢问。要是奶奶真的在那时死了，那么现在和她说话的就只是个幽灵，就像在许多静谧的夜晚，母亲大人梦见的幽灵一样。

但朱塞帕奶奶就好像猜到了孙女的想法一样，大笑了几声，那是她特有的笑声，然后她继续激动地写道：

保姆吓得逃跑了。但是，我什么也不知道，当那些人踹开门，走到我床边时，我还安稳地睡在床上。"你是谁？"他们问。"我是曼苏埃托家族的朱塞帕·加尔比公主。"我这样回答。当时，我真是个比你还蠢的笨蛋。这都是他们教给我的，我要表现得很骄傲，我的身份就像银手表一样，时时戴在手上，让人们欣赏。他们看着我说："啊，是啊，我们现在可以把公主的脑袋砍下来，带回去邀功了。"然后，我更蠢地说："你们这些贱民，如果还不走的话，我就要叫父亲大人的士兵来了。"

所幸的是，他们开始大笑，一边说"您等着您的圣殿骑士吧"，一边笑得更大声了，后来他们就到处吐痰。直至今日，在卡萨罗的加尔比楼里，依然可以在挂毯上找到那些痰迹。

写到这里，她自己也笑了，笑得前俯后仰。她想到了孙女的聋哑，又写道：你漂亮的耳朵是有洞的啊，我试着朝里面吹气，你什么也感觉不到吗？

小孙女摇摇头，奶奶的笑容感染到她，她也笑了。然后奶奶写道：你这是没有声音的笑。你得吹气，吹，张开嘴巴，从喉咙里发出声音，像这样，啊，啊，啊……我的姑娘啊，你真是折磨人，你这样永远学不会的。

奶奶用了极大的耐心写下这些，但其实她性格很急，一点儿耐心都没有。她喜欢跑来跑去，喜欢跳舞，睡得很少，花很多时间待在厨房，看厨师做饭，有时她也会卷起袖子自己干。她喜欢和仆人聊天，让他们讲述自己的爱情故事。她会拉小提琴，吹长笛，这就是朱塞帕奶奶，她是个奇人。

但是，朱塞帕奶奶也有"但是"的时候，就像家族所有人都知道的那样，有几天她会把自己关在房子里面，谁也不见，那是非常糟糕的日子。她躺在床上，用床单盖住头，不吃不喝。等她出来时，就像喝醉了一样，让爷爷搀着。

玛丽安娜很难把这两个人放在一起，对她来说，这是两个截然不同的女人，一个是朋友，一个是敌人。在经历那些黑暗的日子时，朱塞帕奶奶变得很陌生，也有些粗暴。与此同时，她还拒绝说或写字。如果小孙女拉她的衣袖，她会生气地抓起笔，很潦草地写道：这个哑巴哪儿来的，最好去死吧。或是：你会落得和拉比洛萨一样的下场，烦人的哑巴。以及：大家都很同情那些天生残疾的人，但我没有这种同情心。奶奶会把这些字条扔到她脸上。

此时此刻，玛丽安娜觉得很遗憾，她没有把那些充满恶意的字条保存下来。只有在奶奶去世后，她才真正明白，那两个截然不同的女人，其实就是同一个人。因为两个她都失去了，而失去她们的感受是一样的。

她知道拉比洛萨最终的结局是怎样的，因为奶奶不止一次给她写过，用一种邪恶的方式：烧得通红的火钳，把他钳成一块块的。后来她写：我父母的天花好了，满脸麻子地回来了，我成了女英雄……她又笑得前俯后仰，就好像那些厚颜无耻的平民。

那朱塞帕奶奶，促使巴盖里亚诞生的那场叛变是怎么回事儿呢？

你耳朵没用，舌头没用，倒是挺好奇的……你想知道什么？小傻瓜，巴盖里亚的叛变吗？这故事说来话长，我明天再给你讲。

而明日复明日，或许之后那段时间，又到了奶奶的黑暗时光。她日复一日地把自己关在漆黑的房间里，根本不露面。终于在某一天清晨，太阳像蛋黄似的，突破层层云雾升起来，照得月桂路的那栋房子光彩夺目。奶奶起身，坐到写字台前，用她特有的小字，飞快地写下那场著名的叛变。

她呼吸很急促，就好像缺氧似的，她的胸脯被紧身衣束缚着，好像快要撑破了。她的皮肤上有很多红点，可是，那些黑暗时光随着来自非洲的风，随着飞扬的尘土远去了，她焕然一新，又变回了那个随时会开怀大笑，会讲故事的奶奶。

你知道税是什么吗？没关系，那收税你懂吗？这也不知道？你这个笨蛋……总之，五月时，由于拉比洛萨起义，罗斯·维拉斯总督吓得屁滚尿流。到了八月，有一位钟表匠——也是一位特别能鼓动人心的人，到处煽风点火，鼓动所有想要面包的穷人起义。但这位钟表匠其实更忠于西班牙国王和宗教裁判所，他叫阿雷斯，他知道怎么让那些抢劫的、狼吞虎咽的、四处放火的民众停下来。阿雷斯看起来文质彬彬的，一点儿都不像个暴乱分子。公主们绞尽脑汁，都想给他献殷勤，给他送礼：银餐具、丝绸被子、钻石戒指。后来，这个钟表匠变得趾高气扬，自视甚高，觉得自己像奥地利国王一样英勇伟岸。他让人把自己选为终身市长、最高元首、最高法官，让人们都尊敬他。他一手一把步枪，头戴无数玫瑰花环，骑在马上，嘴里高喊着"巴勒莫"。

总督后来从西班牙回来，问民众："你们想要什么？""阁下，要降低小麦价格。""那我们就降价吧。"他回答道，"但是，那个小丑必须消失。"于是钟表匠就被逮捕了，后来被大卸八块，脑袋被砍下来挂在杆子上，在全城示众，其他部分被扔到海里了。

两年后，又爆发了另一场起义，也就是在一六四九年十二月二日。那次起义，很多大贵族也都参加了，他们想让西西里岛独立，自己坐拥土地，自己称王。当时，有一位名为安东尼奥·迪尔·朱迪切的律师也想要争取独立。还有教士，拥有无数马车的显赫贵族都投身于这场大起义。我父亲也参与其中，你的外曾祖父也为建立一个自由、崭新的西西里振奋不已。他们在这位律师的家中秘密聚会，发表了很多关于自由的演说。但不久后，他们就分为两个小派别，一方希望堂朱塞佩·布兰奇福尔蒂代替总督的位置，另一方则想扶持蒙达尔多的堂路易吉·蒙达大·阿拉贡上位。

布兰奇福尔蒂王子当时十分愤怒，他听到了外面的风声，觉得遭到了背叛。于是他也背叛了别人，揭发了耶稣会修士朱塞佩·德斯·普切丝的阴谋诡计。紧接着，这件事就传到了宗教法庭那里，宗教法庭的人告知了巴勒莫的司法部部长，最后他上报给了总督。

东窗事发后，所有人都被逮捕了，用烧红的火钳严刑拷打。朱迪切律师被斩首，头被砍下来，就挂在城里的十字路口那里。还有雷卡尔摩多伯爵和年仅二十二岁的修道院院长乔瓦尼·卡尔塔尼都被斩首。我父亲虽然只蹲了两天牢，但为了保全脑袋，也花费了一笔巨款。

由于布兰奇福尔蒂告发了蒙达大，所以他得到了宽恕。但他很痛苦，他对政界感到十分失望，于是退隐到巴盖里亚，这里是他的地盘。他在这里建了一栋很美丽的别墅，在别墅前他写道："即使丢失了希望，阳光也能将我抚慰。时光流逝，生命会回到本源。"

我的玛丽安娜，我的小哑巴，因为一场野心勃勃的叛变，巴盖里亚就诞生了。但是，这是一场王公贵族之间的政变，因此没有像索多玛和蛾摩拉那样，遭到上帝的毁灭。相反，他们把巴盖里亚建造得很美丽，所有人都垂涎这片壮丽富饶的土地：古老的卡塔尔法诺山、强卡尔多山、康苏尔诺山环绕着这里，还能看到阿斯普拉海滨，还有卡珀·扎费拉诺的一角。

二十

我不想嫁给舅舅，母亲大人，您快跟他们说啊。一张字条被塞进玛丽安娜的手里。

你母亲也是嫁给了自己的舅舅。皮耶罗公爵这样回答女儿说。

可是，她是聋哑人，其他人谁会要她？朱塞帕边写边看向母亲，就好像在说：原谅我，但为了捍卫自己的立场，我必须拿这个作为武器。

你母亲是聋哑人没错，但她比你更贤惠。你就是绣花枕头、一个草包。你母亲比你得体、端庄、美丽。这是玛丽安娜第一次从舅父大人那里读到赞美自己的话，她感到十分惊讶，一时找不到话为女儿辩解。

出人意料的是，西诺雷托过来帮这两个女人说话了。自从他娶了那个威尼斯女人之后，就变得更宽容了。他现在言谈举止里有一种玩世不恭，让人想起父亲大人。

玛丽安娜看着西诺雷托与舅父大人辩驳，他张开手臂，又合上。舅父大人无疑是在提醒他，朱塞帕现在已经二十三岁了，这个年纪还没有结婚，简直让人难以置信。她好像看到舅父大人一遍又一遍地说着"老姑娘"这三个字。而西诺雷托则搬出了自由这个概念，现在是不是自由风也刮到这里了？他是不是会向舅父大人提起，当年外曾祖父之所以会去坐牢，就是为了捍卫他的自由，不，是为了捍卫我们的自由？

西诺雷托对这段家族历史感到十分自豪，可这事只会让妹夫更生气。兄长在"独立"这一问题上立场坚定，在家族里女性的独立问题上，也持有支持态度。他允许女孩和她们的兄弟一起学习，而这种事在二十年前是绝对不可能发生的。

舅父大人对西诺雷托则十分不屑，他坚持认为：他正在挥霍祖业，那些饱读诗书的孩子最后剩下的只有知识和眼泪。

舅舅和父亲在争吵，朱塞帕好像特别开心。也许她真的可以不用嫁给加尔比舅舅。在这件事上，母亲也会为她和朱利奥求情的，他们青梅竹马，很多年前就私订终身了。

突然间，他们仨都向黄色大厅走去，自然而然就把玛丽安娜忘了。或许他们觉得，继续在一个聋哑人面前讨论，一直被盯着嘴巴看，让他们感到十分不适。他们关上门，把她独自丢在这里，就好像此事与她无关。

过了一会儿，朱塞帕走过来，拥抱了玛丽安娜，告诉她：我成功了，母亲大人，我可以嫁给朱利奥。

父亲大人怎么说？

西诺雷托说服他了。和朱利奥结婚，总比一直当个老姑娘好。

尽管他是出了名地游手好闲，家里也没有什么财产？

是的，他说可以。

那么现在需要做准备了。

什么也不用准备。我们在那不勒斯结婚，不办婚礼……不用老一套的东西……您想想看，要是办了婚礼，肯定全是父亲大人那些戴假发的朋友……我们在那不勒斯结完婚，就立刻出发去伦敦。

朱塞帕说完，就立刻飞奔出去了，留下一股汗水味和薰衣草混杂的香味。

玛丽安娜这时想起来，她口袋里有一封玛妮娜写来的信，她还没来得及看。上面只写了一句话：我在晚祷时等您。但她特别不想去巴勒莫。因为玛妮娜最小的儿子叫西诺雷托——沿用了她外公的名字。但这个孩子，与那个年仅四岁，感染天花死去的小西诺雷托长得很像。玛丽安娜时不时会去巴勒莫看他，他住在奇亚兰楼，她想要把这个小外孙抱在怀里，这个孩子是那么脆弱，那么渴望关爱。对她而言，那感觉就好像把小西诺雷托紧紧地抱在胸前，有时候她会匆匆地把小外孙放下，带着泪水汹涌的心落荒而逃。

如果费丽斯陪她一起去的话……可是费丽斯在做了多年的见习修女后，终于转为了名副其实的修女。她成为修女时，举办了一场持续了整整十天的庆祝会，赈济布施，做弥撒，准备豪华的宴席。

舅父大人花了一万斯库多让这个女儿进修道院，这笔钱包括出家礼、食物、酒水和蜡烛的费用。这场庆祝会的奢华程度，让所有人都印象深刻。排场如此之大，使得总督朱塞佩·格里曼伯爵十分不满，他对外张贴了一张布告，以警示王公贵族日后不要如此铺张浪费，有时甚至举债。他们应该要以身作则，出家庆典的时长不应该超过两天。但显然，巴勒莫人只当是耳旁风。

谁会听他的话？贵族的气势就在于蔑视伯爵，伯爵算什么？贵族从来不算账，甚至连算术都不会，因此他们才有管家、仆役长、秘书和用人。贵族不需要买卖东西，假如他们看重某个人，就会把自己认为市场上最好的东西送给他，可能是一个儿子、孙子，也可以是一个乞丐、骗子、玩家、歌手、洗衣女，全凭一时兴致。在西西里这片美丽的土地上，所有孕育出来的生命都是属于他们的，这取决于他们的出身、血统和神赐，算计收益和损失有什么意义？这都是商人和资本家的玩意儿。

那些商人和资本家，正如皮耶罗公爵所说："总有一天，他们会把所有东西吃掉。"现在他们已经开始了，像老鼠一样，一点儿一点儿地啃，把橄榄林、橡木林、桑树林、小麦、角豆树和柠檬树等全部吃掉。"未来的世界是属于投机商、小偷、囤积居奇者、诈骗犯和杀人犯的。"根据这种末日般的理论，一切都会走向毁灭，"因为贵族如果消失了，将会失去无法估量的东西：那种绝对的洒脱，无法积累或积攒的荣耀，那种神圣、义无反顾的精神。人们会想方设法节省，人的精神将变得庸俗。"

皮耶罗公爵那双愤世嫉俗的眼睛仿佛在说，我们身后会留下什么呢？留下的只是一些生活过的破烂遗迹、别墅的断壁残垣，最后被各种精怪占领，他们的眼睛细长迷离，在干枯的柠檬树与橄榄树之间，花园里的石头会发出各种动静。

费丽斯正式成为修女的仪式盛大至极，贵族们都盛装出席，尊贵高雅。女士都带着随行人员——她们的"阉伶"，她们身上穿的薄纱就像蝴蝶的翅膀，她们用金丝线和银丝线把头发盘起来，色彩缤纷的腰带上挂着丝绒、花边和丝绸饰带。

云鬓攒动，到处可见帽子上的羽毛、佩剑、手套、皮手笼、宽檐女帽、假花、搭扣上装饰着珍珠的鞋子、毛绒三角帽、漆皮三角帽。晚宴上有三十道菜，每一道菜吃完之后，都会端上来一个水晶高脚杯，杯子里装的是香柠檬味的爽口冰沙。

雪是从吉贝里尼山上收集起来的，用稻草包好，让驴子驮下山来，带到巴勒莫，可以在地下封存好几个月，所以这里总是有好吃的冰激凌。

在小礼堂里举办仪式时，修女玛利亚·费丽斯·伊玛可拉塔就像死去了一样，张开双手躺在地上，她的两边是受邀嘉宾。同会修女往她身上盖了一条黑色的毯子，手脚处各点燃两支蜡烛。这时，舅父大人靠在聋哑妻子的手臂上，开始低声啜泣，这让玛丽安娜感到十分震惊。因为自从他们结婚以后，她从来没有见过丈夫哭，小西诺雷托夭折时，他都没有哭。可女儿皈依后，却叫他心碎不已。

庆典结束以后，皮耶罗公爵派了一位侍女给女儿，帮助她更衣洗漱，收拾她的东西。他还把自己的天鹅绒轿子借给了女儿，轿子顶上摆着金童像。直至今日，他也没有停止供养主事的神父，不间断地向修道院提供水果、丝绸和绣品。

每个月有五十塔里花在蜡烛上，五十塔里花在祭坛上的贡品上，七十塔里花在新桌布上，三十塔里花在购买糖和杏仁上。在修道院花园的修建上花的钱更是数不胜数，有好几千斯库多，所以现在的花园当然美得不可思议，修了人工湖、假山喷泉、小径、拱廊、树丛和假山洞。在山洞里，同修会的姐妹们可以稍作休息，一边吃糖果蜜饯，一边数念珠祷告。

事实上，皮耶罗公爵不满足于只是远远地打听一下女儿在修道院里的生活，只要可以，他就会派轿子过去，把女儿接回家住一两天。菲亚梅塔姨妈觉得，修道院就像菜园子，要锄地，也需要祈祷；而外甥女费丽斯却把自己的小房间改造成了一个奢华、安逸的地方，在那儿，她远离这世上糟糕的事情，眼睛看到的只是让自己感到快乐舒适的东西。对菲亚梅塔来说，花园是一个让她能够全神贯注、凝神深思的地方；而对费丽斯来说，那就是谈天说地的地方，她可以舒适地坐在无花果树的树荫下面，与姐妹们谈论新闻和八卦。

菲亚梅塔斥责外甥女的"堕落"，而费丽斯则指责姨妈过分虔诚。姨妈只读福音书，不管去菜园子，还是去厨房，都把它带在身边，由于翻看的次数太多，书上沾满了油污；而外甥女只是读一些小说化的圣人传记，真皮封面，里面纸质洁白。在那些小说中会突然出现一些女圣人的图片，她们的身体布满伤口，以妖娆妩媚的姿势躺着，身上盖着绫罗绸缎。

特雷莎教化姑姑还在世时，她们两人会一起批评费丽斯。而现在特雷莎走了，几乎就是在同一天，阿加塔姑婆也走了，只剩下菲亚梅塔来教育费丽斯。有时，菲亚梅塔的立场不是很坚定，觉得自己并不占理，但也正因如此，她变得更尖酸刻薄。可费丽斯毫不在意，她知道还有父亲给自己撑腰，所以无所畏惧。对于那个聋哑母亲，她从来没有想太多。母亲读了太多的书，这让她们之间变得疏远，为了在朋友面前给自己开脱，她解释说，母亲有一点点"疯狂"。

马里亚诺认为，姐姐费丽斯是个浮夸的人，但他很多地方和姐姐很像，尤其是对奢华生活和新潮事物的追求。他早就准备好继承父亲的所有遗产，这使他一天天地变得越来越骄傲自大，自命不凡。对待母亲，他很有耐心，但那种耐心也是佯装出来的。他看到母亲，会向她行礼，亲吻她的手，然后拿起母亲的纸笔写一些辞藻华丽的句子，字写得又大又歪。

马里亚诺也与一位漂亮姑娘坠入爱河了，这女孩的嫁妆是二十来块土地，她名叫卡特琳娜·摩乐，是弗洛里斯和波佐格兰德家族的后代。婚礼就在九月举行，玛丽安娜已经可以想象，婚礼准备过程有多烦琐和劳累了，庆典肯定不少于八天，会以一场焰火晚会收场。

二十一

外面一片漆黑，玛丽安娜四周一片空洞与寂静。她手里拿着一本爱情小说，作者说词语就像长在空中的葡萄一样，通过双眼把那些语言收集起来，大脑中的思想就像风车轮子一样转动，把葡萄榨成了汁，然后欢快地流入血管。这就是文学的萃取过程吗？

在阅读时，读者和故事中的人物共呼吸，吸收着别人的思想成果，沉浸在属于别人的快乐之中。那些重复上演的爱情戏刺激着读者的感观，让读者的心情和剧中人一样跌宕起伏，这难道不也是爱情吗？虽然没有实际体验过这种爱情，那又有什么要紧？见证了那些陌生身体的拥抱，通过阅读产生的感受，难道不像自己也经历了那样的拥抱吗？但阅读还有个好处，就是你可以掌控自己。

玛丽安娜突然闪过一丝疑虑：她是一个偷窥别人激情的人。她在这些故事中去探索别人爱情的萌芽和毁灭，就像她看着身边人的嘴唇，想要捉住那人说话的节奏。这难道不是一种痛苦的讽刺吗?

　　玛丽安娜在图书室里度过了许多时光,她试着去寻找书中的黄金屋,日复一日地读书、筛选和提炼,双眼徜徉在文学海洋里。那么,她挖掘到了什么呢? 可能她得到的只是一些粗糙肤浅的东西。在一本本书、一页页纸上,她看到了几百个爱情故事,无数快乐、绝望、死亡、享乐、谋杀、相遇和告别的故事。她总是窝在沙发里看书,后脑勺靠着那块已有些磨损的刺绣垫子。

　　书架的下层,小孩子伸手就能够得着的书基本都是圣人传记:《圣·尤拉莉亚传》《圣·莱奥德加里奥的人生》。有些是法语的:《圣·尼古拉的游戏》《钦巴龙的世界》;有些是西班牙语的:《宫廷韵文》《托尔梅斯河边的小癞子》;还有大量的年鉴:《新月》《火星下的爱》《文集》《风潮》;此外,还有一些法兰西圣殿骑士的故事,给年轻小姐们看的爱情小说,里面都是些虚假煽情的故事。

　　在书架上面那几层有一些经典名著,成人才够得着那个高度:从《新生》到《疯狂的罗兰》,从《物性论》到《柏拉图对话录》,还有一些风靡时下的长篇小说,比如《忠诚的克罗安德洛》和《圣处女的传奇》。

　　在玛丽安娜接手图书室之前,那些书就已经有了,自从她频繁出入这个地方,图书室里的书就成倍增长了。刚开始,她借口要学习英语和法语,就添加了词汇、语法书、综合摘要书籍。然后添加了一些描写遥远国度的游记类书籍,上面还有插画,最后她越来越大胆,开始购买一些长篇现代小说、历史书和哲学书。

　　自从孩子们都离开家以后,她就有大把时间可以自由支配,而书一直都不够看。她成打成打地预订,不过经常要等好几个月才能拿到手。就像装有《失乐园》的那个包裹，在巴勒莫港口滞留了五个月，没人知道它最后会去哪儿，还有那本《弗朗西斯滑稽故事》，在靠近那不勒斯和西西里之间的一座港口丢了，因为运载它的那艘轮船沉没于卡布里的深海。

还有一些外借的书，但她已经不记得都借给谁了，就像玛丽·德·法兰西的《籁歌》，借出去后就再也没回来；《布鲁特传奇》应该是在她哥哥卡尔洛手上，也就是在斯卡莱的圣马尔蒂诺修道院里。

玛丽安娜经常熬夜看书，大量的阅读使她疲惫不堪，但她乐在其中。玛丽安娜很难说服自己上床睡觉，如果不是口渴难耐，她很有可能会看个通宵。

从一本书里走出来，就像要脱离那个更好的自己，仿佛从一个轻盈、曼妙的精神世界进入一个缩手缩脚、总是要做出各种让步的现实世界。她要把那些著名、可爱的角色抛下，重新回到那个她不喜欢的自己，困在日常琐事中，每天都浑浑噩噩，很没有意义。

在这个寂静、性感的深夜，干渴使玛丽安娜躁动不安，它掩盖了花的香气，使阴影更加沉重。这个夜晚安静得让人窒息，玛丽安娜的思绪又回到图书室，蜡烛已经快要燃尽。她在心里疑惑，为什么最近这段时间的夜晚都那么短暂？为什么她感觉每样东西都落入自己的脑子里，就好像落入一口深井，水是黑色的，她时不时能听到东西坠落时的扑通声，这到底是什么掉下的声音？

她步伐轻盈，默默地走在走廊的地毯上，走过餐厅，穿过黄色和粉色的大厅，停在了厨房门口。装水的坛子上盖着的黑布已经被掀开，有人在她来之前就下来喝过水了。玛丽安娜突然感到恐慌，她害怕与舅父大人在深夜相遇。自从那晚她拒绝了他以后，舅父大人就再也没找过她。最近她有一种直觉，舅父大人在与库法的妻子缠绵，不是那个年老色衰、刚刚去世的赛维丽娜，而是他新娶的妻子，一个叫罗萨莉亚的女人，一条浓密的黑辫子，总是在她背后晃来晃去。

那女人三十岁了，很有活力，但在男主人面前，她会表现得很温柔。而舅父大人需要有一个人迎合他的攻势，而不是冷冰冰的反应。

玛丽安娜回想起黑暗中仓促交合的场景，他无法平息的进攻，而她却完全没有参与，僵硬麻木。现在看来真是滑稽可笑、愚蠢至极，人们怎么能这样莫名其妙，一次次地重复这种义务，或许因为他们不理解这是为什么，所以就没有终止。

但就算是这样，他们还是有五个孩子，加上三个流产的，一共有八个。在床上进行交媾八次，没有亲吻，没有爱抚，只是进攻和强迫，他冰冷的膝盖压着她的大腿，迅猛快速地爆发。

有好几次，在履行义务时，玛丽安娜脑子里都想起了宙斯和伊娥、宙斯和勒达的媾和，就像帕萨尼亚斯和普鲁塔克描述的那样。神化身成某种动物：一只狐狸、一只天鹅、一只鹰、一头公牛，长久地埋伏在栓皮槠和栎树下，突然出现，让人措手不及，说不出话来。像猛禽一样举起它的爪子，用喙固定住女人的后颈，使她动弹不得，劫持她的身体供自己享乐。他拍动着翅膀，在她的颈上急促地呼吸，牙齿在她的肩膀上咬出齿痕。结束后，情人自行离去，只留下你忍受着屈辱和痛苦。

她想去问问罗萨莉亚，舅父大人和她在一起时，是不是也会化身为狼，撕咬完毕后就自行离开。但她也知道，最好不要去问，她得顾全大局，半是因为羞怯，半是害怕那条黑辫子在气愤的时候，会变成一条凶猛的蛇跳起来。

一楼的房间没有灯光，所以玛丽安娜可以确定，舅父大人现在没有出来走动。因为他出来一般都会举着蜡烛，他不像玛丽安娜，由于耳朵听不到，眼神反而像猫似的，变得非常犀利。

水坛子返潮了，玛丽安娜触摸它时，能感觉到新鲜而湿润的水汽，散发出一股赤陶的香气。她把手伸向一个竹把的金属水瓢，在里面舀了一些水，大口大口地喝了起来，水滴落在她的刺绣紧身胸衣上。

这时候，她的眼角瞥见一丝微弱的光线，从一间用人房里透出来。那是菲拉的房间，她的房门虚掩着，玛丽安娜不知道那时具体是几点，但肯定已经过了午夜十二点，也过了一点，可能快三点。她好像感觉到了周围空气的震荡，那时布黛拉家族教堂里的钟声响了两下，激荡起夜晚的涟漪。

她的双脚不自觉地把自己带向了有光的地方，目光穿过门缝，想在烛光摇曳的房间里，看到谁在里面。

床沿上晃荡着一只手臂，有一只穿着鞋子的脚抬起来又放下。玛丽安娜收回目光，内心有些恼火：她是何等身份，怎么做出偷窥这种事。可接着，她又兀自笑了：就让灵魂高尚的人去恼火吧，就像伦敦的大卫·休谟先生说的那样，好奇心扎根于我们的不安中，而这种好奇心，与让她如饥似渴地钻进书籍的好奇心类似，何必这么虚伪？

玛丽安娜带着惊人的勇气，屏住呼吸，继续通过透出来的一丝光线偷窥，就好像她即将看到的是决定自己未来的东西，就好像她在看之前，就已经被打动了。

菲拉不是独自一人，和她在一起的是个面容姣好的男孩，他正哭得伤心，他把黑色鬈发扎成了一条细长的小辫子别在后颈。玛丽安娜觉得之前似乎见过这个男孩，可在哪儿见过呢？他的四肢柔软娇弱，肤色像西班牙蛋糕。她看见菲拉从衣服口袋里拿出一块揉成一团的手帕，把正在哭的男孩的鼻子擦干净。

菲拉好像在追问男孩一些他不想回答的问题。他坐在床沿，摇晃着身子，一会儿哭，一会儿笑，目光却惊异地盯着摆在地上的鹿皮皮鞋看，鞋带解开了，很凌乱。

菲拉继续不耐烦地和他说着话，同时把那块已经浸湿的手帕塞回口袋，这时她像一位母亲似的向他俯下身来，看着他。他不再哭泣，捡起一只鞋放到鼻子下面。菲拉顿时就向他扑过去，开始很轻柔地打他，她扬起手，打在他的后颈，接着是脸，最后握紧拳头打在他的头上。

他任由菲拉打，毫无反应，但蜡烛由于剧烈的动作而熄灭了，房间陷入黑暗，玛丽安娜向后退了几步。门框里的烛光又开始晃动了，肯定是菲拉重新点燃了蜡烛头。

玛丽安娜想，是时候上楼去了，但一种陌生的、无法控制的好奇心滋长着，她觉得这种好奇心很下流，可还是像偷食禁果般，重新窥视着屋里的情景。她看见菲拉坐在床上，男孩蜷缩在她身边，头靠在她的胸上。转眼间，菲拉温柔地亲吻他泛红的额角，伸出舌头舔舐他左眼下的抓痕，那是她刚才抓的。

这一次，玛丽安娜迫使自己回到装水的坛子旁。一想到要窥视菲拉和那个男孩的爱抚，她就非常惊慌，她被眼前看到的东西搞得很心烦意乱。她重新用水瓢在坛子里舀水，把水瓢放到嘴边，闭着眼睛，大口大口地灌水。可她没有意识到，这时候房门打开了，菲拉就站在门口看着她。

菲拉的紧身胸衣松开了，辫子也很乱，她看起来十分惊讶，身体僵住了，说不出话来，只是目瞪口呆地站在那里。与此同时，男孩也走上前，站在菲拉身后，他的辫子在一只红通通的耳朵后面。

玛丽安娜看着他俩，没有怒目而视，可能眼睛里还带着笑意，因为她看到菲拉终于从惊呆的状态中缓过来了，开始手忙脚乱地把紧身胸衣的带子系起来。而男孩的眼神中却没有流露出一丝害怕，他赤裸着上半身走上前，大胆无畏地直视着公爵夫人，就好像他早就透过那张半虚掩的门，一直远远地盯着她看，正如玛丽安娜偷窥他一样。他会在半掩着的帘子下，躲在那儿一动不动，埋伏等待着，好像他已经听到过很多她的事情，现在他终于能眼见为实，看看这个不会说话的公爵夫人真实的样子。

但菲拉有话想说，她走到玛丽安娜身边，抓住她的一只手腕，在她听不到的耳朵旁说着什么，在她眼前做着一些手势。玛丽安娜看着她焦急不安的样子，有几缕黑发从她的辫子里散落出来，凌乱地搭在脸颊上。

这一次，失聪保护了她，让她觉得这不是一种缺憾，她的脸上流露出惩罚的意味。其实她很清楚，这时候责罚是没有意义的——是她自己的错，半夜还在家里四处走动——但此时此刻，她需要强调出主仆之间的距离感。

玛丽安娜扬起一只手走近菲拉，那架势正如一位女主人发现了侍女与陌生男人在自家屋檐下一样。舅父大人一定会支持她这么做，可能还会给她递上一根鞭子。

然而，菲拉抓住她扬在空中的那只手，把她拉到房间里去，蜡烛头依然在燃烧着。她把玛丽安娜拉到被照亮的镜子前，另一只手拽着男孩，面对镜子。菲拉抓住男孩的头发，他们俩头靠头，脸挨脸。

蜡烛的烟把镜子熏得很模糊，玛丽安娜盯着镜子里的那两张脸看，一下子就明白了菲拉想对她说的话：一模一样的嘴，同一个模子造出的鼻子，高高的鼻梁从中间拱起，都是灰色的眼睛，双眼间距有一点儿大，高高的颧骨有些发红——他们是姐弟。

菲拉知道，通过他们的相貌，她说服了玛丽安娜，她咬了咬嘴唇，很高兴地点着头。可是，之前那些日子，她是怎么把这个男孩藏在家里的？就连舅父大人都对他的存在一无所知。

现在，菲拉用只有大姐才有的威信，让男孩在公爵夫人面前跪下，亲吻她尊贵的琥珀色裙边。而他听话地跪下来，从下往上看着玛丽安娜，脸上带着一种戏剧化的沉痛，用嘴唇掠过了她的裙边。他带着孩子般的狡黠，呈现出一种讨好的态度，那是一个被排除在神奇的世界之外的人才有的神情。

玛丽安娜温柔地看着男孩弯着的背上的一根根肋骨，很快就示意他起来。菲拉拍打着手，笑了。男孩站在那儿，用肆无忌惮的目光盯着玛丽安娜，这种眼神让她感到浑身不适，但同时也让她感到好奇。他们的目光交会在一起，两人都有些激动。

二十二

　　漆黑平静的水面上，萨罗和拉斐尔·库法正在划桨，小船有节奏地向前滑行。在纸灯笼的映照下，能隐约看见一些镶着金边的椅子。玛丽安娜像狮身人面像一样，身上披着一件翠绿色的披风，眼睛看着港口的方向。

　　朱塞帕、她丈夫朱利奥·卡尔波内里，以及两岁的儿子坐在一条横向的长凳上；玛妮娜、她的小女儿嘉琴塔也坐在船中央的长凳上；菲拉则与厨娘伊诺琴一起，坐在船头的两捆绳子上。

　　旁边有另一艘船离他们很近，隔着不到一只胳膊的距离。船上也打着灯彩，皮耶罗公爵坐在镶金边的椅子上，坐在旁边的是当修女的女儿费丽斯，大儿子马里亚诺和儿媳妇——弗洛里斯家族的卡特琳娜·摩乐，以及库法的年轻妻子罗萨莉亚，她的黑辫子像一块头巾似的盘在头上。

　　巴勒莫港口的海面上聚集了上百条船只：小渔船、帆船、二桅小帆船，每一艘船上都张灯结彩，配有主人坐的椅子和舵手。

　　这是八月的夜晚，海面很平静，月亮躲在稀薄的紫边云彩后，海与天的界线消失在一片黑暗里。

再过一会儿，海边搭建的平台上，会开始放各种烟花：旋转烟花、火箭烟花，就像一道道五光十色的喷泉，一场盛大的烟花雨将要降临于海上。背景是幸福门，那座城门就像上了油彩一样，充满了梦幻色彩。往右看是卡萨罗·莫尔托宫，还有主教宫昏暗的轮廓、卡尔萨的低矮住宅区、斯特里的石头墙壁、卡特那圣母玛利亚教堂的灰色大理石、海边城堡四四方方的围墙、乐普洛斯的圣约翰教堂长长的浅色建筑——那里有一条弯弯曲曲的小巷，成千上万的人从巷子里出来，拥向海边。

玛丽安娜的膝间放着一张皱皱的字条，上面很亲切地写着：这些烟火都是由织布师傅、驯马能手和乳酪商共同赞助、制作出来的。阿门。

此时，男人们停止了划桨，小船在水波上轻轻地荡漾。船上灯火通明，载满了盛装打扮的人群，摆放着切好的西瓜片，杯子里都盛着水和茴香酒。玛丽安娜转过头去，看着船上的人，在宁静的夜晚里，那些人就像空中的羽毛一样在摇晃。

费尔南多万岁，西西里国王查理三世的新皇子万岁，阿门。另一张落在玛丽安娜脚上的纸片上这样写着。第一支烟花已经点燃了，绽放在高空中，几乎要被云层覆盖，一场银丝烟花雨落在巴勒莫城的屋顶上，落在王公贵族的宫殿前，落在灰色的石板路面上，落在港口的矮墙上，落在载满观众的船上，也落进了漆黑的海水里，噼啪作响。

前天是庆祝萨伏依的维托里奥·阿梅迪奥加冕典礼的大型晚会，昨天是为哈布斯堡的查理六世继位仪式装点彩灯，今天庆祝的是波旁王朝的查理三世的新皇子诞生，都是千篇一律的狂欢，一样的大杂烩。第一天在大教堂做弥撒，第二天举办狮子与马的斗兽比赛，第三天在大理石剧院进行音乐演出，然后是议会大楼的舞会、赛马、海上烟火表演……简直是没完没了……

玛丽安娜只需看一眼舅父大人，就能知道他在想什么。最近一段时间，舅父大人在她面前完全透明了，他的双眼变得无神，额头上的鬓角也秃了，再也不能像从前那样把自己的心思藏起来。他好像已没有耐心再去掩饰什么，这么多年以来，他一直都自信满满，认为没有人能够透过他那紧锁的眉头和严厉的前额看穿什么。现在看来，他对这种技艺习以为常，已经完全失去了兴趣。

我们这些总是会低头的奴才……什么维托里奥·阿梅迪奥，他想把巴勒莫变成另一个都灵吗？可怜的贵族啊！那些被浪费的时间、税收、驻军……国王陛下啊，您是不是也要开始收疾病税、饥饿税？我们的伤口散发着茉莉花香，我的国王啊！处处都要交税……乌德勒支和约也是坑人的，重新分割猎物：你一口，我一口……还有埃丽莎贝塔·法尔内塞那个婊子，也想染指岛上的事儿，只想"让自己的儿子有个王位"。红衣主教阿尔贝罗尼手持权杖，费利佩五世也想分一杯羹……在卡珀·帕塞罗海角，英国人对我们虎视眈眈，让我们提防费利佩五世，然而埃丽莎贝塔根本不松口，那是一位"极有耐心"的母亲。奥地利人在波兰吃了败仗，抛弃了那不勒斯和西西里……这样她儿子查理就有胜算……他们会骑到我们脖子上，谁知道什么时候才能解脱……

她无法阻止那些无声的话语，这是上帝赐予她的礼物，让她能够进入别人的脑子里。只不过她进去后，门一关，却发现里面全是霉气，那些话语都沾着一股霉味。

这时，有两只手落在公爵夫人的肩膀上，把披肩提到脖子上裹住她，还帮她整理了下头发。玛丽安娜转过身去，想要谢谢菲拉，可出现在她眼前的，却是萨罗那张意气风发的脸。

又过了一会儿，当她正欣赏着在空中绽放的黄绿色光芒时，男孩的手又落在披肩上，两根手指轻轻地靠近披肩，撩拨她的发梢。

玛丽安娜正想把他甩开，但一种无声的疲惫淹没了她，让她在椅子上动弹不得。此时，男孩像猫一样，轻手轻脚地走到船头，扬起手臂指向天空。

显然，他走到那儿，是想让人看见自己。他站在船首凸出的三角处，摇摇晃晃的船头突显了他修长挺拔的身躯，在飞舞的火花中，他的脸容光焕发。

此时此刻，所有人都向高空看去，目光追随着绽放的烟火。只有萨罗没有，他目光直直地盯着船中央主人的座椅处。空中闪烁着五彩缤纷的光，玛丽安娜看见那个年轻人双眼盯着自己。那目光多情、欢快，可能还带着点儿傲慢，但没有恶意。玛丽安娜定睛看了他一秒，马上移开了视线。可就在那一秒之后，她又情不自禁地再次看向他：他的脖子、腿、那张嘴唇出现在那里，好像是特意让她惊异，让她欣赏。

二十三

　　玛丽安娜总能看到萨罗在眼前晃，不管是在花园里看书，还是在黄色大厅里和拉斐尔·库法一起算账，或是在图书室里学习英语，萨罗总是不知道突然就从哪儿出现了，接着又马上消失。

　　他总是温柔地看着玛丽安娜，目光灼热，乞求她的回应。随着一天天地过去，他爱慕的眼神变得越来越大胆，越来越坚定，让玛丽安娜心慌意乱。

　　舅父大人出于好意，把萨罗收留在家里，还给他量身定做了一套用人的服装，颜色是家族特有的金色和蓝色。萨罗那条细长、如同老鼠尾巴一样的辫子，也不再在耳后晃来晃去，一绺诱人亮黑的头发盖在额头上，他总是会潇洒地甩甩头，把头发甩到脑后。

　　家里只有一个地方他不能去，就是主卧，所以玛丽安娜越来越频繁地在主卧看书。卧室天花板上的壁画是奇美拉，她就在这些怪物的注视下看书，心里却想着萨罗还敢不敢找自己。但她会时不时地向庭院看去，等待他的出现，只要看到他迈着悠闲散漫的步伐从庭院走过，她的心情就会好起来。

为了避免在别墅里和他低头不见抬头见，玛丽安娜甚至决定去巴勒莫，到月桂路的那套房子里住一阵子。但有一天早晨，她看见萨罗在舅父大人的马车上，在后踏脚板上站得笔直，穿戴整齐，心情愉悦，鬈发上戴着一顶三角帽，脚上穿着一双锃亮的鞋子，鞋上面的扣子是黄铜的。

菲拉说，他已经开始学习写字了。菲拉先把这事告诉了伊诺琴，伊诺琴又告诉了费丽斯修女，于是费丽斯给母亲写了一张字条，上面写道：他开始学习写字了，要跟我们交流。没有人知道她说这话是带着欣赏还是鄙视。

今天是雨天。村子里灰蒙蒙的，每一片灌木丛和每一棵树都湿漉漉的。一直以来都无声无息的玛丽安娜突然感到烦闷异常，看着那些亮晶晶的树枝、生机勃勃的田野，一种对有声世界的想念扼住了她的喉咙。夜莺的歌声是什么样的？她无数次地在书本里看到过，他们都说，那是人们可以想象的最甜蜜的歌声，那能让人怦然心动的歌声，究竟是什么样的？

这时门开了——像在某些噩梦里出现过的那样，一双陌生的手把门推开了。玛丽安娜看着门缓缓移动，却完全不知道从外面进来的会是什么：快乐还是痛苦，朋友还是敌人？

是菲拉，她拿着点亮的烛台进来了，这一次她又打着赤脚，其实看得出来，这是一种叛逆的表现，面对过分苛求的主人，这是她的反抗方式。但其实，她也仰仗着玛丽安娜对自己的纵容，这并不是因为玛丽安娜很宽容，而是因为一个不能说出口的秘密。她好像在想，尽管她们之间有着年龄、财富、社会地位的差距，但她们就像绑在同一根绳上的两只蚂蚱。

菲拉想干什么？为什么她一动不动地站在那里？为什么要用脏脚踩在昂贵的地毯上？为什么她走路如此冒冒失失、不管不顾，任由裙角飘起来，露出她那长满老茧、脏脏的脚后跟？

玛丽安娜知道，能够与菲拉保持距离的唯一方式，就是拿出女主人的样子，扬起手给她一个耳光，哪怕只是轻轻地打一下，这是人们习惯的做法。但只要看着菲拉那张脸——她脸上柔和的线条和那男孩如此相似，只是更成熟一些，玛丽安娜就丧失了打下去的欲望。

玛丽安娜把手伸向了衣领，那衣领把她的脖子勒得很紧。她的羊毛紧身胸衣紧紧地贴着冒汗的后背，那衣服上仿佛长了刺一样。玛丽安娜用两根手指示意她退下，女孩一边出去，一边晃着宽大的红色裙摆，走到门口时，生硬地向玛丽安娜行了一个礼，表情也不自然。

现在房间里只剩下玛丽安娜了，她跪在一尊象牙雕刻的耶稣像前——那是费丽斯送给她的，祈祷着：上帝啊，请别让我蒙蔽了双眼，请让我的心周全。

她的目光定格在十字架上，感觉耶稣的脸上露出了嘲讽的表情，她感觉就连耶稣，也像菲拉一样在嘲笑她。玛丽安娜站起身，平躺在床上，用手臂盖住自己的双眼。

她侧过身，把手伸向一本书，那是当修道院院长的兄长卡尔洛在马里亚诺出生时送给她的。她把书打开，看到这样一段：

我的心灵消耗，我的日子灭尽。
坟墓为我预备好了。

真有戏笑我的在我这里，

我眼常见他们惹动我。

愿主拿凭据给我，

自己为我作保。

　　约伯的话出现在这里，仿佛像要让她记住自己的罪行，是什么罪过？是按照休谟先生的建议，用他的方式进行思考，还是放任自己被可怕、陌生的欲望所驱使？她的生命的确在消耗，身体也渐渐地失去了光泽，可是谁将她从嘲讽与讥笑中拯救出来呢？

　　门又动了，门上的合页慢慢地转动，地板上的四方形阴影慢慢扩大。门后面是什么在动？是谁的身体，谁的目光？或许是那个看起来像十二岁，但其实已经十九岁的男孩吗？

　　这一次进来找玛丽安娜的是朱塞帕和她的小儿子。朱塞帕怎么胖成了这样！她身上的肉把衣服绷得紧紧的，她面无血色、死气沉沉，迈着沉重的步伐走进来，在床沿上坐下。她把紧紧地裹着脚的鞋子脱掉了，在地板上伸直了腿。她看着母亲，突然大哭起来。

　　玛丽安娜靠近她，亲切地把她的头抱在胸前，可女儿没有平息下来，依然在抽泣，而她儿子已经爬到床底下去了。

　　你这是怎么了？玛丽安娜在纸上写道，然后把字条放在她鼻子下面。

　　朱塞帕用手背把眼泪擦干，还是无法停止啜泣，又转过头抱着母亲哭，抓起她的衣边开始擤鼻涕，声音很大。玛丽安娜把笔塞到她手里，在不停的催促下，女儿终于开始动笔写字。

朱利奥虐待我，我想离开他。

他对你做什么了，我可怜的女儿？

他把一个做帽子的女人带回来了，借口说她病了，让她睡在我们的床上，又说她没衣服穿，就把我的衣服和我收集的那些法国扇子都送给了她。

我会跟你父亲大人说的。

不要，母亲大人，我求您了，别告诉他。

那我能做什么呢？

我希望您找人揍他一顿。

我们又不是生活在你曾祖父那个年代……而且，这有什么用？

我要报仇。

你报仇了，又能怎样？

我乐意这样，我很难受，想解气。

可是为什么让做帽子的女人睡在你家床上，我不明白。玛丽安娜快速写道，可女儿回答的速度却变得越来越慢，字也写得歪歪扭扭，毫无章法。

他想侮辱我。

可是你丈夫为什么想要侮辱你？

因为他蠢。

这事让玛丽安娜很不解，也难以置信，因为如果朱利奥·卡尔波内里只是想玩玩的话，没必要把情人弄到妻子床上去。这样做毫无意义，背后的隐情是什么？

从女儿吐露的只言片语，还有那些夹杂着方言的字条中，玛丽安娜渐渐理清了一些头绪：朱塞帕和西诺雷托的妻子，也就是她舅妈——多米提拉成了好朋友，她向朱塞帕介绍了几本法国思想家的书籍，都是禁书，讨论的是世俗的生活，对自由的追求。

朱利奥·卡尔波内里是个憎恨新思想的人，整天与一些比舅父大人更古板的年轻人混在一起，试图阻止妻子踏上这条自由之路，因为这"绝对不符合斯卡拉普雷家族贵族夫人的身份"。但妻子并不听他的话，他废话不多说，就用一种粗暴的方式，间接地让妻子明白，他才是一家之主。

而现在玛丽安娜要做的，就是劝女儿，冤冤相报何时了，夫妻之间发生矛盾是很正常的事。根本不要说什么离开他的话，儿子还这么小，不能没有父亲。再说了，一个失去了丈夫的女人，如果不想被人戳着脊梁骨骂是妓女，她唯一的容身之处就是修道院。朱塞帕必须想办法让丈夫尊重自己，而不是报复和使坏，但要怎么做呢？

玛丽安娜正想着如何解决，突然在纸上写道：那些法国扇子又是怎么回事？

扇面上画着春宫图啊，妈。女儿在纸上不耐烦地写道，这让玛丽安娜十分窘迫，只好点点头。

你得让他尊重你。母亲坚持道，但她的字迹很难保持得体和权威。

我们俩是猫狗不相容。

可当初是你自己要嫁给他的。如果你那时听从你父亲的建议，嫁给安东尼奥舅舅的话……

那还不如去死……安东尼奥舅舅就是个老秃驴，还长着一对斗鸡眼。我宁愿跟朱利奥和那个做帽子的女人待在一起。只有你这个可怜的聋哑人，才会选择与父亲这样的大老粗在一起……你说，如果我告诉马里亚诺的话，他会不会帮我报仇？

死了这条心吧，朱塞帕。

就让他们在门外等着，等他出去了，就打他一顿，我就要这样，母亲大人。

玛丽安娜目光阴沉地看向女儿，朱塞帕还是一副气愤的表情，她咬住了自己的嘴唇。但此刻母亲的威严占了上风，面对母亲那双严肃的眼睛，朱塞帕退缩了，放弃了报复的念头。

二十四

　　房间里帘幕低垂，天花板是拱形的，幽幽暗暗，天鹅绒窗帘呈波浪形垂下来，几道光线在帘子的褶皱之间透射过来，照射到地板上，能看见光束里面的尘埃。

　　在这个房间里，污浊的空气中夹杂着一股樟脑的味道，炉子上的小锅正烧着水。床很大，占了一面墙的长度，床脚由四根木雕柱子撑着，床上挂着刺绣的帘幔和丝绸饰带。

　　玛妮娜躺在皱巴巴的被子下面，全身都被汗浸湿了。她双眼紧闭，一动不动，已经躺了好几天了，没人知道她能不能撑过去。她身上黏糊糊的，散发出的气息和当时垂死的小西诺雷托一样，是一种让人作呕、有些发甜的气味。玛丽安娜伸出一只手，握住女儿搭在被子上的手，用两根手指轻柔地抚摩她湿润的手掌心。

　　女儿年幼之时，那双手曾无数次抓住玛丽安娜的裙子，就像玛丽安娜小时候抓紧父亲大人的长袍一样。那是渴望被关注的动作，她会问很多问题，最终问题只有一个：我可以依赖你吗？但或许女儿也发现了，谁都不可以依赖，尽管那个人盲目地爱着你，但最后他还是很遥远、难以理解。

她的手白皙透亮，常常有蚊虫叮咬出的包，就像阿加塔的手一样。这一对小姨和外甥女之间有太多相似之处，两个都貌美如花，却要面对生活的残酷。两个人都不懂得善待、关心自己，顾及自身的感受，都一头栽进母爱中无法自拔，对孩子的热爱到了几近疯狂的程度。

只有一点不同：玛妮娜很幽默，总是能化解矛盾，让大家开怀大笑，而她自己却不笑。阿加塔则是完全献身于几个孩子，不求回报，同时她对那些没有做出相同选择的女人嗤之以鼻。她已经生了八个小孩，还在继续生，尽管她已经三十九岁了，却仍然乐此不疲，她总是在跟奶妈、保姆、赤脚医生和接生婆打交道。

玛妮娜为人十分平和，不对任何人抱有偏见。她的梦想就是用一根线，把自己与丈夫、孩子、父母、亲戚、朋友缝起来，使大家的关系牢不可破。她十二岁就出嫁了，在二十五岁的年纪，已经有了六个孩子，这些孩子逐渐长大，但是他们的关系都不像兄弟姐妹。

玛丽安娜仍然记得女儿站不稳的样子，她小时候大腿很粗，身穿一条系满红色蝴蝶结的裙子，整个人圆乎乎的。这衣服是玛丽安娜从委拉斯凯兹的一幅水彩画中看到的，她给女儿做了一件一模一样的。玛妮娜很安静，有着红扑扑的脸蛋儿和海蓝色的眼睛。

玛妮娜还没来得及从那幅画中走出来，就进入了另一幅画，投入了丈夫的怀抱，她挺着巨大的肚子，就像带着一件战利品，毫不羞赧地走在路上，享受着路人艳羡的目光。

她经历了两次流产，还有一次生出来的是死胎，但都有惊无险，平安度过了。我的身体是一间等候室，孩子总是一个走了，另一个又来了。她给母亲写道。并且不管来去，她从来没有为此烦恼过，而是觉得很幸福。孩子总是让人手忙脚乱，他们要吃喝拉撒睡，跑来跑去，还会哭，这都让她觉得很快乐。

然而，这一次的分娩却将她置于生死边缘。接生婆说了，孩子没有什么问题，而且那时她的乳房已经开始产奶了，玛妮娜很开心，可以让最小的几个孩子再次尝到母乳，他们爬上她的膝盖，用嘴咬住她疲惫的乳头，拽来拽去。

可她腹中的孩子生出来，却是个死胎，她一直在不停地流血，后来变得面色惨白。当时，接生婆疯了一般，用纱布和棉塞为她止血，尽管止住了大出血，但到了晚上，这位年轻的母亲却陷入了昏迷。现在她已经命悬一线，面如死灰，眼神涣散。

玛丽安娜拿起一个棉球，用柠檬水浸湿，放在女儿的嘴唇上，有那么一瞬间，她看见女儿睁开了眼睛，但很恍惚，没有认出眼前的人是母亲。

玛妮娜的面色苍白，闪过一丝欢喜的微笑，那是一种奋不顾身的奉献，一种自我牺牲的热忱在推动着她。是谁给她灌输了这种要将母爱进行到底的狂热思想？这种飞蛾扑火般的热情？是特蕾莎教化姑姑，还是那位满头白发的保姆？她总是把胸衣裹得紧紧的，强迫她在床边跪着，一遍遍祈祷。还是堂李古斯托？这个人也是菲亚梅塔姨妈的神父，在玛妮娜身边，传授了多年的基督教教理和教义。然而堂李古斯托并不是个狂热分子，相反地，堂李古斯托好像受到了詹森派的影响。玛丽安娜应该还保留了一张李古斯托写的字条，上面引用的是亚里士多德的一句话：上帝太过完美，以至于只思考自己，不想其他人。

不管是阿加塔，还是玛妮娜，她们都不对丈夫抱有任何期待：不期待爱情，也不期待友谊。或许正因如此，她们才备受宠爱。堂迭戈与妻子阿加塔形影不离，他的占有欲让自己都快窒息了。

玛妮娜的丈夫是马嘉齐娜索家族的堂齐兰达。新婚时，他们也如胶似漆，尽管他还是会染指家里的女管家和侍女，尤其是那些从"大陆"来的女孩。比如那个来自贝内文托，名叫萝丝娜的女孩，她高傲美丽，在来这里之前，是个"细驼绒女工"。她怀了男爵的孩子，当时所有人都很震惊。玛妮娜的婆婆——男爵夫人把那个女人从儿子家中接走了，送到了墨西拿的某个友人家中，那朋友的家里正好需要一个高级侍女。那一次，菲亚梅塔姨妈专门从修道院赶过来训斥外甥，姑姑嫂嫂、堂姐堂妹都赶到托雷多路的齐兰达宫大厅，对"可怜的玛妮娜"表示关心和同情。

但是，唯一对这整件事毫不在意的人就是玛妮娜，她甚至愿意抚养那个杂种，让他和他母亲都留在家里。她还觉得，父子俩很相像：都是鹰钩鼻。但婆婆大人十分坚持，玛妮娜让步了，就像她多年以来习惯的那样，逆来顺受。玛妮娜总是低头的那一个，她垂下戴着红珍珠项链的脑袋。

现在，那串珍珠项链就放在床头柜上，在半明半暗的房间里发出淡紫色的光。项链旁边是四枚戒指：一枚红宝石戒指是玛利亚外婆的，戒指上至今还残留着一些的里雅斯特烟草的污渍和味道；一枚镶有维纳斯头像的玉石戒指是外曾祖母朱塞帕的，在传给外曾祖母之前是高祖母阿加塔·乌克里亚的；一枚实心金戒指；还有一枚海豚银戒指是外公西诺雷托的。再旁边是一根上面镶着钻石的玳瑁簪子，从婆婆那乌油油的黑发上传到了儿媳妇金灿灿的头发上。

父亲大人曾弄丢过那枚海豚银戒指，那一次，全家人都变得很警惕。后来又被伊诺琴在睡莲池里给找回来了，从那次之后，她成了"拾金不昧的伊诺琴"。但之后，海豚戒指又丢了一次，因为父亲大人把它遗落在一位歌剧演唱家家中，那是一个他非常喜欢的女人。

出于尊重，我把戒指脱下来了，把它放在了床头柜上。他私下里给女儿写道。

出于对谁的尊重，父亲大人？

出于对母亲和对家族的尊重。但在写这句话时，他忍不住笑了一下。很可信，也同样让人难以置信。他喜欢平凡重复的生活，和家人一起度过夜晚，但他也喜欢去外面看戏，喜欢奢华的生活，在某个晚上做一些出格的事。

他不想改变多年的固定习惯和爱好，但同时又对每件新生事物，还有那些突如其来的激情充满好奇，他宽以律己，严以待人。

那后来您把戒指找回来了吗？

是我自己很粗心，我之前认为是可雷蒙蒂娜把它偷走了，然而两天之后，我在枕头上找到了那枚戒指……她真是个好姑娘啊……

玛丽安娜与父亲大人对话的字条，有满满一盒子，她都锁在了卧室的床头柜里。她把自己写的字条都丢了，但把父亲写的留下了，还有母亲和孩子们写的，她都存了起来，时不时还会翻出来看。父亲大人的字写得松松散散，笔迹很潇洒；母亲大人的字写得费劲；儿子马里亚诺写的"O"细细长长；女儿费丽斯写的"S"和"L"十分飘逸；女儿朱塞帕的字写得歪歪扭扭，总是沾上墨迹。

可是玛妮娜的字条，一张都没有。也许是因为玛妮娜写得很少，也许是她写给母亲的字条上总是些无关紧要的话，没有留下一点儿痕迹。这个女儿从来都不喜欢写字，她长得如此漂亮，有着摄人心魄的美，她可能喜欢音符胜过文字。她喜欢说一些俏皮话，总是想让人从悲伤、固执、沮丧的情绪中走出来。只有当别人把这些话记下来，写给玛丽安娜时，她才会看到，而玛妮娜自己从来都不会去写。

在玛妮娜和弗朗西斯科刚结婚的那几年，他们每个晚上都邀请朋友到托雷多路的房子里去玩儿。他们有个法国厨师，是一个麻子，会做美味的法式鹅肝和扇贝。在吃完柠檬丝和石榴调味的牛排之后，他们就去那个绘制着壁画的大厅，那是因特马西尼的作品，玛丽安娜记得那里的狮身奇美拉像。

玛妮娜常常坐在钢琴前，手指在琴键上飞扬起舞，刚开始时，她很腼腆、小心谨慎；慢慢地，她的指法越来越坚定顺畅，这时她会嘬起嘴巴，表情很苦涩，甚至有些凶。

在经历次子的夭折和两次流产后，齐兰达夫妇就不再接待客人了。只有在礼拜日，他们才会邀请一些亲戚来共进午餐，而玛妮娜几乎每次都是被摁到钢琴前弹琴的。不过，她的脸没有再变形了，还是温柔甜美的样子，就像因特马西尼给她绘制的肖像上的表情。那幅画就挂在餐厅，她周围是一群天使、天堂鸟和鱼首巨蛇。

慢慢地，她放弃了所有的一切。现在，坐在那架旧钢琴前的是她七岁的女儿嘉琴塔，在一旁陪伴她的是一位从提契诺来的钢琴老师，手上拿着一根橄榄木指挥棒，在琴盖上给她打拍子。

玛丽安娜握着女儿的手，有些昏昏欲睡。在她空荡荡的脑袋里，回响起栗色马米圭里托的嗒嗒马蹄声，谁知道这匹老马这会儿在哪儿跑着，这匹马是父亲的一位远方表兄——皮皮诺·昂德斯送给他的，而表兄又是从一位吉卜赛人手里买过来的。

米圭里托和其他阿拉伯马一起，在乌克里亚别墅后的马厩里生活了很多年。后来因为它的性格温顺，又十分勇敢，父亲对它十分偏爱，经常骑着它去布黛拉家和帕拉戈尼亚家，有时甚至还会骑着它去巴勒莫。这匹马老了，就送给了卡洛家，以前莉娜和蕾娜这对孪生姐妹总是骑着它在橄榄园里疾驰奔跑。后来它的一只眼睛瞎了，老卡洛骑着它，跟在一群奶牛的后面，在巴盖里亚的牧场放牧。孪生姐妹去世以后，还常常能看见它围着橄榄园奔跑，虽然它很消瘦，但一踏上别墅前尘土飞扬的下坡路，就马上来了精神。

玛丽安娜心想：等会儿我就跳上马背，和它一起去找父亲大人，但去哪里找呢？它是一匹失明了的马，毛发脱落，牙齿发黄，岁月把它摧残得不像样，但它依然有一股冲劲，它特有的栗色马鬃依然很浓密。只是它的尾巴有些奇怪——变长、变粗了，也变弯曲了。有时候舒展开，有时候打结，尾尖上有开叉，好像要缠住她的腰，把她甩到石头上去。它要变成母亲大人经常梦到的妖怪狗吗？

　　就在这时，玛丽安娜睁开了双眼，发现半虚掩的门后，有一束头发在动，一双清澈的黑色眼睛正盯着她看。

二十五

从远处看过去，三台轿子就像三只巨型乌龟，在高高的草丛中的羊肠小道上缓慢爬行。三台乌龟一样的宽敞轿子，每台轿子前后各配两只骡子。四个男人肩上扛着火炬在前面开路，后头还跟着四个全副武装的男人。轿子一台跟着一台，在森林和悬崖峭壁之间，从巴盖里亚出发，经过塞雷山、米西尔梅里、维拉弗拉蒂，直到"兔子门"高地。

玛丽安娜坐在悬空的轿子里，身体嵌进窄窄的椅子里，把笨重的裙边提到冒汗的脚踝，头发盘到后颈，想要凉快点儿，她还时不时扬起手，驱赶苍蝇。

在她对面，朱塞帕穿着一件白色的印度纱裙，坐在那把绸缎包裹的椅子上，膝上盖着一条蓝色的三角薄围巾，她正在睡觉，虽然轿子晃得厉害，但她睡得很安稳。

小路现在越走越窄，也越来越陡峭，在他们两侧，一边是陡峭的悬崖，时不时有泛着红色的岩石冒出来，另一边是黑土陡坡，长着枝叶缠绕的灌木丛。骡子的蹄子时不时在石头路上打滑，轿子也跟着摇摇晃晃，但很快就站稳了，一边往前走，一边避开路上的坑坑洼洼。

赶骡子的人在前面领路，他带着一根笔直的长杆在沼泽地探路。有好几次，骡子的蹄子都深深地陷入黏土里去，很难挣脱出来，要使劲儿用鞭子抽打，才能让它们接着走。烂泥块使骡子的蹄子变得更沉重，另外，又高又尖的杂草也会缠住它们的蹄子，阻碍前进的步伐。

玛丽安娜抓紧木手柄，她胃里翻江倒海，在想是不是会吐。她把头探出窗外，看见轿子就悬在悬崖上，心想：他们为什么不停下来？我的五脏六腑都在痉挛，晃得这么厉害，为什么还不停下来？可事实是，停在半路比向前走要危险得多，那些骡子就好像能明白这件事情一样，它们都喘着气，低着脑袋向前走，在两根轿杆之间，灵敏地使用肌肉，保持平衡。

苍蝇在骡子的脸上飞来飞去，有时候也会飞到轿子里来。轿子的移动使它们很兴奋。它们飞到公爵夫人盘起来的头发上，又飞到朱塞帕微张的嘴巴上。玛丽安娜想，最好还是看看远处的风景吧，她试着忘记自己的处境——待在这台小轿子里，在两根杆子中间，悬在空中。

她向远处眺望，目光越过岩石峭壁，越过橡木林，看到了一片黄灿灿的梯田，宽广的夏拉山谷种满了小麦，一眼望过去，一阵风吹过，掀起一片金黄麦浪。圣列奥纳多河流像一条鳞片金光闪闪的蛇，蜿蜒盘踞在麦田之间，从高向低处，流入了泰尔米尼·伊梅雷塞海湾。

玛丽安娜睁大眼睛，眼前那条铁灰色的巨大河流，夹杂着红叶的橡木森林，一片片芦苇丛，让玛丽安娜觉得，眼前的世界都封闭在一个热玻璃球里，里面好像有虫子在轻轻蠕动。

眼前的壮丽景色，让玛丽安娜把那些苍蝇抛之脑后，也忘记了眩晕感。她想要把手伸向头偏向一边沉睡着的女儿，却停在了半空中，她不知道是应该把女儿叫起来，欣赏这美景，还是应该让女儿继续休息。她突然想到，她们早上四点就起床了，而且轿子晃得这么厉害，很难让人保持清醒。

玛丽安娜把头伸出窗外，尽量不去破坏轿子的平衡，想看看其他轿子有没有跟上来。有一台轿子上坐着玛妮娜，她痊愈以后，又恢复了从前苗条美丽的身材，还有费丽斯，她手上拿着一把黄色丝绸大扇子在扇；另一台轿子里是伊诺琴和菲拉。

后面那几个带着兵器的男人里，有拉斐尔·库法和他的侄子卡洛杰罗·乌苏拉，乌克里亚别墅的园丁佩佩·杰拉齐，老齐乔·卡洛和他的侄子拓托·米尔扎，还有萨罗。舅父大人过世时，给萨罗留了一百斯库多，还有他穿过的所有衣裳。从那以后，他整个人就很刻意地稳重下来了，看起来有些滑稽，但又添加了一种新的魅力。

他的胸前不再瘦骨嶙峋，额前的黑发也不再随意地落下来，他把头发梳进了白色的假发发卷里。皮耶罗公爵还是个少年时，曾戴过这顶假发，这顶假发对萨罗来说还太宽，耷拉在耳朵上。

他还是一如既往地英俊，但样子变了，褪去了稚气，看起来更加沉稳自持，也心事重重。尤其是他的气质变了，他现在与那些从小锦衣玉食，生活在巴勒莫大别墅里的贵族看起来没有什么区别。他一举一动都优雅礼貌，不做作。他上马的样子像个王子，先是把靴子尖踏在马镫上，再轻轻一跃跳上马，整个动作一气呵成。他还学会了在女士面前行礼，先是一只大腿向前、屈膝，一只手臂伸出来，画出一道优美的弧线，最后不会忘记把手腕弯回来，拍拍三角帽上的羽毛。

很久之前的那个夜晚，玛丽安娜在菲拉房间里发现的男孩，当时他表情刚毅，笑容狡黠，有着像老鼠尾巴一样的辫子。这个男孩一步一步变得体面而荣耀，但他并不满足，现在他想要学写字，想要学算账。他学习非常努力，连舅父大人也很欣赏他，亲自给他上纹章学的课，教他礼仪，学习骑士风度。

而现在他只剩下最后几步了，其中包括征服他的女主人，这位美丽的聋哑女人清高自傲，拒绝接受他的爱。这是他变得勇敢大胆的原因吗？还是有其他原因？很难得出答案。这个男孩也学会了掩饰自己。

在舅父大人的葬礼上，他表现得最为悲痛，就像失去了亲生父亲似的。但当他知晓公爵留给他一小部分遗产——一些金币、衣服、鞋子和假发时，他震惊了，脸色发白，接着嘴边就一直重复着"我实在是不配这样的厚爱"。

那场葬礼让玛丽安娜累到喘不过气来：整整九天的仪式、弥撒、亲戚的晚宴，她还得准备全家的丧服、花饰、供奉教堂的所有蜡烛，请哭丧妇在遗体旁哭丧两天两夜。

最后他的遗体安葬在圣方济各托钵僧的地下墓穴，用防腐香料保存。玛丽安娜其实主张把他埋在地下，入土为安，可兄长西诺雷托和儿子马里亚诺立场十分坚定，集坎波·斯帕尼奥洛公爵、斯卡纳图拉男爵、萨拉·迪·帕鲁塔伯爵、索拉齐侯爵这些头衔于一身的皮耶罗·乌克里亚，他的遗体必须要保存完好，安葬在圣方济各教堂的地下墓穴，就像他的祖先一样。

当时，许多人都下了墓穴，女士们的裙边总是绊住脚，带进去的火把差点儿把里面的灵堂烧着了，墓穴里全是手臂、鞋子、坐垫、花束、佩剑、孝衣和蜡烛架。

后来，所有人都离开了，玛丽安娜突然发现，那里只剩下丈夫赤裸的遗体和她自己，而修士在地窖里准备处理尸体用的滤网和硝石。

刚开始，玛丽安娜抗拒去看他，觉得这不是很得体。她的眼睛向上，看见了三具陈年的遗体，他们的皮肉已经干枯了，紧紧地贴着骨头。他们被钩住脖子挂在墙上，双手被绳子绑住扣在胸前，好像在盯着她看。

漆过的木架子上还躺着其他遗体：有盛装打扮的优雅女士，双臂交叉在胸前，戴着花边发黄的宽檐女帽，嘴唇紧贴着牙齿；有一些是几个礼拜前才放进来的，散发出一股浓烈的酸味；还有一些已经在那儿待了五十年，甚至一个世纪，无论有什么味道，现在都已消散了。

真是野蛮的习俗，玛丽安娜心想。她努力回想着休谟先生曾说过的关于死亡的话，可脑子一片空白。与其放在这里，继续和所有这些享有伟大头衔的亲戚朋友待在一起，皮肤像纸片一样碎成粉末，还不如像印度人一样把尸体火化，把骨灰撒在恒河里。

她的目光转向一具陈列在玻璃下的身体，这具遗体保存得十分完美——是个小女孩，长着长长的金色睫毛，额头高高的，上面有两滴晶莹的汗珠，双耳像两块小贝壳一样，躺在刺绣枕头上。

玛丽安娜突然就认出她来了：那是朱塞帕奶奶的妹妹，六岁时死于鼠疫。这位没来得及长大的姨奶奶，现在看起来就像是在展示肉体永恒的奇迹。

在所有堆积于此的遗体中，只有这一具完美无瑕，保存完好，正如所有人期望的死后的样子：完整、柔和、陷入这无声的沉寂中。修士们准备的防腐香料，虽然是以纯天然而出名，但是时间长了，还是会层层剥落、变硬，那乌黑干枯的薄皮底下的骨骼还是会显露出来。

玛丽安娜的目光回到丈夫赤裸的尸体上，他现在就躺在她面前。其他人为什么把她独自留在这里？好让她对亡夫进行最后的告别吗？还是让她看到人体的脆弱本质？奇怪的是，看着那些年代久远的遗体，她发现，丈夫的遗体与周遭那些尸体是如此不同。他是如此新鲜、沉静，还能看见血管、睫毛、头发和嘴唇的样子，看起来像是活的。他卷曲的头发完整地保留了那段阳光充沛的乡村回忆，而他脸上还留着些许蜡烛照耀的红光。

在他身体上有一块铜牌，上面印刻着"逝者"，但舅父大人的身体就好像是"活者"。相对于其他人像支离破碎、纸张一样的肉体，舅父大人那具受难的肉体充满力量。她从未见过丈夫这样赤裸的身体，松弛的肌肉，僵硬的脸上有着深深的皱纹，让人觉得那么赤裸、无助，但也很庄严。

这具身体从未让她感受过一丝爱意，他的方式总是那么严肃、暴力、冷漠。直到生命快要走到尽头的那段时间，他靠近她的方式才发生了变化。他总是悄悄地走近，好像要从她身上偷走什么，但可以感觉到他很不安，也很困惑，这其实都来源于多年前那次莫名的拒绝。

那种粗糙的温柔，有一点儿矫情，产生于一种困惑和无声的尊重，这让他在玛丽安娜心里变得没那么陌生了。甚至有好几次，她有一种想要握紧他的手的冲动，但她知道，他无法接受这种亲密感。他继承了父辈表达爱的方式，像猛禽一样扑过去，袭击后撕裂，心满意足地离开，最后只留下一具尸体、一个没有生命的躯壳。

那具赤裸的尸体此时就横陈于石板之上，已经准备好了被切开、掏空，往里面填满硝石，玛丽安娜突然对这具身体产生了一丝同情，甚至产生了怜悯之心。她伸出手去，用两根手指抚摩他的一侧鬓角，她的脸颊上猝不及防地流下两行泪。

她仔细端详着那张发青的消瘦面庞，双唇的轮廓，突出的颧骨，鼻翼很小，颜色发乌，她试图去发掘藏在他身体里的秘密。

玛丽安娜从未想象过，舅父大人孩童时是什么样子的，她也无法想象。从认识他开始，他就已经是很老的样子，一直穿着红衣服，使人想起十七世纪的服饰，而不是新世纪的优雅。他头上永远戴着一顶蓬松的假发，一言一行都刻板僵硬。

她曾经看过他小时候的一张画像，但后来那张画像不知道去哪儿了。坎波·斯帕尼奥洛的乌克里亚姐弟俩，在那张画像的最前面，他们站在鲜花和水果的摆设前面：玛利亚一头金发，表情迷离，那时已经略显丰满了；皮耶罗则是一头淡黄色头发，身材高挑，四肢僵硬，目光中带着悲伤和自豪。姐弟俩身后是他们的父母——坎波·斯帕尼奥洛的卡尔洛·乌克里亚和阿维拉领地的茱莉娅·谢巴拉斯，两人的头像就像出现在布告栏里一样。他们的母亲看起来很壮，一头黑发，热情洋溢，但也蛮横专制；而父亲则看起来亲和，让人有一种捉摸不透的感觉，他身上穿着一件颜色暗淡的上衣。玛利亚脸庞上温和柔软的线条，是她从乌克里亚家族继承过来的，而皮耶罗则继承了老谢巴拉斯家族的气质，那个家族的祖先都是侵略者和贪得无厌的暴君。

茉莉娅外婆说，皮耶罗从小就是一个吹毛求疵、神经过敏的人，总是为了一些微不足道的小事，与人起争执，还喜欢与人动手，不过他总是能打赢，也可能因为他看起来虽然是一副蔫蔫的样子，但其实长着一身钢铁般的肌肉。在家族里，大家都觉得他是个怪人，他说话很少，很迷恋自己的衣服，酷爱丝绸锦缎制成的镶金边的衣服。

他常常心血来潮，做出慷慨之举，这也让家里人很震惊。有一次，他把巴盖里亚所有放牛倌的小孩召集在一起，把自己所有的玩具都送给了他们。还有一次，他把母亲的珠宝首饰送给了街边乞讨的小女孩。

他喜欢玩纸牌，但他有自制力。他玩牌不会像他很多朋友那样玩通宵，不养裁缝或者熨衣服的女人，父亲葡萄园酿制的葡萄酒，他只喝一点点。他只喜欢打架斗殴，就算是和社会地位低下的人，他也会动手，正因为这个原因，茉莉娅外婆才会用鞭子抽他，以示惩戒。

但他从来都没有正面反抗过父母，反而很尊重父母，每一次他都是带着懊悔接受惩罚。他的整个童年加上青春期，唯一爱过的人就是他姐姐玛利亚，而和姐姐在一起时，他们总是不停地打牌。

玛利亚出嫁之后，他就把自己关在家里，有一年都没怎么出去。他养了一只小山羊陪伴自己，让它睡在床上，吃饭时，他就让小山羊和狗一起在饭桌底下玩儿。

　　山羊很小，头上软绵绵，羊蹄软乎乎时，家里人对它一直都很包容。但当它长大，变成一只大型动物，长出弯弯的羊角，用头顶去撞家具时，茱莉娅夫人就下令，把它放回到乡下田野里去。

　　皮耶罗按母亲说的做了，可是到了晚上，他会偷偷溜出去，跑到马厩里和山羊一起睡。茱莉娅外婆知道后，就杀了那只山羊，并且当着全家上下的面，用鞭子抽打他的光屁股——在外婆和她的兄弟姐妹还小时，曾祖谢巴拉斯就是这样惩罚他们的。

　　从那天以后，耐心的皮耶罗就变成了"脾气古怪"的皮耶罗。他有时消失好几个礼拜，谁也不知道他去了哪儿，有时把自己关在房间里，谁也不让进，就连来送吃的的侍女也不能进。他见到母亲时也不说话，虽然会行礼，但也只是出于义务。

　　他到了四十岁，依然没有结婚，有时会去妓院，他好像完全不懂爱。他信赖的人只有玛利亚，经常会去她家里找她，跟她说话。他父亲在山羊死后不久就过世了，但没一个人感到悲痛，因为他的父亲活着时也死气沉沉的。

　　他的外甥女玛丽安娜出生时，他来月桂路的家来得更勤了，外甥西诺雷托出生那会儿，他都没有如此激动。他十分喜爱这个小女孩，经常把她抱在怀里，像许多年前宠爱那只小山羊一样宠爱她。

　　没有人想过要给他找个妻子，直到谢巴拉斯支系的一个叔叔过世，那位叔叔一直没有结婚，有大批土地和财产，死后所有的遗产都传给了自己唯一的侄子。就在这件事之后，茱莉娅决定要给他找一位年纪比他大的巴勒莫贵妇，那女人不久前才成寡妇，是特拉帕尼家族的米萝·萨里涅女侯爵，性格泼辣，很能干，可能会改变性格古怪的儿子。可是皮耶罗拒绝了，并且声称，除非是他姐姐的女儿，他不会和别的女人睡在同一张床上。而当时他的姐姐有三个女儿，其中一个许给了修道院，还有两个就是阿加塔和玛丽安娜。阿加塔当时还太小，玛丽安娜是聋哑人，她当时刚满十三岁，正好是女子的适婚年龄。

再说，母亲大人和父亲大人都觉得，让阿加塔嫁给舅舅太可惜了，她的美貌完全可以让她找到一桩绝好的婚事。因此，让玛丽安娜嫁给古怪的皮耶罗才是正确的选择。而且皮耶罗看起来十分喜欢她，那时家里也正需要一笔钱急用，新债旧债都需要还，月桂路的那套别墅开始变得破旧，也需要重新装修，还得添置新的马车和马匹，定制所有仆人的制服。这对玛丽安娜没有任何坏处，如果不出嫁的话，她也只能在修道院里终老。如果出嫁的话，那就开启了一个新的"王朝"，他们将会是：坎波·斯帕尼奥洛的乌克里亚、斯卡纳图拉男爵夫妇、萨拉·迪·帕鲁塔伯爵夫妇、索拉齐·塔亚侯爵夫妇、谢巴拉斯·迪·阿维拉男爵夫妇。

茱莉娅去世前，曾把儿子叫到身边，求儿子原谅她当时为了那只羊，在所有仆人面前用鞭子抽他的事。而皮耶罗只是看着她，一句话也没有说，在母亲断气前的那一秒，他语气坚定地说："希望您在地狱里，能见到谢巴拉斯家族的亲戚。"当时，修士正滔滔不绝地讲述着家族的光荣事迹，而他们请来的哭丧妇，也正准备开始哭丧，要哭整整三天三夜。

就是这样，皮耶罗拥有了外甥女。但自从他结婚后，就再也无法像她小时候那样对待她，就好像婚姻让玛丽安娜献祭了自己的身体，也冻结了皮耶罗的温柔。

二十六

堂马里亚诺呢?

您儿子没跟您一块儿来吗?

为什么没来?他不高兴吗?

我们恭候新主人的到来。

对于堂皮耶罗的死,我们深表遗憾……

玛丽安娜看着放在膝上的那些字条,用手指揉着,感到很不安。怎么去解释马里亚诺的缺席呢?突然之间,马里亚诺就成了一家之主——继承了坎波·斯帕尼奥洛、斯卡纳图拉、塔亚、萨拉·迪·帕鲁塔、迪·索拉齐和菲乌梅弗雷多家族所有封地和庄园的人。这些农场看守和土地转租人是出于对新主人的尊重,才请他去视察的,要怎么向他们解释,告诉他们年轻的乌克里亚和他妻子留在巴勒莫不来,只因为他不想奔波受累而已。

母亲,您去吧,我有事。他给玛丽安娜的字条上是这样写的,他忽然出现在母亲面前,身上穿着镶有金边的崭新英式花缎罩袍。

事实上,只是为了视察自己的封地,坐十二个小时的轿子上山真是一种折磨，很少有巴勒莫贵族想受这样的累。但此次视察，不管对亲戚朋友，还是对下人来说，都是很难得的一次机会。新主人必须视察一遍自己的封地和庄园，必须让大家都认识他，与他们交谈，修葺一些老房产，向人们打听长时间不在乡下时发生的新鲜事，尽可能地让他们对新主人产生好感，让他们拥护新主人，至少勾起一点儿对新主人的好奇心。

玛丽安娜想，或许应该坚持让马里亚诺过来，可儿子当时根本没有给她时间思考。他亲吻完她的手，就迅速离开了，像一阵风，空气中都弥漫着他身上刺鼻的玫瑰香水味。这和他父亲大人用的香水一样，只是他父亲只会在衬衫花边那里喷一点儿，而儿子用得十分大方，好像把一整瓶都倒在了身上。

对待聋哑的玛丽安娜，农场看守和土地转租人既尊敬又害怕。他们把她看作圣女，并不是那种出身贵族的圣女，而是出身卑微者——那些残疾人、病人的圣母。他们对玛丽安娜深感同情，但她那好奇的目光，也让他们很不安。而且他们不会写字，所以公爵夫人的纸笔，还有她那双沾满墨迹的手，使他们的不安情绪到达了顶点。

他们请来了堂佩里克雷为他们写字，可就算这样，他们也无法满意。玛丽安娜是一个女人，对于财产、小麦、农田、债务、税务，诸如此类的东西，她知道什么？

因此，他们失望地看着她，嘴里一直重复着堂马里亚诺的名字，尽管他们从来没有见过这个人。皮耶罗公爵在去世前一年，曾经来过这里，他不乘轿，不坐那包裹着锦缎的椅子，而是带着守卫、步枪、纸和背包，一如既往骑着马过来。

此时此刻，他们坐在玛丽安娜公爵夫人面前，面面相觑，不知从何说起。堂佩里克雷平静地坐在一把包着皮子的、油乎乎的椅子上，他胖胖的手里握着一串念珠，等待他们开始。突然，这些男人都开始伸长脖子朝外面的走廊看去，玛丽安娜知道，肯定是几个女儿正在门廊那儿说说笑笑，或许她们正在拱廊的阴凉处打理头发。

玛丽安娜感到腰酸背痛，眼睛又干又涩。她长时间保持一个姿势坐着，导致大腿很僵硬，她其实很想把自己关在房里睡觉。但她知道，无论如何，她都得面对这群人，必须让他们原谅儿子的缺席，让他们相信他是真的来不了。因此，她克制住自己，强打起精神，示意他们可以开始说话了。堂佩里克雷则开始简明扼要地把那些话写下来。

重修矿井要十三个铜圆，但后来发现不够，还需要十个铜圆。

索拉齐封地缺人手，因为天花导致死了十个壮丁。

我们关押了一个人，因为他无力还债，是坎波·斯帕尼奥洛封地的一个农民。

小麦售出：一百二十沙马①，需要多出售产品。这里缺少现金，钱柜里的现金总额：0.27 铜圆，一百一十塔里。

羊奶酪，九百块，相当于三十块大奶酪，还有十块鲜奶酪。

羊毛：四卷。

玛丽安娜仔细地看着堂佩里克雷递给自己的一张张字条，上面写满了那些人说的话。她微微点头，观察着每个农场看守和土

---

① 意大利南部古代的容量单位，1 沙马约为 275 公升。

地租赁人的脸。卡尔洛·圣安琪洛，人称"跛子"，尽管他根本不跛。她和舅父大人结婚后不久来过这里，所以她认识这个人。他的脑袋看起来很有特色：头发稀疏，头皮黝黑，嘴唇干燥——太阳把他晒得嘴皮子都裂开了。他拿着一顶灰色的帽子，帽檐宽大、湿湿的，正不耐烦地用它拍打着大腿。

齐乔·帕内拉要求堂佩里克雷把他的名字写在一张干净的纸上，写得大大的拿给公爵夫人看。他是一位新的农场看守，看起来有二十二岁的样子，身材消瘦，眼睛很灵活，嘴巴大大的，右边缺了两颗牙。看样子，他是对玛丽安娜最好奇的那一个，对于要和一位女主人而不是男主人打交道这件事，他并不觉得这是个问题。他眼睛盯着玛丽安娜的前胸放光，显然，吸引他的是公爵夫人白皙的皮肤。

尼诺·赛坦尼是庄园里的老人了，虽然年纪大，但老当益壮，他的瞳孔黝黑，像画里画的一样，眼角黑黑的，眉毛弯弯的，又黑又浓密，但头发全白了，还有几根散落在肩膀上。

堂佩里克雷还在陆陆续续地把字条递给她，上面洋洋洒洒地写满了字，他的字写得又宽又大。玛丽安娜把它们都收起来放在手里，掌心朝上，准备等会儿安静下来再去看。她其实并不知道要拿这些字条如何是好，也不知道要如何回答"来汇报的人"问的问题——关于收入和支出，还有那些农庄生活的琐碎。

不过，这栋房子里真的关了个囚犯吗？她的理解对吗？他们把人关在哪里了呢？

那位囚犯在这里吗？

是的，就关在地牢里，夫人。

告诉农场看守和转租人，明天再过来。

堂佩里克雷还是气定神闲，也不说话，只做了一个头部的示意动作，农场看守和转租人都走过来，向前屈膝，亲吻公爵夫人的手，随后向门口走去。

他们走到门口时，菲拉正好端着托盘进来，上面摆满了高脚杯，杯脚细细长长。玛丽安娜想让她回去，但已经晚了。她礼貌地做手势，邀请那些人回来，享用这些在错误的时候端上来的酒水。

他们的手小心翼翼地向银色托盘伸过去，轻轻地拿起了高脚杯——那动作看起来就好像只要用粗糙的手轻轻一碰，水晶就会爆炸一样，他们小心翼翼地把杯子放到嘴边。

喝完以后，他们又排成队，行吻手礼，告别女主人，但玛丽安娜让他们免礼，把他们打发走了。为表尊敬，他们都把帽子摘下，放在手里，向她行屈膝礼。

劳烦您陪我去一趟地牢，堂佩里克雷。玛丽安娜用一只手匆匆地写道。堂佩里克雷依然面不改色，向她伸过来一条胳膊，胳膊上是散发香气的黑色袖子。

他们一起经过一条长长的走廊，经过漆黑的储藏间、收藏室、厨房、风干室，再经过一条走廊，走到了一个放打猎工具的房间面前。在这个房间里，玛丽安娜看见步枪都挂在枪架上，篮子很凌乱地摆放在地板上，还有两只木鸭子靠在椅子上，一阵刺鼻的味道传来，混合着鞣皮的气味、火药味和羊腥味。然后他们又走到了旗子大厅：有萨伏依家族的军旗，胡乱地卷在一起，摆在角落里；有宗教裁判所的白色旗子；费利佩五世的蓝旗；埃丽莎贝塔·法尔内塞的银、白、红相间的旗子；哈布斯堡那面鹰旗；还有波旁家族那面画着金色百合的蓝旗。

玛丽安娜在大厅中央停下了，指着那些卷起来的旗子给堂佩里克雷看，她想告诉他，所有这些破烂都没有什么用，可以扔掉了。这些东西不过揭露了舅父大人对政治漠不关心的态度，对统治者是否能维持稳定局面表示怀疑，他把所有旗子都准备好，摆放在这里。如果是在一七一三年，他会像所有人一样，在斯卡纳图拉塔楼上升起那面萨伏依家族的旗子；在一七二〇年，他会让那面奥地利哈布斯堡家族查理七世的旗子迎风飘扬；在一七三五年，他会升起两西西里王国查理三世的旗子。他从来不会把之前那些旗子丢掉，因为万一哪个政权复辟了，他随时都可以再把它们拿出来，就像当时发生在西班牙人身上的一样。他们之前被从岛上赶走了，可三十五年后他们又回来了，并且掀起了一场可怕的战争，比一场天花死的人还多。

皮耶罗公爵其实也不是个投机主义者，他只是鄙视那些"试图骑到我们头上来的人"。但是，和那些心怀不满的人联合起来，反抗外国权势，这是他从来没有想过的事。他狼一样的脚步，只是把他带向了落单的羊面前，然后捕获它。他无法理解政治，在他看来，问题只能靠和自己的神面对面解决，在这片充满英雄气概的悲凉土地上，这就是一位西西里贵族所有的觉悟。

堂佩里克雷在等着玛丽安娜，想继续他们的行程，他轻轻地拉了拉玛丽安娜的衣袖，像一只羞怯的老鼠，想引起她的注意。她一边走着，一边意识到他其实很急。从那只搂着她走路的胳膊的力度来看，玛丽安娜猜测，他可能是饿了。

二十七

楼梯里一片黑暗，湿气使衬衫紧贴着玛丽安娜的身子，这股闻着像老鼠和麦秸的臭味是从哪儿来的？这些湿湿滑滑的脏石头台阶又是通往哪里？

玛丽安娜停下了脚步，把脸转向堂佩里克雷。他一脸茫然地看着公爵夫人，玛丽安娜脸上的表情很扭曲，忽然涌起的一段回忆模糊了她的眼睛：那穿着长袍的父亲大人，眼睛沾满眼屎的男孩，吐着南瓜子皮的刽子手，这些全部封存于她的记忆深处，只需一根手指，轻轻转一转齿轮，过去的脏水便汹涌而来。

堂佩里克雷慌忙找到一个可以手扶的地方，以免公爵夫人晕倒在他怀里。他打量着她，双手往前伸，双脚稳稳地站在地上。

他受惊的样子把玛丽安娜逗笑了，她眼前闪现的画面也消失了，又重新站住脚。她向堂佩里克雷点头致谢，继续下楼。这时有个举火把的人突然出现在身后，火把举得很高，把整个楼梯都照亮了。

墙壁上浮现出了影子，玛丽安娜猜测，那可能是萨罗，她的呼吸变得急促起来。此时，在他们面前的是一扇巨大的浅色橡木门，上面钉满了各种螺丝钉子。萨罗把火把放入从墙上突出来的铁圈内，他把钥匙要过来，落落大方地走到锁链那儿，迅速把门打开，重新拿起火把，请公爵夫人和修士进入地窖里。

有一位头发花白的男人坐在稻草堆上，白头发很脏，已经有些发黄，身上穿的羊毛马甲破破烂烂，露出了胸膛，裤子上全是补丁，赤裸的脚上全是伤，红肿不堪。

萨罗把火把举到囚犯的头顶，而囚犯揉着眼睛，惊讶地看着这一行人。当他看到衣着华贵的公爵夫人时，微笑着向她行了个礼。

问问他为什么要被关在这里。玛丽安娜把纸放在膝盖上写，她下来得太匆忙，都没有带小桌子。

农场主已经告诉过您了，因为他无力还债。

我想听他说。

堂佩里克雷耐心地靠近那个男人，跟他说话。那个男人想了一会儿，回答了这个问题。堂佩里克雷把纸靠在墙上，把男人说的话写下来。因为不想让墨水溅到身上，他的身体与纸离得有些远，他时不时俯身，把笔伸进放在地上的墨水瓶里蘸墨水。

他欠了土地租赁人的债，一年都没还上，于是他们就把他的三头骡子牵走了，等着他第二年再一起还百分之二十五的利息，但第二年债款已经多了三十铜圆，他还不起，所以他们就把他关起来了。

那他为什么会欠租赁人的债？

因为收成不好。

如果他知道自己付不起的话，为什么还要借呢？

因为他没有吃的了。

浑蛋，为什么租赁人有的吃，而他却没有？

她没有收到回复，那个男人睁着眼睛，疑惑地看着夫人在小白纸上迅速画下一些神秘的黑色符号，她的手里紧握着一根羽毛，像是从鸡屁股上拔下来的。

玛丽安娜坚持要一个答案，她用手拍了拍白纸，放在修士的鼻子下，于是修士继续询问这位村民。他终于开始回答了，堂佩里克雷也开始在纸上写字，这一次，他把纸铺在萨罗的后背，而萨罗也向前俯身，十分乐意做一个写字台。

公爵夫人，土地租赁人租了您一块土地，农民又从土地租赁人手里租下那片土地，可以留下四分之一的收成。除去这四分之一，农民必须向租赁人归还之前借的种子，而且归还的数量要比借时的数量多，还得交保护费。如果收成不好，或是有农具需要修复的话，他就要到租赁人那里去借钱。这时候，农场看守会带着步枪，骑着马去讨债，一旦发现他无力还债，就会把他关进牢房……您清楚了吗？

他得在这儿关多久？

还得要一年。

放他走。玛丽安娜这样写道，还在上面签字，像国家审判似的。事实上，在这栋房子里，在这片庄园中，主人就是国王。就像当时的菲拉一样，眼前这个男人，舅父大人把他"送给了"马里亚诺，可舅父大人也是从安东尼奥·谢巴拉斯叔叔那儿得来的，而叔叔也是从别人那儿得来的。

没有任何一个地方写着，这位头发发黄的老人属于乌克里亚家，事实上，他们却可以对他为所欲为，把他关在地下室，直到他身体腐烂，又或者把他送回家里，甚至可以鞭打他，没人会有什么异议。因为他欠债不还，所以严格来说，他必须以身抵债。

从费利佩二世起，西西里贵族在参议院里沉默、不作为。作为交换，他们在自己所属的领地上拥有至高无上的权力，可以执行王法。她是在哪里看到的？父亲大人把这称为"合法化的不公正"，他的慷慨正义使他无法使用这个特权。

乌克里亚家族的人白净的手从来不敢做的事，农场管理员替他们做。他们必须让那些农民懂规矩，殴打他们，用绳子绑住他们，威胁他们，把那些欠债不还的人关进塔楼下面的监狱。

这不难理解，堂佩里克雷用乱七八糟的字体写在纸上的东西，不知道是出于诚恳，还是出于懒惰，他把老人的话原原本本地讲述出来了，就像他在转述一位大人，或是一位宗教法庭法官的话一样。

此刻，他的双手握在一起，放到大腹便便的肚子上，那肚子快要把衣服撑破了。他看着玛丽安娜，想弄清楚这位突然到访的公爵夫人下一步又想做什么。她想知道的，通常是贵族大人会假装忽视的事，一位雍容华贵的夫人想要清楚了解这些事，这显然不合时宜。

任性、古怪、神思恍惚……玛丽安娜感受到了身边修士的想法，他此刻陷入了沉思，这位贵妇人今天心血来潮，大发慈悲，但说不定到了明天，她又会把心思用在如何拿鞭子抽人，如何用针扎人上……

玛丽安娜一直盯着堂佩里克雷，眼神明亮，可是他站在那里，一副战战兢兢、卑躬屈膝的样子，让人如何去责备他？

　　这个可怜、不幸的聋哑女人，都四十岁了，皮肤还如此光洁白皙……谁知道她脑子里在琢磨些什么……永远在看书……一辈子都得困在文字里……她渴望了解所有事情，这种渴望显得很荒诞……永远一副吹毛求疵的样子。现在这些贵族啊，一点儿都不懂得享受贵族的生活。他们什么事都想插手，不懂谦虚，喜欢看书而不是祈祷……一位聋哑的公爵夫人，更别提了！……可是她脸上在闪耀着什么光芒……真是不幸的灵魂……得谅解她啊，她这么可怜，除了这颗脑袋，什么都没有，哪怕她看一些教化书籍也好，但我看过她带在身边的那些书：英文书、法文书，都是些拙劣的现代作品，歪门邪道……她倒是决定赶紧从这里出去啊，来到这闷热得令人窒息的地方，真是受罪，而且肚子已经饿得受不了了……至少今天得吃点儿什么好的吧……每次贵族来，就有美食佳肴……至于怎么处置这位老人，多愁善感都是多余的……法律就是法律，每个人都得自食其果……

　　克制一下你自己的思想！玛丽安娜给堂佩里克雷写道。他惊恐地看着，完全不明白如何阐释她的谴责。他哑口无言，抬起眼睛看向公爵夫人，玛丽安娜对他心知肚明地笑了一下，走在他前面，上了楼梯。萨罗迅速跟上，拿起火把给她照路。玛丽安娜开始在铺满灰尘的地毯上跑起来，跑到餐厅，开始笑修士，也笑自己。这时，几个女儿都已经坐在了餐桌前：费丽斯穿着高雅的修女服，十字架上的蓝宝石闪闪发光；玛妮娜穿着黑黄相间的衣服；朱塞帕身着白衣，肩上披着丝质的蓝色三角薄围巾。她们正等着她和堂佩里克雷入座开饭。

玛丽安娜——亲吻了自己的女儿，但没有就座用餐。她发现自己能听到堂佩里克雷心里的想法，这让她很厌烦。她想，最好还是回房里吃，至少她可以安安静静地看东西。她写了一张字条，以确保那位老囚犯能够得到立即释放，他欠的债从她的私人财产里出。

她上楼时，萨罗跟过来了，他绅士地伸出一只手臂，要让她扶着走，但玛丽安娜拒绝了他，径直向前，一步两个台阶地跑上楼。她走进房门，直接把门摔在他脸上，可等她用钥匙反锁好门，就开始后悔自己没扶着那只手臂，后悔一句感谢的话都没对他说。她走到窗户旁，想看他迈着轻盈的脚步走过庭院。事实上，他也正好从楼梯口走出来，经过马厩时，他停了下来，抬起双眼寻找她的窗户。

玛丽安娜想躲到窗帘后面，但她马上意识到，这看起来就像在与他调情一样。她在玻璃窗前站直身体，表情沉稳严肃，眼神坚定地望着他。萨罗的脸上露出了笑容，非常迷人，也很温柔，就在那一瞬间，他的笑感染了玛丽安娜，她发现自己也情不自禁地微笑了起来。

二十八

　　玛丽安娜解开头发，拿起沾了橙花水的梳子梳了起来，梳去了落在头发上的灰尘，使头发散发着橙皮香味。她向后仰了一下酸痛的脖子，发现橙花水已经用完了，看样子得让他们再做一瓶。香粉盒子也空了，得去威尼斯香粉商人那里再预订一些。只有威尼斯才能产出极其细滑透亮的香粉，摸上去就像花瓣一样。柠檬味道的香水产自马扎拉，香水商人马斯特罗·图里斯把订购的香水放在画有中式图案的盒子里，寄给玛丽安娜，现在她用那些盒子来存放家人写给自己的字条。

　　镜子里出现了一个奇怪的东西，她在右上角看见一个阴影，很快就散开了。她看见在紧闭的玻璃窗后，有一双眼睛一闪一闪的，有一只张开的手。玛丽安娜皱着眉，手上举着梳子，停在了空中。

　　那只手摁着窗户上的玻璃，就好像可以通过意念，奇迹般地打开它。玛丽安娜正要起身，她感觉自己已经在窗户那儿了，手在推着窗户上的手柄，但她实在懒得起来，好像被牢牢地绑在椅子上了。她无声地对自己说：站起来，把窗帘拉上，把蜡烛吹灭，然后去睡觉。

她的腿听从脑子里发出的霸道而又明智的声音，她站了起来，拖鞋在地板上拖踏着，走到窗帘那里，很机械地抬起手臂，用力把窗帘给拉上了，这下房间里全暗了下来。玛丽安娜不敢睁大眼睛去看，窗户外是塔楼的小露台，但她的皮肤、指甲、头发都感到了那被拒绝的男孩的愤怒。

此时的玛丽安娜就像梦游的人一样走到床边，一根一根轻轻地把蜡烛吹灭，整个人感觉空荡荡的，她钻进被子里，用冰冷的手指在胸前画十字。

愿上帝保佑我。但回应她的不是十字架上耶稣那血迹斑斑的面孔，她眼前突然浮现出了大卫·休谟先生那张拘谨而又讥讽的脸。他头上包着浅色的天鹅绒头巾，目光清澈愉快，嘴唇半闭，露出似有似无的微笑。

理性不能单独成为任何出于意愿的行动的唯一动机。她沉思着，在脑子里重复着这句话，她的嘴唇浮现出一个苦涩的微笑。她觉得大卫·休谟先生的脑子很好使，可是他对西西里又了解多少呢？理性应是而且只应当是激情的奴隶，除了服从激情，决不能奢求其他的功能。直截了当的断论。那个戴着东方式头巾，那双遥远、傲慢的眼睛，双下巴，一定是吃得好睡得香的休谟先生。他了解一个饱受骄傲、困惑折磨的聋哑女人的内心世界吗？

我的灵魂，假如能看上你一眼

即使是一眨眼的工夫，那死了也值……

这是卡塔尼亚诗人保罗·毛拉的诗句，玛丽安娜曾经誊写在缎面小本子上，此刻却突然浮现在她的脑海中，那么地慰藉人心，缓解了她给自己带来的痛苦。

她无法安睡，因为她知道，他还在玻璃窗后面，等着她改变主意。尽管玛丽安娜看不见，但她知道他就在那儿，只要一招手，他就会陪在自己身边。这种残忍的意志力能够持续多久，没必要再去问了。

为了抵制这种诱惑，她决定起身，点亮蜡烛，穿上拖鞋出门去。此时，走廊里一片漆黑，空气中有旧地毯和遭虫蛀的家具散发出的气味。玛丽安娜靠着墙，感觉腿有些软。那股味道使一段发生在斯卡纳图拉塔楼的遥远记忆浮上心头。那时候，她应该只有八岁，当时的走廊上也铺着一块旧地毯，而她和母亲大人单独在一起，那应该也是八月，塔楼里很热，周围的山谷里散发出阳光暴晒下腐烂动物的气味。

母亲大人并不快乐，因为她丈夫和某位情人消失了很长一段时间，而她在等他回来的日子里，靠吸食鸦片酊和烟草消磨时间。经过一段漫长的等待之后，她突然决定要带着聋哑女儿一同前去谢巴拉斯舅舅舅妈所在的乡村。她们一同度过了一段阴郁、伤心的时光，玛丽安娜一个人在拱廊下玩耍，母亲大人终日沉迷于鸦片，整日昏睡在城堡的小卧室里，而今这个房间是玛丽安娜在住。

唯一让她感到慰藉的，就是木酒桶里散发出的新酿红酒的味道，那香气令人振奋，还有刚刚采下来的番茄，也散发出一股强烈的味道。

玛丽安娜感觉心里很不安，她把一只手放在胸前，想要让自己的心慢慢沉静下来。正巧这时，她看见菲拉走过来，菲拉穿着一身白色睡衣，外面披着一件披风。

菲拉停下来，看着玛丽安娜，就好像要和她说什么很重要的事情。她温柔的灰色瞳孔中燃烧着怨恨，玛丽安娜扬起一只手臂，在那张慌乱的脸上打下一记耳光。她不知道自己为什么要这样做，但她知道，菲拉等着挨这一记耳光。她也知道在这一刻，作为女主人，这是她的义务，她应该维持这愚蠢的主仆关系。

菲拉毫无反应，慢慢地坐到地板上，玛丽安娜扶着她站起来，轻柔地擦干她脸上的眼泪，用力抱了一下她——这让她有些惊异。现在一切都清楚明了，只要这一记耳光下去，那么姐姐悄悄上楼来，监视弟弟的一举一动，这鬼鬼祟祟的行为也就一笔勾销，菲拉可以回房睡了。

玛丽安娜下到一楼，停在了朱塞帕的房门前，房门透出一丝光线。她敲门进去，看见朱塞帕还穿着白天的衣服，手里握着一支笔，坐在写字台前，墨水瓶就在边上。她一看见母亲进来，就准备把纸藏起来，但转念一想，用挑衅的目光看着母亲，拿起另一张纸，写道：

我再也不想和我丈夫在一起了，我要摆脱他，不能让他再缠着我了。

母亲看到女儿不计后果的任性，她也有这样的冲动。

父亲大人去世了，现在早已不是十七世纪了。母亲大人，如今人们不一样了，在巴黎，谁还在乎婚姻这回事？人们会结婚，没错，但没有责任与义务，每个人都为自己而活。但是，他要求我按照他的想法来生活。

玛丽安娜坐到女儿身边，拿起她手中的笔。

做帽子的女人那件事是如何收场的？

她自行离开了。她比朱利奥更聪明，我当然就原谅了她。这听起来很疯狂，但我们长时间睡在一起，也慢慢成了朋友，所以我很同情她，母亲大人。

所以，你不再想教训你丈夫了吗？玛丽安娜写道，她发现自己把笔握得紧紧的，手指在颤抖，就好像她其实想写其他事。她甚至可以听到骨节作响的声音。

他在我眼里就是个陌生人，与死了没有区别。

那你现在写信给谁？

一个朋友，母亲大人，是奥利弗表哥，他懂我。朱利奥对我很冷漠，但表哥能与我聊得来。

你必须中断这段关系，朱塞帕，奥利弗是有妇之夫，你不能给他写信。

写字台后面的镜子里照出玛丽安娜的脑袋，她看着镜子，发现身旁的女儿与自己是如此相似，就像两姐妹。

但是我爱他。

玛丽安娜正准备要写下一些劝阻的话，但忍住了。她是如此骄傲自大。砍断、切断、斩断……她突然抖了一下，想起那时圣方济各修士双手伸进舅父大人身体里的场景，把舅父大人的内脏扯出来，清洗干净，剔肉、刮开、保存。谁要是想幸存下来，就需要一把好刀，在必要的时候一刀两断，她也不例外。作为一位母亲，她很焦虑，她担心自己的女儿，但此时此刻，就在这里，她要切断女儿和别人的感情。

朱塞帕连二十七岁都还没有，她的身体还那么年轻，汗湿的头发散发出清香，还有太阳把皮肤晒红的味道。就算这是禁忌，可为什么不能放纵欲望？

你写信吧，我不看你的……玛丽安娜用晒红的手在纸上写道，她看见女儿开心地笑了。

玛丽安娜让女儿的脑袋靠在自己胸前，紧紧抱住她，依然像上次一样措手不及，依然像上次一样为冲动所苦。玛丽安娜感觉自己失去了重心，空荡荡的，已经筋疲力尽。

二十九

八月的一天早晨，在拱廊下的阴凉处，四个女人围坐在芦苇编织的桌子旁。几双轻柔的手互相递着水晶糖罐、盛满牛奶的赤陶杯、蘸了桃子果酱的黄油小面包、泡沫咖啡，还有鲜奶酪和南瓜蜜饯等"马福利"点心。

玛丽安娜在驱赶围在茶杯口打转的马蜂，她看着那只马蜂在上面停了一秒，又很快飞到玛妮娜快要放进嘴边的面包片上了。玛丽安娜想把那只马蜂赶走，但女儿抓住了她的手，温柔地笑着，接着吃那一片带着马蜂的面包。

这时候朱塞帕嘴里塞满了马福利，也伸出一只手，要赶走那只不识趣的马蜂，但玛妮娜也在半空中拦住了她，开始学虫子的叫声，逗得姐妹们都笑起来。

费丽斯身穿洁白的修女服，胸前戴着蔚蓝色的十字架，边笑边喝她的牛奶。这时出现了另一只大胆的马蜂，好像还在犹豫，到底是要飞到玛妮娜的头发上去，还是要飞到打开的糖罐里去，又有别的马蜂正往这边飞过来，它们都被这里不同寻常的甜点吸引而来。

她们已经在斯卡纳图拉塔楼待了二十天了。玛丽安娜已经学会区分小麦地和燕麦地，金银花种植地和牧场。她还知道一块乳酪在市场上卖什么价格，给牧民多少钱，乌克里亚家拿多少钱。她对土地的租赁和佃户也有了一定的认识，明白了农场管理者都有谁。他们的具体工作就是在懒散的地主与难以沟通的村民之间周旋，他们通常欺下瞒上，全副武装的农场看守人也在神奇地维持着和平。那些转租土地的佃户把土地借过来，他们则拼命压榨种地的人，如果有能力的话，两代之后，他们就有钱把那些地买下来。

玛丽安娜和算账的堂努齐奥在一起待了很长时间，他十分耐心地向玛丽安娜解释清楚她要做的事。他会在账本上画下一些曲曲折折的符号，那很能说明问题，在他看来，这位聋哑的公爵夫人还稚气未脱。

堂佩里克雷在教区总有事忙，只有晚上会来吃晚饭，吃完饭会留下来和几个姑娘一起玩扑克牌。玛丽安娜对他没有什么好感，她让几个女儿陪神父玩牌，自己会走开。但是她还挺喜欢堂努齐奥的，他思想很严谨，那颗平静的脑袋里，不会突然蹦出什么危险的东西，就好像他的脑袋锁得严严实实，还上了保险。堂努齐奥写字很快，在玛丽安娜的字条上，他除了会向她细致地解释价格和税务机制，还会谈到但丁和阿里奥斯托。

尽管这位老人写的字很难辨认，但玛丽安娜还是更喜欢他的字体，而不是堂佩里克雷的字，神父的字弯弯曲曲的，都是向后倒着的，像一只贪吃的蜘蛛留下的唾液。

这段时间，几个女儿仿佛都回到了小时候。每当玛丽安娜看着她们撑着花边伞，在花园里散步，或是像现在这样，坐在柳条椅子上，嘴里塞满了黄油面包，她就感觉回到了二十年前在乌克里亚别墅的光景。那时，她会站在卧室的窗前，看她们无拘无束地玩乐。她甚至好像听到了她们在未出阁前所发出的笑声和叫喊声。

现在她们远离丈夫和孩子，整日除了睡觉，就是散步、玩耍。她们狼吞虎咽地吃着通心粉和茄子馅儿饼，特别馋用切碎的香橼果和蜂蜜做成的甜点——贝特拉菲奴拉，这是伊诺琴的拿手好菜。

此刻的玛妮娜，看起来根本不像是几个月前产后发烧，徘徊在死亡边缘的人；而朱塞帕也不像是几个月前，因为丈夫背叛而哭得绝望伤心的人；还有费丽斯，也不像之前父亲过世时那样悲痛欲绝，想要和他一起埋进地窖里。

昨晚她们举办了舞会，费丽斯在弹琴，堂佩里克雷在旁边帮她翻乐谱架上的乐谱，气氛十分融洽。她们还邀请了奥利弗表哥，也就是西诺雷托的儿子，还有他的朋友塞巴斯蒂安，他们俩要在离这儿不远的多加纳老别墅里住上几个礼拜。一群年轻人一起跳到很晚。

在舞会期间，他们还邀请了萨罗，他当时就像鹤一样单脚站在旁边。他们也邀请了菲拉，但她不想跳舞，也许是因为她从来没学过，那双裹在鞋子里的脚，活动起来并不自如。为了说服她一起跳，他们在途中突然放了塔拉斯科内舞曲，但她依然没有任何兴致。

而在这之前，萨罗就已经去玛妮娜的老师那儿上过了舞蹈课，他现在跳得很专业。随着一天天地过去，他的方言口音越来越听不到了，也看不到他鬈发乱糟糟的样子，他也不再大声说话，声音不再刺耳粗鲁，走路的样子也不再笨拙。他的这些变化，让他把菲拉抛在后面。但菲拉并不想变得和他一样，一方面是她很讨厌那样，从更深一层来说，也是为了保留自己的本性。

一天早上，玛丽安娜骑上骡子，准备去菲乌梅·门多拉庄园，看他们捣碎葡萄酿葡萄酒，她看见英俊的萨罗站在自己面前，手里拿着一张纸。他悄悄地把纸递给玛丽安娜，动作很骄傲，眼里闪烁着光。

我爱您。字体是大写的，看起来浮夸，但很坚定。玛丽安娜急忙把字条塞进领口。她骑着骡子去磨坊时，想好了要丢掉那张字条，却没做到，后来她把它藏在画着中国画的白铁皮盒子里的最底层，放在父亲大人写的字条的最下面。

堂努齐奥向玛丽安娜展示装满红葡萄酒的木桶，她感觉好像听到脚下有马蹄在震动，尽管她告诉自己，不应该等他，却希望来的人是他。

堂努齐奥腼腆地拉了一下公爵夫人的衣袖，不一会儿，一阵蒸汽把他们包围了，闻起来酸酸的，使人沉醉。在他们面前的是一座台子，距离地面五拃的样子，上面有一些只穿着短裤的男人，赤脚踩着葡萄，红色的液体四溅。

在斜斜的地板上有一个洞，还未发酵的葡萄汁从这个洞滴进宽大的酿酒桶里，桶里起着泡沫，发出咕噜咕噜的声音，里面还夹杂着没有踩碎的葡萄和叶子。玛丽安娜靠近那正在沸腾的液体，想一头扎进去，淹没在那些葡萄汁里。她不停地拷问自己，她觉得自己意志坚定，仿佛一个穿着盔甲的士兵。

玛丽安娜压抑着自己的欲望，对自己很严厉，但她对几个女儿越来越宽容。朱塞帕与奥利弗一直眉来眼去，这个表兄把自己年轻的妻子留在巴勒莫，却追随着表妹的脚步来到乡下。还有塞巴斯蒂安，那个极其优雅腼腆的那不勒斯人，也公开对玛妮娜示好。

由于修女身份的限制，费丽斯不能跳舞，也不能与谁调情，所以她一直在厨房干活儿。她在炉子前守了好几个小时，出现时端着带馅儿的米饼，还有鸡肝，这些东西一端上来，就被姐妹和朋友们一扫而空。到了晚上，她养成了和菲拉一起睡的习惯，她让下人准备了一张木床，放在房间的另一头。她说这塔里有鬼，不敢一个人睡，但从她带着笑意的眼睛可以看出来，这不过是一个借口，她只是想在晚上和菲拉一起说悄悄话。

到了早晨，玛丽安娜有几次看见她俩睡在同一张床上，抱在一起，头靠在对方的肩膀上，费丽斯的金发和菲拉的黑发缠在一起，脖子上的汗打湿了睡衣领子。她们的拥抱是那么纯洁无瑕，令玛丽安娜不忍心去责备。

三十

　　玛丽安娜下楼，来到兵器大厅时，看见三个女儿都已经整装待发：轻飘飘的裙子、长围裙、包住脚踝的小靴子，可以防止被荆棘刺到脚，她们还带上了伞、包袱、篮子和桌布。博斯科·格兰德庄园的葡萄收获期到了，今天几个女儿决定要去葡萄园看看，她们还带了吃的。

　　她们乘坐之前上山时坐过的轿子，翻越了斯卡纳图拉的一座座小山，到了罗卡·卡瓦莱里的山脚处。每个姑娘都随身携带一把绸伞、一条细亚麻布手帕，她们整个早上都在忙活，在厨房和卧室之间跑来跑去，还带上了她们想要吃的茄子馅儿饼、杏仁鸡蛋和核桃馅儿饼。

　　玛丽安娜的轿子走在最前面，与她面对面坐着的是费丽斯，她们一起坐在第一台轿子里，跟在后面的是玛妮娜和朱塞帕，再后面的是菲拉和萨罗，他俩负责带干粮。

　　奥利弗和他的朋友塞巴斯蒂安也会到庄园去。此时此刻，天清气爽，青草带着露珠，鸟儿飞得很低。

玛丽安娜心想：寂静像玻璃一样将我罩住。她看到喜鹊停在仙人掌上，看到乌鸦在干巴巴的地面上跳跃，看到骡子打了一阵哆嗦，身体也跟着晃动，尾巴在驱赶着马蝇。

对玛丽安娜来说，寂静就是她的姐妹和母亲：无声的圣母啊，可怜可怜我吧……这些话从玛丽安娜的喉咙里无声地冒出来，想要成为真实、别人能够听见的声音，但她的嘴巴岿然不动，她的舌头是一具锁在牙床里的尸体。

这段路程很短，一个多小时就到了。骡子在一片阳光普照的空地中歇息，"跛子"和齐乔肩上扛着猎枪，一路陪着他们，他俩从马上跳下来，向轿子走去，准备搀着几个贵妇下轿。

玛丽安娜觉得，齐乔·帕内拉看人的方式很诡异，低着头好像要冲过来撞人似的。萨罗很警惕，因为接受了新文化，他觉得自己高人一等，他很鄙视、讨厌齐乔·帕内拉。

可齐乔·帕内拉对萨罗连正眼都不瞧一下，因为在他看来，萨罗并不是一位男人，只是一位仆人，大家都知道，仆人什么也不是；但齐乔·帕内拉是一位土地租赁人，完全是另一码事儿。尽管他的腰上没有系着金色的佩饰，没有戴着扑了粉的假发，头顶也没有戴着三角帽，身上穿的棕褐色衣服是从流动小商贩手上买的，袖子上还明显看到两块补丁。但他在村民中的威信与主人不相上下，他正在攒钱，就算他现在只是把土地租下来，可他的儿子或是孙子，也肯定会买下这些土地中的一部分。他已经给自己建了一栋房子，与乌克里亚家族的塔楼格局很相似，除了主楼，还有附属的建筑，和同乡住的破房子截然不同。

他想要的女人，他都不会放过。有一天，堂努齐奥在账目本上给玛丽安娜写道，去年，他糟蹋了一个十三岁的姑娘。那姑娘的哥哥想把他脑袋砍下来，但后来没敢这么做，怕内拉让两个农场看守抄家伙威胁他。齐乔得意扬扬地站在那儿，黑色的深邃双眸带着笑意，准备好把整个世界作为战利品收入囊中。

萨罗对于这个厚颜无耻的人全无好感，简直难以忍受，但同时又感到害怕，可以说他其实不知道是应该挑衅，还是要迎合。他不是很确定该怎么做，只能像个绅士一样保护好他深爱的女人。

就在这时，他们一行人来到了葡萄园。园子里的男人们都弯着背，正在一串串地摘葡萄，他们站了起来，目瞪口呆地看着这群衣着华丽、身穿绫罗绸缎的绅士和贵妇。他们这辈子可能从未见过如此轻盈曼妙的薄纱、帽子、丝绸伞、宽檐女帽、鞋子、纱巾、饰带和披肩式三角围巾。

与此同时，那些先生小姐也都震惊地看着眼前的人，他们像是从火山里跑出来的火神和炼铁的伏尔甘①，仿佛是火山冒出的烟，把他们的脸给熏黑的。由于辛苦劳作，他们累弯了腰，熏瞎了眼，好像随时都会扑到这些农神的女儿身上，把她们劫持到火山上去。

这些雇农知道所有关于乌克里亚和谢巴拉斯家族的事。他们是这片土地的主人，拥有葡萄园、橄榄园、树林和树林中的动物，还有山羊、牛和骡子，不知道已经过去多少代了。他们知道，公爵夫人是一位聋哑人，礼拜日他们会和堂佩里克雷一起在教堂里为她祷告。他们知道皮耶罗·乌克里亚不久前去世了，他的身体被切开，内脏被掏出，里面塞满盐和醋，每日熏香，像圣人的圣

---

① 古罗马神话中火与工匠之神。

体一样，会世世代代、完好无损地保存下来。他们也知道那三个在阳台上梳头嬉笑的姐妹，她们之中有一位是修女，其他两位已经嫁人，都生了小孩，他们会在私下里议论她们给丈夫戴绿帽子，这是贵族们的事，就连上帝对此也睁一只眼闭一只眼。

但他们从未如此近距离地见过这些人，在他们小时候，聚在圣母大教堂里见过这些贵族，但那是很多年以前的事了。他们数着这些阔人手上戴了多少戒指，评论着他们奢华的服饰。他们从未想过，有一天这些人会来到自己劳作的地方。这里没有雕梁画栋，没有僻静的小教堂，也没有他们的专属席位，只有太阳、风，还有一群群苍蝇。这些苍蝇会落在农民黝黑、淌着汗的手臂上，也会停在那些贵妇像是拔了毛的鸡一样白皙透亮的手臂上。

而且，当时在教堂里，他们都穿的是过节的衣服，虽然衬衫上都是补丁，但干净整洁，是父辈留下来的，布绑腿至少可以遮住他们毛发旺盛的大腿和长满老茧的双脚。然而在此处，他们只能赤裸裸地暴露在日光下，接受贵妇同情的目光的注视。他们赤裸的上半身伤痕累累，脖子肿大，嘴里缺牙，大腿脏脏的，胯上系着沾有油渍的破旧衣服，头上戴着常年日晒水泡的破帽子。

玛丽安娜心烦意乱地转过头，把视线转向山谷去看风景，一种梦幻般的、接近白色的鹅黄色笼罩着山谷，随着太阳徐徐升起，空气中弥漫着薄荷花、野茴香和葡萄汁的浓浓香气。

玛妮娜和朱塞帕像两个傻瓜似的站在那儿，盯着那些上半身赤裸的男人，不知所措。在这片土地上，女人一般都会待在家里，不会在地里干活儿，但这些从天而降的小姐们，破坏了承袭千年的规矩，而她们一点儿也不自知。这就好像走进了一个都是修士的修道院，窥视在小房间里念祈祷文的修士，显然，这有些让人难以接受。

这时，玛妮娜很机智地说了一个笑话，打破了这种双方都尴尬的局面，所有人都大笑起来。她拿出一个长颈大肚酒瓶，往杯子里倒红酒，请那些农民喝。他们犹豫不决地伸出手，看看土地租赁人，又看看农场管理人；看看公爵夫人，又看看天。

玛妮娜说的笑话，打破了两个阵营的僵局，让村民们慢慢接受了这些女士的到来，就像是发生的奇闻异事一样，让人心情愉悦，缓解了酷热而辛劳的一天带来的疲倦。他们决定接受公爵夫人的任性——这是贵族们的一贯表现，他们完全无法理解这些人，但至少小姐们轻柔的动作、飞舞的裙摆、戴着戒指的双手，会让他们爽心悦目。

这时，齐乔·帕内拉吆喝着让他们接着干活儿，他的态度很严厉，但又不失随和，很像一位脾气不好，但同时操心着孩子健康状况的父亲一样。他虚情假意地扮演着自己的角色，浮夸做作，他靠近玛妮娜小姐，鼓励她也摘一串葡萄，放到篮子里，仿佛在哄一位有点儿傻的小女孩一样。他一边看着她的动作，一边笑起来，就好像看到了什么丰功伟绩一样。

在那些佝偻着背的男人身旁，有十来个跑腿的赤脚男孩，他们把装满葡萄的篮子移到榆树下，劈断一些阻碍大人工作的荆棘枝条，有人渴了要喝水，他们也会带凉水过来，再帮他们的父亲、叔叔和兄弟赶走在眼前飞来飞去的苍蝇。

奥利弗和朱塞帕一起坐在榆树下，正交头接耳，窃窃私语。玛丽安娜惊讶地看着——他们看起来是如此亲密无间，她不安的目光很快就转变成了欣赏。她观察着这两个孩子，发现他们是如此相似，那么赏心悦目。那男孩就像所有乌克里亚家族的人一样，有着金色的头发，高高瘦瘦，前额光洁，他没有遗传到父亲那完美的身形，但幸好还有一点儿像爷爷，朱塞帕为他着迷，这也可以理解。

朱塞帕在生完儿子之后就胖了，她的手臂和胸脯都紧紧地裹在薄纱衣服下。她的嘴唇轮廓十分清晰，上面有一条深深的唇纹，但她从来没发现，自己的眼睛明亮、炯炯有神，秀发如同一阵蜜色的波浪散落在肩膀上。

玛丽安娜心想：我必须让他们分开。可她的双脚根本不听使唤。为什么要去破坏他们的快乐，为什么要去干扰他们的甜言蜜语？

与此同时，玛妮娜走到了矮矮的葡萄树干中间，塞巴斯蒂安跟随在她身后。那个男孩子很奇怪，很有绅士风度，腼腆害羞，却没有什么眼色。玛妮娜对他并没有什么好感，她觉得他很不合时宜，过分热情，虚伪做作，他却坚持不懈地对玛妮娜献殷勤，可总是由于害羞，显得很冒失。

玛妮娜每天都给丈夫写长信，在她康复的这段日子里，她把自己的天性——作为母亲的牺牲精神搁置了一段时间，但也只是这段时间。只要她身体恢复了，她就会带着那种忘我精神，回到托雷多路那座挂满紫色窗帘、黑漆漆的房子里，接着照顾几个孩子，或许很快就会再生一个小孩。

再说，这次度假也不能说是度假，是因为马里亚诺继承了祖上传下来的庄园，他们才来到这里，但这段时间让玛妮娜深受触动。她童年的那些生活，和姐妹们一起玩耍的日子都回来了。那些在巴勒莫再也看不到的光景，出嫁十二年后，她再次和母亲亲近，这些都让她想起来，她除了是个母亲，也是个女儿——一个最没有善待自己的女儿。

看着她现在的样子，好像正要吃一颗蜜桃，但实际上是在玩儿。她不像姐姐朱塞帕，这时姐姐性感的样子，让人觉得她已经吃掉了一颗蜜桃，正准备吃第二颗、第三颗。

虽然费丽斯穿着纯白的修女服，但她好像比玛妮娜更性感。玛妮娜则穿着一件露着手臂和肩膀，领口开到胸脯的衣服。玛妮娜的美丽毋庸置疑，虽说是大病初愈，但她只有二十五岁，还很年轻，她摄人心魄的美丽也重获新生，这和她贞洁的天性很不相配。

费丽斯端出了做工复杂、加了各种香料的肉食，她每天在锅灶前花好几个小时准备奶泡、甜芝士膏、巧克力酱、慕斯、西班牙水果奶酪、甜蛋糕、欧洲酸樱桃，还有加了龙蒿的柠檬水。

一个罪恶的想法在玛丽安娜的脑子里一闪而过：为什么不能把萨罗对自己的爱转移到玛妮娜身上去呢？说到底，他们是同龄人，在一起的话也很般配。

玛丽安娜用眼睛搜寻着萨罗的身影，发现他在榆树下躺着，身旁都是装满了葡萄的篮子，大腿放在干树枝上舒展开，头靠在胳膊肘上睡着了。

她真的想要这样做吗？玛丽安娜的眼睛忽然感觉到一阵刺痛。不想这样。虽然她拒绝了这份爱情，认为这是不现实的，但内心还是很坚定地呵护着这份爱意。她这是哪门子的心思，居然想去给自己的小女儿做淫媒？她凭什么确定，萨罗的爱能给玛妮娜带来幸福？这难道不是乱伦吗？三个人的三角关系，一个男人的心一头系着母亲，一头系着女儿。

到了中午时分，工头下令让农民都停下工作，他们从黎明起，就开始在葡萄树下弯腰劳作，马蜂飞来飞去，他们把一串串饱满的葡萄串剪下来丢到篮子里去，那些篮子摆在弯弯曲曲的葡萄藤中间。现在，他们终于有一个小时的时间，可以停下来吃点儿面包片、橄榄、洋葱，再喝杯红酒。

萨罗和菲拉忙着在茂密的榆树之下铺桌布，此刻，农民的目光都集中在用铜盖子盖着的柳条筐上，就好像圣女会施魔法一样，里面装着的都是一些从未见过的奇珍异宝：轻如羽毛的瓷器盘、银光闪闪的水晶杯、在太阳下闪闪发光的碟子。

在榆树下，齐乔·帕内拉挪过来几块巨石，专门为她们做椅子，贵妇们在此坐下。但她们的细亚麻布裙子和薄棉布裙子早已沾上了泥巴，裙褶边上也全都是灰尘、葡萄的小枝条和麦芒。

农民在一旁坐着，在两棵橄榄树下面，他们都在吃着喝着，却没有发出声音，吃得很安静，他们不敢像往常一样解开衣服，袒胸露臂。苍蝇在他们脸上飞来飞去，像在那些母骡子的脸上飞那样，但没有一个人像骡子一样厌烦地把它们赶走。看到这样的情景，让正在吃东西的玛丽安娜难以下咽。在他们小心卑微，又如此贪婪的目光注视下，吃着这些美味可口的食物，玛丽安娜突然感到一种窒息的负罪感。

在萨罗担忧的目光下，她站起身，径直向"跛子"——这里最年长的农场管理人走去，想要向他询问葡萄的收成情况。属于她的那份馅儿饼，原封不动地留在了盘子里。

"跛子"迅速往嘴里塞了一片巨大的面包，同时咽下已经吃进嘴里的煎鸡蛋，用黑乎乎的手腕把嘴抹干净。公爵夫人向他递字条时，他很羞怯地行了一个礼，但接过来之后才发现自己看不懂，他的双眼无神，后来他假装看懂了，开始跟玛丽安娜说话，就好像她能听见一样。在这种窘迫的境况下，每个人都忘记了对方的缺陷。

萨罗见状走上前去，帮这位农场管理员。他拿过字条，大声地朗读上面的话，然后拿过女主人带的折叠小桌板，系着一根银链子、带着活塞的墨水瓶，还有鹅毛笔和吸墨水的灰粉，打算把"跛子"的话写下来。

但齐乔·帕内拉无法忍受萨罗这种自大的做法。一位仆人面对面地与女主人交流？怎么能允许他在自己面前卖弄？他可是比萨罗更有智慧的人，而他的聪慧不是体现在写字这种愚蠢的小事上。

玛丽安娜突然看见萨罗的神色变了，他大腿上的肌肉僵住，双手握拳握得很紧，向前伸着，两个眼睛眯成了一道缝。齐乔肯定是说了什么冒犯他的话，令他把自己的绅士做派迅速抛到脑后，准备与之一较高下。

她又把目光转向齐乔·帕内拉，只见他马上掏出一把锋利的短刀。萨罗顿时脸色煞白，可并没有后退，而是捡起地上的一根棍子，准备与敌人大战一场。

玛丽安娜刚想跑过去阻止，但两人已经打作一团。萨罗的木棍一下就把短刀给打飞了，现在他们俩开始拳打脚踢，互相撕咬。

"跛子"赶紧命令五个人迅速冲过去，把他俩分开。经过几番努力，他们成功把两人分开。萨罗的一只手受伤了，正流着血，而齐乔·帕内拉的一个眼圈被打得发青。

玛丽安娜示意几个女儿回到轿子里去，她往萨罗受伤的手臂上倒了一点儿红酒，"跛子"临时用葡萄叶和草做成绷带给他缠上。在几个老人的指示下，齐乔·帕内拉跪在玛丽安娜面前，亲吻她的手，请求她的宽恕。

现在，玛丽安娜和萨罗坐在同一台轿子里了，因为那男孩趁着混乱，就上了她要坐的轿子，坐在她面前的椅子上。此时此刻，他故意让玛丽安娜看到自己紧闭的双眼、沾满泥土的脑袋和撕破了的衬衫。

他看起来像个"天使"，玛丽安娜一边笑，一边想。为了展示他的优美，他失去平衡、从天而降，现在他伤痕累累、气喘吁吁地坐着，等待有人来照顾自己。这一切都有点儿过于戏剧化了……就在刚刚，这位"天使"还在与一位手持刀子的人打架，他身上有一股她从前没有发现的勇气和气量。

玛丽安娜从那张天使般的脸上移开视线，那是一张温顺而又肆意的面孔。她看着阳光充沛的田野：已经犁过的土地，黄色鹰爪豆花枝非常炫目，一摊发黑的水里倒映着紫色的天空，可轿子里有其他东西在吸引着她的目光。萨罗无所顾忌地盯着她看，眼神非常温柔，那双眼睛里透露着他无耻而疲倦的欲望。他想成为一个儿子，却不想失去独立和骄傲，他展露出来的是一个野心勃勃、聪明机警的男孩全部的爱。

那她的爱是什么呢？玛丽安娜心想：不就是一位没有抵抗力

的母亲，想要把孩子紧紧抱在怀里，给予他关心和呵护的爱吗？

　　有时候，目光的交会比拥抱和肌肤相亲更亲密。就这样，在两头骡子拉着的悬空小轿子里，玛丽安娜和萨罗，任凭身体随着轿子摇晃，一动不动地坐在座位上，温柔而感动的目光在彼此身上辗转流连。不论是苍蝇的骚扰、天气的炎热，还是轿子的晃动，都无法让他们从这甜蜜、坚定的交融中分神。

三十一

玛丽安娜走进一间黑漆漆的陌生屋子，一股令人作呕的黏糊糊的气味扑面而来，让她停在了门口。湿气像一块湿乎乎的布扑在脸上，房间里黑黢黢的，只能看见一些模糊的影子。

慢慢地，她的双眼习惯了屋子里面的黑暗，首先映入眼帘的是一张高床，上面挂着一顶针脚细密的蚊帐，然后是一个破铁盆、一个柜脚歪歪扭扭的面包柜，还有烧着木头柴火的灶台，散发出一股刺鼻的烟味。

公爵夫人走进屋子，她的鞋跟陷进了留着扫把痕迹的泥地面。门旁边有一头驴，正在小口小口地吃面前堆积起来的干草，一群母鸡蜷缩着在睡觉，鸡脑袋都躲在翅膀里。

一个女人突然出现在黑暗里，她身材娇小，穿着一件红白相间的衣服，怀里抱着一个小孩，她向来访的客人小心翼翼地露出微笑，麻子脸上顿时泛起了皱纹。迎面扑来的各种味道，让玛丽安娜不由自主地撇了撇嘴：粪便味、尿臊味、凝乳味，夹杂着炭火、干无花果和豌豆汤的味道。木头烧出来的烟刺激着她的双眼和嘴巴，令她咳嗽起来。

抱孩子的女人看着玛丽安娜，笑得越来越明显，还带了点儿讥讽的意味。这是玛丽安娜第一次进入自己的土地上的一位村妇——一位佃农妻子的房子里。尽管她曾经在书里读过描写这些人的生活的段落，但她从未想过这样贫穷的生活。

堂佩里克雷陪着玛丽安娜一同来到这里，此时他正用一本修女送给自己的日历扇风。玛丽安娜看着他，想知道他是否经常来这里，是否都认识这里的人。幸运的是，他的眼神直直的，手撑在大腹便便的肚子上，就像怀孕的女人一样，也不知道是肚子在撑着那双手，还是手在撑着肚子。

菲拉站在外面的路边，手里拿着一只装满东西的大篮子。玛丽安娜示意她过来，她一边走近，一边在胸口画十字，恶心地皱了皱鼻子。或许她也出生在一个这样的家庭，但她用尽全力想忘却这一切。现在她站在这里，一举一动很不耐烦，很像一个长久生活在弥漫着薰衣草香气的明亮大房间里的女孩。

怀里抱着孩子的女人伸出脚，把正在跑来跑去、叽叽咕咕的母鸡踢开，然后伸手把桌子上几个陶瓷餐具挪到一边，腾出空间，等待着属于自己的礼物。

玛丽安娜从篮子里拿出几根香肠、几袋米、几包糖，把这些东西一一放在餐桌上，她的动作并不轻盈。每拿出一样东西，她就感觉很荒谬、猥琐——让她感到猥琐的是，这种施舍要求接受者对自己心怀感恩；更糟糕的是，施舍方对自己的慷慨大方感到满意，就可以请求上帝给自己在天堂留一个位子。

突然，小孩开始哭起来，玛丽安娜看着他的嘴巴越张越大，眼睛也拧在一起，小手握拳用力扬起。他的哭泣仿佛也感染到了周围的一切：从小母鸡到驴，从床到面包柜，从女人的破烂裙子到已经烧坏了的那个破铁盆。

玛丽安娜走出去，手放在汗湿的脖子上，大口大口地呼吸新鲜空气。但小巷里流动的空气并没有比屋子里的好到哪儿去，混合着粪便、烂菜、榨油和灰尘的味道。

这时，很多女人都出现在家门口，等待属于她们的施舍。有些女人坐在门口，一边给孩子捉虱子，一边愉快地与其他主妇聊天。

这种给予，对接受者是一种极大的诱惑，这难道不是腐败的开始吗？贵族阶级滋养着农民的贪心，助长他们的欲望。这种做法，不仅可以使贵族获得死后上天堂的可能，最主要的功能就是，这些人低声下气，接受自己的施舍，就得心怀感恩，忠心耿耿。

这里太闷了，我先回塔楼去了。玛丽安娜在小桌板上写道，然后把纸拿给堂佩里克雷看，你们继续吧。

菲拉斜眼瞟了女主人一眼，显出很不情愿的样子，她手上提的篮子里还装着很多食物。费丽斯觉得来这里会把鞋弄脏，就在石板路那儿停下了，因此菲拉必须一个人把这事做完。谁知道另外两个姑娘什么时候会来，她们昨天玩牌玩到深夜，吃早饭的时候都没在门廊见到她们。

玛丽安娜已经迈开步子，朝斯卡纳图拉塔楼走去，在那些破破烂烂的屋顶上，长出了许多野草：洋葱草、香没药、刺山柑和大荨麻，塔楼好像就在那边。

她在巷子拐角处转弯，看到一个女人正在路中间倒夜壶。在巴盖里亚也会出现同样的场景，包括在巴勒莫的某些居民区也一样，第二天早晨，家庭主妇把前一晚的夜尿倒在路中间，再倒一桶水把它冲远一些，之后就撒手不管了。由于总是有人这样做，所以巷子里一直都散发出难闻的气味，永远都会有苍蝇飞来飞去。

苍蝇成群结队，飞到正坐在巷子边玩耍的小孩的脸上，停在他们的眼皮上，就好像上面有什么可以吃的好东西似的。那些孩子被那么多苍蝇叮在眼睛上，看起来就像戴上了奇怪而可怕的面具一样。

玛丽安娜快步向前走，想躲过路上的垃圾，有一群苍蝇绕着她飞，她根据不断振翅的频率在猜它们到底有几只。她脚步越来越快，呼吸的全是难闻的臭气，低着头向村口走去。每当她觉得自己已经踏上了回塔楼的路时，面前总是出现一面布满碎瓦片的墙，拦住了去路，或者一个拐角、一道围着母鸡的栅栏。塔楼看起来就快要到了，但这个小村子的地形就像迷宫一样错综复杂，走不出去。

玛丽安娜向后退，绕了一圈又一圈，突然间，她来到了一个四四方方的小广场上，广场上耸立着一座高大的圣母雕像。在那座雕像下，她停了下来，靠在底座的石头那儿喘气。

不管她走到哪儿，看到的东西都一样：矮房屋一座挨一座地挤靠在一起。每座房屋都只有一扇门，没有窗户。透过门，隐约能看见里面黑漆漆的房间。人和动物混居在一起，相安无事。外面的马路上全是脏水，粮食店门口摆着大大的篮子，里面放着货物；铁匠在门槛上做工，冒出火星子；裁缝在门口透射的光线下剪裁、熨烫；水果店里的水果都放在木箱子里，每一件货品上都有价格小牌，用大写字体标着：无花果二文一捆、洋葱四文一捆、灯油五文、鸡蛋半文一颗。这些标价牌牢牢地抓住了玛丽安娜的目光，就好像是深海中立起来的浮标，上面的数字让人放心，给这个尘土飞扬、肮脏的地方一种神秘的几何感。

但此时，她脚下感觉到了熟悉的马蹄声，它有节奏地敲击着地面，玛丽安娜抬起双眼，看见了萨罗，不知道他是从哪儿突然冒出来的。他骑在马背上向她驶来，这匹阿拉伯马是舅父大人生前送给他的，他给马起了个非常浮夸的名字——马拉吉吉，这是古代一位圣殿骑士的名字。

玛丽安娜心想：我终于可以从这个迷宫里出去了。她正想让他过来，但骑士和马都消失了，在长满刺山柑的墙后消失得无影无踪。玛丽安娜朝着那面墙走去，但绕过去之后，发现面前出现了一群女人和小孩，他们仔细打量着她，看起来十分惊讶，就好像她是仙女下凡一样。这时有两个瘸子拄着拐杖，拖着脚向她走过来，他们费力地走到她身后，想从她身上捞点儿钱。他们觉得，这么高雅的贵妇，口袋里不可能没有钱。所以他们靠近她，碰她的帽子，拉她的衣袖，扯开她腰上的蝴蝶结，那根带子绑着她用来写字的小板子，还绑着装有墨水瓶和笔的小袋子。

玛丽安娜好像又看到了马拉吉吉从巷子尽头跑过来，萨罗骑在上面，挥舞着帽子向她打招呼。玛丽安娜也挥起手臂，想让他看见自己，并过来接自己。与此同时，有人把手伸进了她的笔袋里，因为觉得那里面肯定有钱，他们用力扯着袋子，但怎么也扯不下来。

玛丽安娜想摆脱这些人，她用力拉下带扣，把所有东西都给了那群孩子和瘸子，然后就开始跑。

她的脚步越来越大胆，跨过排水沟，迅速跑下陡峭的小阶梯，跨过泥坑，脚踩着满大街的垃圾和粪便。

忽然间，正如她期望的那样，她终于跑出来了，发现自己一个人站在一条小路中央，路上长满了高高的杂草。在她前面，在瓦蓝的天空下，萨罗的轮廓浮现出来，他正在让自己的马用后蹄站立，就像马戏团里的马术表演一样。她看见马拉吉吉的前蹄摇摇晃晃地站了起来，两只前蹄伸向了上空，最后两条前腿又落在地上，在地上一阵跳跃，好像跳舞一样。

玛丽安娜开心地盯着马看，又很害怕，因为再这样下去，男孩可能会从马上摔下来，把脖子摔断。玛丽安娜远远地示意他过来，但男孩并没有向她靠近，也没有过来找她的意思，他反倒想把玛丽安娜吸引过去，就像一个魔术师在训练自己的蛇一样，希望她走到山那边去。

玛丽安娜提起已经被打湿的裙角跟着他。她头发散开了，汗水浸湿了头发，呼吸很急促，但她很开心，不记得自己曾经有过这种快乐。她心里仍在想，那个男孩这样下去会失去平衡，会受伤，她必须想个法子阻止他。可她脑子里乱得很，因为她知道，那就是一个游戏，而在游戏中，冒险属于快乐的一部分。

骑士和马一起跳跃着，到达一片榛果树林，但并没有停下脚步的意思，他们一直向前跑着，总是和她保持一段距离。英俊的萨罗仿佛吉卜赛人一样，一辈子除了驯马就是驯马。

现在，他们已经穿过了榛果林，前方是一片金银花农田，还有高高的蓖麻篱笆和遍地的石子。突然，玛丽安娜看见男孩像木偶一样飞到空中，紧接着头朝下摔在了高高的草丛里。她又提着裙子跑起来，跨过一些阻碍脚步的石块，跳过那些缠结在一起的荆棘。她有多久没有这样跑过了？感觉自己的心跳到了嗓子眼儿，快要和舌头一起从嘴里跳出来了。

就这样，玛丽安娜终于跑到了他身边，看见他四仰八叉地躺着，半个身子都陷进了草丛里，双眼紧闭，面无血色。她轻轻地跪下来，试着摇了一下他的脖子、手臂和大腿，但他的身体毫无反应。他躺在那里，失去了知觉。

玛丽安娜双手颤颤巍巍地解开他脖子上的衬衫纽扣，心想：他只是昏过去了，他会好的。事实上，她一直都在盯着他看，在那一刻，对玛丽安娜而言，他年轻的身体绽放出了无限魅力，似乎是为她而生。这时，如果她亲吻他的话，他永远也不会知道。为什么不放肆一次，就一次？为什么不让那一直被意志紧紧捆绑的欲望释放一次呢？

她缓缓地跪到仰卧着的男孩子旁，嘴唇轻轻地扫过他的脸颊。那一瞬间，她觉得他长长的睫毛震颤了一下。她站起身，眼睛仍然看着他，确定这是一具晕厥过去、失去知觉的身体。她又小心翼翼地跪下来，像蝴蝶一样，轻轻地把嘴唇贴在他的嘴唇上。她感觉到他好像在颤抖，这是不是临死前的抽搐？她起身，用手打他的脸，直到看见他睁开那双美丽的灰色眼睛。那眼神在笑她，在告诉她这全都是演戏，这是为了骗取她的吻而设置的陷阱，而且完美地奏效了。只是刚刚打在脸上的那几下，不在预料之中，就是这几下，让这个游戏结束得比预期早。

我真是笨，太笨了！玛丽安娜一边戴好帽子，一边想。她知道，没有她的允许，他不会动她一根手指头，她也知道他在等。有那么一刹那，她想把内心的情感都挑明了，投入到他的怀抱里去——一个等候多年、压抑多年的拥抱。

太蠢了，太蠢了……这个陷阱可能会给她带来极大的快乐。为什么不顺水推舟呢？游戏中透着一种阴谋的味道，有一些讨好的、可以预料的东西，让她有些不高兴。她的膝盖离开了草丛，她站起来，双脚开始跑动。萨罗还没搞清楚她的意图，她就已经离开了，朝着塔楼飞奔而去。

三十二

　　两支点燃的大蜡烛上飘着绿色的火苗，玛丽安娜不安地看着碧绿的火舌。不知从什么时候起，蜂蜡的蜡烛头上冒出了绿色的火光，会伸出来一条小柱子，直指天花板，然后像泡沫一样流下来。就连她身边的人也都变得和平时不一样了，他们的身体膨胀起来，令人害怕。就好比现在，堂佩里克雷的肚子开始晃动，有些部位会变得突出，仿佛肚子里有一个胎儿在拳打脚踢。玛妮娜的手放在桌子上，她丰满圆润、有肉窝的手张开了又合上，手上拿着一些纸牌：两只手仿佛是从胳膊上切下来了，径自在动，做着各种动作，而手腕却埋藏在袖子里，一动不动。

　　堂努齐奥的头发一缕缕地掉落在桌子上。八月为什么会下雪呢？很快，玛丽安娜看见他从上衣口袋里掏出一块揉成一团的巨大手帕，他把手帕放在鼻子前。显然，他想把坏心情也一起擤出去。玛丽安娜马上抓紧他的手腕，因为她觉得，他如果一直这样下去，会把生命也擤到那块手帕上，他会从这张游戏桌上倒下，会死的。

母亲受惊的举动，让几个孩子哄堂大笑。堂佩里克雷笑了，费丽斯也笑了，她胸前戴着的蔚蓝色十字架也随着身体跳起来，萨罗也捂着嘴笑起来，甚至连菲拉也笑了，她站在朱塞帕旁边，手上端着一只烤盘，里面盛着拌好酱汁的通心粉。

费丽斯把手放在母亲的额头上，表情忽然变得严肃。玛丽安娜从她的唇形读出"发烧"两个字，然后看见其他人也把手伸向她的额头。

她不知道自己是怎么上的楼梯，也许是他们把她抬上去的，她也不知道自己的衣裳是如何解开的，又是如何上床，如何盖上被子的。高烧引发的头痛使她无法入睡，她终于一个人待着了，回想起那个早晨自己做的蠢事，她觉得非常厌烦。一开始，她扮演一个"乐善好施的人"，然后她像少女一样，跑过石子路和榛果林，她的身体就被幽灵附体了。她想，她天真地以为，那是一个偷来的吻，但实际上，是别人偷走了她的吻。现在，这场高烧让她的身体里开始出现一些低沉的回声，她自己也无法理解。

一个四十岁的女人，成了母亲，也做了外婆，是否会像一朵姗姗来迟的玫瑰一样，经历了十几年的沉睡，获取属于她的甜蜜？是什么在阻止她？只是她的意愿吗？又或许是那一次次被侵犯的体验，使她变得又聋又哑？

在夜晚的某些时刻，肯定有人在她跟前照顾她，是费丽斯吗，还是菲拉？肯定有人把她的头托起来，强迫她喝下糖水。放过我吧，她很想大声喊出来，但她嘴唇紧闭，痛苦万分。

他带我入宴席所……

221

尝他果子的滋味，觉得甘甜。

给我苹果，畅快我心，因我思爱成病……

真是中邪了，在她混乱的脑子里，一直回荡着《雅歌》里的那些华丽辞藻，还夹杂着一些快乐的记忆。她怎么能忘记那个最重要的片段呢？

我的良人好像羚羊……

这些话原本不该说出来。对于她紧闭的嘴唇，这很可笑，这些话不属于她。尽管她烧得那么难受，这些情话就这么冒出来了。

要为我们擒拿狐狸

就是毁坏葡萄园的小狐狸

因为我们的葡萄正在开花……

现在，阳光照亮了整个房间，有人在她睡觉时打开了百叶窗。她的眼睛疼得厉害，就好像眼里进了盐似的。她把手放在额头上，看见椅子手柄上有一只猫头鹰。她感觉猫头鹰正目光温柔地看着自己，她想动一动放在床单上的手，却发现在被单绣着花的边上，有一条巨蛇盘在那里，安静地睡觉。也许猫头鹰会吃了这条蛇，也许不会。菲拉能带点儿水进来也好啊……从她双手交叉在胸前的样子来看，玛丽安娜明白，自己已经死了，但她的眼睛是睁着的，她看见门慢慢地开了，就好像她还活着时那样。进来的人会是谁呢?

是舅父大人,他全身赤裸,一条巨大的伤疤穿过他的胸膛和腹部。他的头发很稀疏,像头发里长了疥疮的人一样,散发着一股变了质的黄油味和桂皮味。玛丽安娜看着他俯下身来,下身直挺挺的,那架势就好像要把她钉上十字架一样。她感觉有一根"茄子"从他下腹伸出来:坚硬,充满欲望,非常猥琐。他说,我因为慈悲而做爱,因为爱首先是慈悲。

我已经濒临死亡了。玛丽安娜闭着嘴巴说。他点点头,脸上露出一抹神秘的微笑。我快要死了。她又说了一遍。他点点头,一边打哈欠,一边点点头。奇怪,死人怎么会困?

玛丽安娜感到一股寒气袭来,她的目光转向打开的窗户,看见一轮弯月挂在玻璃窗上面的一角。微风拂过,月亮明亮皎洁,也在随风晃动,就好像一块南瓜蜜饯,瓜肉上撒满了一颗颗如水晶般的糖粒。

我因为慈悲而做爱。她无声地重复道,但舅父大人不需要得到她的允许,他也不喜欢这种善心。他苍白的身体现在就压在她身上,贴着她的腹部,紧紧地压着她,让她的腹部变得冰冷。他死气沉沉的肉体散发出一股干花和硝石的气味,那根"茄子"很坚定地要进入她的身体里去。

黎明时分,一阵长长的、可怕的尖叫声把整栋房子惊醒。费丽斯从床上弹起来,她坐在床上想,这不可能是聋哑的母亲大人喊的,可叫声的确是从她房间里传来的。她迅速下床,叫醒了朱塞帕,朱塞帕又把玛妮娜从床上拉起来。三个年轻女人跑到母亲床边,母亲看起来好像在咽气。

她们马上叫来了"郎中"，因为在斯卡纳图拉没有医生。这位"郎中"名叫米诺·巴帕拉尔多，穿着一身蛋黄色的衣服，他给玛丽安娜把了把脉，看了看她的舌头，掀了掀她的眼皮，走到夜壶前，闻了闻。

　　"胸膜炎发高烧引起的充血。"这是他的诊断。他认为，需要从她的血管里放一些受到感染的血出来。他还需要一张高脚凳、一盆温水、一只茶杯、一块亚麻布和一位助手。

　　玛妮娜和朱塞帕都蜷缩在房间的一角，费丽斯来做他的助手。这位"郎中"从他的浅色木箱子里拿出一块裹成一卷的布条，在这卷布条里，用带子系着几把锋利的小刀、小锯子、钳子和小剪刀。

　　巴帕拉尔多动作很利落，他把病人的手臂裸露出来，摸着她的肘窝处，想找到她的血管，然后用一根止血带绑在手臂上方，接着用力地拍打手臂。找到血管后，他用刀把它划开，让血流出来。费丽斯跪在床边，嘴唇紧紧地抿着，手拿一只杯子接着滴下来的血。

　　玛丽安娜睁开眼睛，看见了一张男人的脸，额头上有两条深深的皱纹，胡子拉碴。男人敷衍地对她笑了一下。盘旋在床单上的蛇，这时候应该醒来了，它正在用锋利的牙齿咬着她的手臂。她想告诉费丽斯，但她哪儿也不能动，连眼睛都动不了。

　　这个在她身上的男人是谁？他浑身散发出一股恶心的气味，是个陌生人吗？有人乔装打扮成别人吗？是她丈夫，还是父亲大人？是的，有时父亲做游戏时，会乔装打扮一下。

　　在那一瞬间，她的脑中闪过一个念头，玛丽安娜生平第一次非常清楚地确定，是父亲，父亲是她失语和失聪的原因。她不知道该怎么去说，因为爱也好，因为漫不经心也好，可就是他，割掉了她的舌头；就是他，往她的耳朵里灌满了铅，让她什么声音也听不到，让她永远地飘荡在寂静无声、恐惧不安的世界里。

三十三

　　一辆顶篷敞开着的马车到了，马儿身上装备着金色的马具，里面坐的人应该是帕拉戈尼亚亲王——那个名叫阿格尼亚的怪人。然而从车上下来的人不是他，而是一位戴着面纱的夫人，她的发髻梳得很高，面纱挂在发髻上，一副西班牙式的装扮。这肯定是圣·利威尔蒂塔的公主，她结过两次婚，两任丈夫都是中毒而死。在她的马车后面，是一辆尊贵显赫的轻便双轮小马车，由一匹精神抖擞的小马拉着。里面坐的应该是帕拉维奇诺男爵，他与自己的弟弟进行了长达十五年的遗产争夺战，那是一笔分配不明的财产，但不久前他取得了胜利。他弟弟落得个身无分文的下场，最终要么就是去做修士，要么就娶上一位有钱的女人。尽管他的弟弟出身名门，但巴勒莫有钱的女人不会嫁给一位破产的男人，除非她们想要有一个好听的头衔，因为要去买一个头衔的话，那还是很昂贵。再说，这位未婚妻还必须很漂亮，风姿绰约，至少得会弹一手好琴。

　　玛丽安娜已经很多年都没有见过这么多香车宝马一起出现了。

乌克里亚别墅的庭院挤得满满的：有马车、轿子、租来的马车、敞轿等。它们穿过拱形的大花灯，依次进入庭院。

这是自舅父大人去世后，别墅庭院里举办的第一次大型聚会，是玛丽安娜提议举办的，为了庆祝她死里逃生，治好了胸膜炎，她的头发重新开始生长，气色恢复了以往的红润。

现在，她在一楼的蓝色大厅里，窗帘拉开着，她站在窗户后，看着侍从、马夫、仆人、脚夫，还有穿着短裤长袜的用人们前后忙碌的身影。

晚间的庆祝活动有戏剧表演，出于对一种她欣赏不到的音乐和节目的喜欢，她专门修建了一个剧场。也正因为她听不了，所以她更希望因特马西尼能装扮出一个耀眼夺目的宽阔舞台。

她吩咐说，舞台要用蓝色丝绒边的黄色锦缎装饰好，她希望顶棚是拱形的，很宽阔，上面画有长着神秘面孔的妖兽、天堂鸟和独角兽图案。

画家因特马西尼特意从那不勒斯过来，他衣着华丽，也带来了年轻的妻子。她叫埃莱娜，耳朵小小的，手指上戴满了戒指。他四十五岁，而她十五岁，他们在家里住了三个月，吃着美味佳肴，走到哪里都如胶似漆——不管是在花园、走廊，还是彩色颜料罐子间，都难舍难分。

玛丽安娜有时会撞见他俩，他们在别墅的某个地方抱在一起，衣衫不整，呼吸急促。他会对玛丽安娜露出一个坏坏的笑容，就好像在说"您看看，您都错过了些什么"。

而玛丽安娜会十分不满地转身离开。最近一段时间，为了避免撞见他们，她极力减少在别墅内走动。但就算她谨慎小心，结果还是会在路上碰见，就好像他们是故意要让她看见一样。

于是，她去巴勒莫月桂路的房子里住了，只是整天闷闷不乐地在挂满画像、挂毯和铺有地毯的黑屋子里走动。她让菲拉跟自己一起过去，把伊诺琴留在了巴盖里亚，还有萨罗，她把他也留下了。萨罗成为酒窖管理人已经有一段时间，他品尝红酒已经像模像样了：他把酒喝进嘴里，让酒从舌头上滑过，从左到右，再闭上眼睛体味，然后把酒从嘴里吐出去，舌头啪嗒一声。现在，他已经能大概猜出那些酒的年份。

到了五月，在工作结束时，她回来了，看到了那些精美的壁画，也就原谅了画家之前炫耀他们夫妻的恩爱。因特马西尼和他年轻的妻子离开的那天，正好齐乔·卡洛过世了。他过世前，有一阵变得疯疯癫癫，总是赤裸着上半身在庭院里跑来跑去，用那双中了邪似的眼睛寻找自己的两个双胞胎女儿。

今天是欢庆的日子。威尼斯穆拉诺岛生产的水晶玻璃灯让大厅光彩熠熠，巴勒莫的高雅贵妇们都在此觥筹交错。她们穿着巨大的球状裙子，裙子由木支架和鲸骨撑着，上身是精致的淡色露肩丝绸上衣。每逢这种场合，她们身旁的骑士都穿着用金银线刺绣而成的长袍，颜色大多是红色、紫色或绿色，里面是花边紧身衬衫，都会戴上扑了粉的香喷喷的假发。

玛丽安娜心满意足地看着四周，这是她张罗了许多天的聚会。她知道一切都已就绪，这场宴会像一台上了油的机器一样运转完好。开胃菜都摆在第二层的露台上，那里摆放着天竺葵和一些非洲的多肉植物。有些酒杯是从莫斯卡家借来的，因为自从舅父大人死后，她就再也没有添置杯子，之前的杯子打碎了很多。这些杯子是阿加塔借来的，现在杯里已经倒上放了香料的淡酒、柠檬水和气泡酒。

晚宴设在花园，桌子摆在矮棕榈树和茉莉花丛中间，餐桌上铺了亚麻桌布，盘子是蓝白色的，上面有一只黑色的鹰，这是女王风格的餐具。正餐上的是海鲜通心粉、红鲱鱼、糖醋野兔肉、巧克力野猪、奶酪馅儿火鸡、炖金鲷鱼、烧猪肉、甜米饭、陈酿葡萄酒，还有各种奶油甜食，这将是一场舌尖上的狂欢，人们都在乌克里亚别墅里，品尝出自斯卡纳图拉酒庄的浓烈红酒。

晚餐过后将会有戏剧表演：奥利弗、塞巴斯蒂安、玛妮娜、马里亚诺将演唱梅塔斯塔齐奥的《阿尔塔赛斯》；温琴佐·钱皮的音乐将由一个贵族组成的乐队来演奏，他们是卡雷拉·罗·比安可公爵、加贝雷·德乐·碧斯科德家族的克雷斯马诺亲王、斯比塔雷丽男爵夫人、卡托里卡伯爵、德斯·普科斯·迪·卡卡莫亲王和米拉贝拉公主。

幸运的是今天天气很好，天空中洒满了纽扣一般亮晶晶的星星，月亮还没出现。地上亮闪闪的海神喷泉与群星交相辉映，喷泉里有一块凹进去的石头，里面摆放着一支支蜡烛，产生了一种神奇的效果。

随着一场事先准备好的开场舞，一切都有节奏地陆续进行着，客人们身着华服，鞋子上点缀着宝石，情不自禁地融入了这场盛宴。

玛丽安娜不想穿晚礼服，这样她就能在人群间活动自如。她可以去厨房查看，然后跑去看节目，再回到黄色大厅，看乐队的人调整乐器，检查一下防风火把，再看一下她的几个女儿、外孙女，也方便吩咐下人，让厨师或萨罗从酒窖再拿点儿红酒上来。

有些贵妇打扮得太过精致，都无法坐下，她们的裙子直挺挺的，中间鼓起来，那构架让她们看起来好像教堂的穹顶，上面带着一个塔尖。今年的流行趋势是"飞行"，从巴黎宫廷刮起的时尚潮流，裙子要有一个宽宽的大裙摆，足够两个人藏在底下，裙摆由柳条编织起来，外面盖上一层宽大的长裙，上身是光滑的百褶上衣，上面系着蝴蝶结和其他小饰品，后脊上有两根小杆子从腰部一直撑到颈部。

晚间十一点将举办舞会，零点将进行烟火表演。烟火特意放在了剧场旁边的柠檬林里，等开始的时候，烟火就正好在宾客的头顶上方绽放，火星子会落在鲤鱼池，或是种满玫瑰和紫罗兰的花坛里。

这是一个芳香四溢、温暖舒适的夜晚，咸咸的微风从海面上吹来，拂过每个人的脸，空气也清新了。在这种喧闹的气氛下，玛丽安娜却连一块鱼肉香菇馅儿酥饼也吃不下。今晚的厨师是为这场晚会专门请来的，主厨是法国人——至少大家都称呼他为"特雷比亚诺先生"，但玛丽安娜怀疑，他可能只是在法国住过一段时间。他菜做得很好，是法餐，但他做得更成功的菜品是一些有岛上风格的菜。在晦涩难懂的菜名下，能吃出来是大众喜欢的熟悉味道。

巴勒莫的显赫家族为了连绵不断的午宴和晚宴争相聘请他，特雷比亚诺先生也喜欢换地方做菜，带着自己的一群助手、打杂的和心腹，还有他专用的各种锅和刀具。

玛丽安娜坐下休息了一会儿，在长裙的掩盖下，她偷偷地把尖头鞋子脱下来了一会儿。她很多年都没有见过全家人聚集在一栋房子里了，西诺雷托的经济情况并不好，不得不抵押风塔纳萨尔萨庄园来还债，但他并没有面露忧愁。对他来说，一个大家族一点点地破败下去，这很正常，是没有办法的事，再挣扎也没有用，一切都是注定的。

卡尔洛因为自己的学问而变得声名大噪，如今，欧洲各个地方都在邀请他去破译手稿。他刚从西班牙的萨拉曼卡回来，那里的大学请他过去，还为他提供了教师职位。但他还是更喜欢回到斯卡莱的圣马尔蒂诺修道院去，回到自己的小花园里，那儿有他的书籍、弟子、小树林和食物。我藏身于梦和童话之中。他在小字条上给玛丽安娜写道，然后把字条偷偷地塞进她的口袋里，一切都是谎言，我活着时都在胡言乱语。他用梅塔斯塔齐奥的口吻说。

玛丽安娜拿出放在口袋深处的字条，又看了一遍。她用眼睛搜寻着哥哥，看到他在一张躺椅上坐着，头发稀疏，眼睛圆圆的，像小猪的眼睛。需要仔细看着他，才能发现他的那点儿神性，因为他的身体已经完全失控了，身上的袍子已经兜不住肉了。

玛丽安娜看着哥哥苍白的脸想，我以后得经常和他见面。他现在看起来好像母亲。她甚至觉得，远远地就能闻到鸦片酊和烟草的气息。

阿加塔也变了很多，她曾经的美丽只剩下那双水灵灵的大眼睛，蓝白分明。除了眼睛，她身上其他部分都像是在水里浸泡了很久，撒上洗衣粉，在河边用棒槌捶打了很久。

在阿加塔身边的是她的女儿玛利亚，看起来就像年轻时的她。玛利亚的衣服上系着花边饰带，上面绑着淡紫色的蝴蝶结，这位十六岁的少女肩膀消瘦，正是碧玉年华。万幸的是，阿加塔成功阻止了丈夫，没让女儿在十二岁时出嫁。如果靠近一点儿看的话，会发现她的童装使她看起来更年幼，玛利亚对于这点不是很满意，她想穿得成熟一些。

朱塞帕和朱利奥坐得很近，他们时不时情不自禁地相视而笑。奥利弗表哥坐在另一张桌子旁，盯着他们夫妻看，而他妻子就坐在自己身边，他妻子比玛丽安娜想象中的要好看一些：她很娇小，表情严肃，但笑起来时又很自然，很有感染力。她似乎没有太在意年轻的丈夫满脸不悦，或许她对这对表兄妹之间的感情一点儿都不怀疑，或许她已经发现了丈夫的背叛，因为当她表情严肃时，看起来心事重重。她脸上带着笑，肯定是为了给自己打气。

马里亚诺越来越英俊挺拔了，某些时刻，他会让玛丽安娜想起他的父亲，比如皱眉头、傲慢自负的样子。但他的肤色像西诺雷托外祖父，就像面包刚刚出炉时的颜色一样，还有他深蓝色的双眼，目光很深邃。他的妻子——弗洛里斯家族的卡特琳娜·摩乐，流产了很多次，一直没有孩子，导致他们之间剑拔弩张，看一眼就能发现。他对妻子说话的语气总是带有一点儿愤怒和埋怨，而妻子也不示弱，就好像在说，他们没有孩子，这并不是她的错。

她却要跟马里亚诺谈论新自由，多米提拉舅妈说的话很蛊惑人心，但她越来越没有那么确信了。马里亚诺现在连装都懒得装了，他根本不听妻子的话。他的目光坚定而警惕，没有人可以侵入他沉迷的世界，他把自己关在里面做梦。他之前热衷于享乐，总是流连于各种舞会和游戏中，从一栋别墅到另一栋别墅，近几年他变得慵懒，总是沉浸在自己的心思里。妻子总是把他拉去各种聚会，他也会随着她去，但不参与任何讨论，也不玩纸牌游戏，吃得很少，喝一点点酒。他喜欢暗自观察别人，陷入自己的思绪里。

马里亚诺的梦想是什么？很难说。有时玛丽安娜靠近他，用心去感受，她发现他的梦想是在异国他乡打仗，建功立业：高举的剑，流汗的马，到处都是战争和火药味。

他像自己的父亲一样，收集了很多武器，每次请玛丽安娜去家里吃饭时，他都会小心翼翼地展示给她看：有费利佩二世的剑、安茹公爵的霰弹枪、路易十四警卫队的火枪，他还收集了一位西班牙王子用过的装黑火药的盒子，以及其他诸如此类的奇珍异宝。有一些是从他父亲那里继承下来的，有一些是他自己买来的。

就算他能在战场上所向无敌，他也不会离开月桂路的房子。从某种程度上来说，他沉溺于梦中的时间，比面对现实的时间要多，这已经变成他生活中的一部分。

玛丽安娜看着儿子从桌边站起身，在同一张桌子旁用餐的有弗兰西斯科·格拉维纳，他是帕拉戈尼亚的阿格尼亚的儿子。这个年轻人正在翻修他爷爷建的别墅，往里面放满了稀奇古怪的雕像：羊头人身像、半人半猴像、拉小提琴的大象雕塑、缠住长笛的蛇、装扮树精的龙和长着龙尾巴的树精，还收集了一堆长鼻驼背人像，以及摩尔人、乞丐、西班牙士兵和流浪音乐家雕像。

巴盖里亚人都觉得他是个疯子，家里人试着阻止他，可他的朋友们倒是很喜欢他，因为他为人爽朗，也常常自嘲。但在他们内心深处，其实也认为，他把帕拉戈尼亚别墅变得太魔幻了，他的大厅装满了镜子，镜子相互照出来的画面变得支离破碎，失去了东西原本的样子。墙壁上忽然探出来一尊大理石半身塑像，手势像芭蕾舞者，眼眶里的玻璃眼珠还会动。卧室里全是动物标本：小驴、雀鹰、狐狸，甚至还有蛇、蝎子、蜥蜴、蚯蚓——从来都没有人想到过用这些动物做标本。

一些不怀好意的人都在传言：他爷爷伊尼亚齐奥·塞巴斯蒂安直到临死前，也就是去年才放弃了领主初夜权，但他设了一个"性交税"。年轻的帕拉戈尼亚奇丑无比，他长着尖下巴，眼距很窄，鹰钩鼻，但认识他的人都说，他为人十分亲切和善，连一只苍蝇都不愿意打死，对下人也以礼相待、宽容大度。他总是心事重重，钟爱阅读冒险小说和游记。

奇怪的是，马里亚诺和他居然是朋友，他们性格非常不同，但也许就是因为这一点，他们才相互吸引。马里亚诺是个不爱看书的人，哪怕你逼着他，他也读不进去一本书。他的幻想都来自他听来的故事，他宁可听街头说书者随意胡扯，也不愿意去母亲的图书室里找本书来看。此时此刻，玛丽安娜觉得，这个儿子好像消失在了茫茫人海中，伟大的梦想家马里亚诺会去哪里呢？不一会儿，她就看到了儿子独自一人，朝灯光明亮的咖啡亭走去。

玛丽安娜看着他小口喝着咖啡，烫到了自己的舌头，他跺了跺脚，就连生气的动作都和小时候一模一样。她看见儿子手里拿着杯子，坐在没有垫子的椅子上。他直直地盯着来往的女客裸露的胸口，目光有些贪婪，他的眼睛很浑浊，嘴巴紧闭，目光执着而犀利。他眼里闪烁的光让玛丽安娜想起了舅父大人，她对这种目光很熟悉——他每次兽性大发时，眼睛里闪烁的就是这样的光。

玛丽安娜闭上双眼，再睁开时，马里亚诺已经不在咖啡亭了，卡特琳娜正在找他。这会儿贵妇和绅士们全在露台，每个人手里都端着一杯咖啡，尽管玛丽安娜与他们少有往来，但这些人她从出生起就认识。因为他们经常在婚礼、出家仪式、坚信礼或是探望产妇时碰见。

每次都是同一批女人，她们越来越慵懒，只是想着怎么梳妆打扮，紧跟巴黎的时尚。从母亲到女儿，从女儿到外孙女，无一不是整日围着孩子、丈夫、情人、仆人和朋友打转，绞尽脑汁也要争上游。而男人却总是忙于处理其他麻烦，沉迷于各种享乐，和妻子不一样，他们得管理离家很远、很陌生的地产，操心家族的未来，打猎、赌博、买马车，对女人献殷勤，操心自己的名望和特权。

他们之中，极少有人会时不时地站在房顶上看一看四周，城里哪里正在发生火灾，哪里又被水淹了，哪片土地上的小麦和葡萄快要熟了，还有他们生活的岛屿，正因缺乏管理、土匪盛行而毁灭。

那些家族的弱点，其实也是玛丽安娜家族的弱点，她清楚女人们在扇子背后所谈论的家族丑事。比如，一些年轻男孩在性启蒙时，对家里的小侍女做的事，等这些侍女怀孕以后，就把她们送给熟悉的朋友，或是以"有伤风化"为由，把她们送去教会，或是以"堕落少女"的由头送去收容所。此外，还有家族里那些天文数字的债务、高利贷，隐疾，私生子，还有赌牌时押上的房屋和地产，在妓院里的胡作非为，互相争抢歌女，纸醉金迷，兄弟阋墙，通奸，残忍的复仇。

但这些家族也有自己的梦想，那些关于罗兰、亚瑟王、里恰尔代托、马拉吉吉、鲁杰罗、安杰莉卡、加诺·迪·马干萨和罗多蒙特的传奇故事，都能激起他们的梦想。他们宁可吃糠咽菜，也要养着一辆豪华的镀金马车，他们都非常爱体面，目的就是想方设法来游手好闲。他们那种苦涩的黑色幽默，通常与一种自甘沉沦、醉生梦死相结合。

她不也是这样吗？她也生活在这样的一个环境，她和他们拥有一样的血肉，有时懒散，有时警觉、诡秘，被那些没有意义的梦想窒息。唯一不同的可能就是，她的生理缺陷让她会审视自己，也会审视他人，这种审视有时会让她感受到身边人的想法。

但她不懂把这种天赋转化为艺术，就像大卫·休谟先生建议的那样，她放任这种天赋肆意发展，只是默默地忍受，而不是从中获益。

在她无声的世界里，有很多写出来的文字，有一些思考到一半的问题。她追寻着这些思想碎片，却没法得出结论。她和这个阶层的其他人一样懒散，不了了之，确信自己会得到救赎，即使在耶稣面前。因为耶稣说："凡有的，还要加给他，叫他有余。没有的，连他所有的，也要夺过来。"

而这里说的"有"，指的并不是财产、别墅和花园，而是细致、自省和深奥的思想。那些贵族有大把的时间可以用在思考上面，他们有时候也会出于娱乐，丢一些皮毛给那些思想和物质都很匮乏的人。

最后，冰沙在水晶高脚杯里融化了，小勺子掉落在地上。风很柔和，有一股干无花果的气息，让玛丽安娜的耳朵发痒。萨罗俯身下来，嘴唇扫过她的后颈，把玛丽安娜吓了一跳。她站起来，裙下的脚有些不听使唤，她用愤怒的目光看着男孩。为什么要在她陷入沉思的时候来打扰她?

她镇静地拿出笔记本和笔，看都没看就写了一句：我决定了，给你娶妻。然后把字条递给男孩。他把字条拿到防风火把下去看。

有那么一瞬间，玛丽安娜有些着迷地看着他，心想：在受邀的宾客中，没有一位年轻人的身姿像他那么优雅，晚宴的光影在他身上跳跃。他的心好像一直悬着，充满了不确定，这让他的动作变得轻盈、脆弱，就好像一直悬在半空中，这让玛丽安娜很想把他的腰抱住，推倒在地板上。

但玛丽安娜看到萨罗目光茫然地看着自己，她马上站起身，匆匆地混在了客人中间。演出快要开始了，她要带着客人沿着花园小径——两边是接骨木和茉莉花的篱笆——一直走到刚准备好的剧场门口。

三十四

做修道院院长的哥哥卡尔洛在玛丽安娜手里放了一杯可可，面带微笑地看着她，表情里隐含着疑问。玛丽安娜透过高高的百合和石榴树的树干，专注地看着远处的巴勒莫城。整座城市远远看去，就像一块红绿相间的中国地毯，中间有一些灰扑扑的房子，像是鸽子的颜色。

可可的味道微微泛苦，但回味很香。此时在露台上，兄长用一只脚敲着木地板。是不是他很不耐烦，已经想赶她走了吗？她可是坐了两个小时轿子，经过陡峭的山路，才来到了圣马尔蒂诺修道院，而且她刚刚到这里。

我想给家里的一位男仆找个妻子，来问问您有没有合适的好女孩。玛丽安娜拿出了那套复杂的写字工具——一块挂在腰带上的可折叠桌板，刚从伦敦买来的鹅毛笔，笔尖是可拆卸的，带有小链子的墨水瓶和一本活页笔记本。

兄长读那张字条时，玛丽安娜在盯着他那张胖大的脸看。不一会儿，她就明白了哥哥皱起眉头，并不是因为想赶她走，而是感到很窘迫。这个妹妹，一直都不得不生活在寂静之中，对他来说，她看起来总是陌生而遥远。除了朱塞帕奶奶还在世的那段时间，那时他们俩会一起钻进她的被窝里，他常常会把她抱得喘不过气来，亲吻她。之后，也不知道怎么回事，他们就变得越来越疏远了。此时他好像在思考聋哑妹妹提出这个请求的背后含义：她是想与他联合起来，一起对抗负债累累的长兄，还是对他孤独的修道院院长的生活感到好奇，抑或是来借钱的？

他的思绪从眼睛和鼻孔里涌出来，毫无章法，也没有什么意图。玛丽安娜看着他粗壮的手指正在蹂躏一片百合树的叶子，玛丽安娜知道，哥哥那汹涌的思绪，正从他那慵懒而尖刻的大脑涌到她的脑子里，她躲不过了。

妹妹很焦虑……她是害怕变老吗？她那么不显老，真的太神奇了……她的身材一点儿都没有发胖，也没有走样，还像她二十岁时那样苗条，皮肤白里透亮，金色的鬈发依然发亮，只有右侧鬓角有一缕发丝泛白……她是用了野菊花香精染发吗？如果我没记错的话，父亲大人也是这样，他直到晚年，还有着一头天使般的金发。我自己的头上现在就剩下几缕头发……都不用照镜子。我用了外甥女费丽斯推荐的荨麻草，长了一些汗毛出来，就像婴儿的头发，但最终并没有成功……这个聋哑妹妹还是一副少女的面孔……而我的脸越来越大，满脸横肉……是不是聋哑让她避开了岁月的摧残？她直愣愣的眼神中，还透着一丝少女的纯洁……每当妹妹这样看着我时，我都会感到很害怕……舅父大人是一条咸鱼……看看舅父大人走路的样子，就知道他很无能，身体僵硬得像块木头，非常拧巴……而她还保持着少妇的天真无邪，在花边饰带、斗篷和深色蝴蝶结下面，是一具没有享受到乐趣的身体……就应该是这样，因为享乐会消磨人的身体，使之膨胀、破碎……是的，就是欲望。我之前与那些身材单薄、胸脯平平的女人在一起时，流连忘返，毫无节制，因此现在已经很疲惫了，觉得憔悴不堪。随着时间的流逝，我对于那些少女青涩身体的迷恋，转变成了一种父亲般的关爱，只停留在目光和思想层面……我永远也不会放弃周围那些营养不良、畸形的腿，那些明亮的黑色双眼，那些无知但妄想抓住整个世界的手指所带来的欢乐……我不会放弃任何一个受自己眷顾的孩子。即使让我立刻回到少年时代，重新拥有浓密的头发和纤细的脖子，我也不愿意与之交换。玛丽安娜是那个失去了声音、失去了一切的人……她很害怕，这从她的眼睛里也能看出来……是因为害怕，因此她没法生活，她会完完整整地进入坟墓里去。她已经被窒息、撕裂，已经死了，就像一个烧坏的陶器……天知道是谁让玛丽安娜那么害怕！肯定不是父亲大人，他一直亲切和蔼，万事不关心。更不会是母亲大人，她常年躲在被窝里，太久太久，连自己的大腿都要认不出来了，烟草和鸦片酊使她一直处于一种宁静的状态，让她非常沉迷，无法摆脱这种依赖。

玛丽安娜的目光无法从他身上移开，哥哥的思绪从他的脑子里溜出来，自然而然地就跑到了她的脑子里去，就好像一位专业园丁把他们的脑子嫁接在了一起。

玛丽安娜想制止他，想把嫁接到自己脑子里那根流着冰凉、苦涩树液的树枝给折断。但是，每次成为别人思想的容器，她都没把它们拒之门外。她受到一种本能的驱使，要触及那种恐惧的最深处——那些用最隐秘、飘忽、卑劣和徒劳的言语呈现出来的恐惧。

哥哥仿佛感受到了她的不自在，但他用亲切的笑容、温柔的目光打消了这种窘迫。他拿起一支笔，在纸上写下满满一张优雅的小字，看起来赏心悦目。

男方多少岁？

二十四岁。

他做什么工作？

酒窖管理人。

他有什么产业？

他自己一无所有，我会给他一千斯库多。他是个忠心耿耿的仆人。他姐姐也是我家的侍女，是很多年前父亲大人送给我的。

你每个月给他的工钱是多少？

二十五塔里。

卡尔洛·乌克里亚院长的神情缓和一些了，就好像在说，他的工钱还不错，任何一位平民人家的姑娘都会愿意嫁给他。

我可以把碎石工人托图乔的姐姐介绍过去，他们家很穷。如果可以把她放到市场上去卖，那他们会马上出手，把她和其他几个姐妹全部卖掉……五个姐妹和一个兄弟，对一个既没有船也没有网的渔夫来说，简直太不幸了。他得帮着别人捕鱼，船主人根据他的工作成果，给他一些残羹冷炙。他光着脚，没有鞋子穿。星期天去教堂，也没有鞋子穿，家里很简陋，被烟熏得黑黑的……我第一次去托图乔家行善时，家里的女主人正在帮小女儿捉虱子，其他女儿围在旁边，用饥饿的嘴巴嬉笑，她们有突出的眼睛，如小母鸡一般的脖子……瘦小，长得歪瓜裂枣，不会有人愿意把她们娶回家。她们也不会干活儿，连肚子都填不饱，忍饥挨饿的，要她们做什么啊？老大驼背，老二是个跛子，老三就是只老鼠，老四是只蜘蛛，老幺是个丑女。

然而，她们的父亲很宠爱这些瘦小丑陋的女孩子。那个憨货，真是不知道怎么溺爱她们才好。她们的母亲用皲裂、腌臜的双手，把这些姑娘叫到跟前，洗干净，给她们的头发抹上鱼油，编成浓密的小辫子，她们在一起笑得真开心啊！托图乔九岁时开始在外面当小工，给家里挣钱，为家里减轻负担……但他能赚到多少钱？每十五天一个塔里吗？这么点儿钱连块面包都买不到……

他第一次来修道院时，衣不遮体，头上顶着个装着石头的篮子，身上全让灰浆泥浆给弄脏了。他认真地把那些石头摆放在百合花坛的旁边，那些石头很重，很难从地上搬起来……他应该要感谢多梅尼克神父，因为他喜欢修建这些东西……没有他的话，托图乔永远也没机会来这里……现在，家里的八口人都要靠他的钱生活，他们的生活费不多，他们吃鱼骨汤、黑面包……但很开心，还发胖了，开始变得干净整洁，看起来像另一个家庭了……神父这样做也并不是想帮他们，他不是那种乐善好施的人，但总而言之，结果是好的……这是恶习吗？那些鼻孔朝天的神父，那些狗屎道德主义者，永远嘟嘟囔囔着说教，还有这个眉头紧锁的妹妹……她以为自己是谁，圣·吉纳维芙吗？为什么她没有张开双臂，没有失足，没有把蒙住眼睛的眼布条给揭开……我们所做的一切，都是为了享乐，或许是高雅的享乐，比如说是接济穷人，也或许是粗俗的享乐，比如看着一个男孩子纤细的腰肢，像面包一样圆滚滚的屁股，这都一样……一个人变成圣人，不是因为意志，而是因为享乐……有人会和魔鬼做爱；有人会和耶稣伤痕累累的身体做爱；有人会和自己做爱；有人会像他一样和那些男孩做爱，但并不违背那些男孩的意愿，不通过诱骗、抢夺、强奸和撕裂的手段……享乐是一门艺术，需要了解它的尺度，知道它的限制，要有一个和谐的框架……过度和夸张不是他的风格……那些过分的事会把他直接拖入那个泥潭中去，让他成为一个道貌岸然、胡作非为的人，让他卷入无法清洗的丑闻。他沉迷于书籍，这让他无法沉溺于肉体的热度……眼睛比手更懂得爱抚，他的双眼会很满足，那里面的柔情蜜意是无法言说的……

现在该打住了，玛丽安娜心想，我要告诉他，让他不要胡思乱想了。可她的手放在膝间一动不动，眼睛半闭着，在散发酸甜香气的石榴叶的阴影中。

我有一个人选，她叫裴丕娜。人很不错，十六岁，家里一贫如洗，如果你帮她一把的话……

玛丽安娜点了点头，觉得没必要写在纸上。哥哥那如潮水般的思绪，在她脑子里上蹿下跳，就好像一群正在狂欢的鼠群。她感到筋疲力尽，现在只想休息。关于裴丕娜，她已经了解得很清楚了。尽管哥哥是出于某些古怪的原因，选了这个女孩，但她觉得无伤大雅，反正不管什么原因，对她来说都一样。假如她去寻求几个女儿的帮助，她们可能会很激动，对她一点儿帮助都不会有。卡尔洛通过自己的那套享乐哲学，还有那圆圆的小眼睛里的智慧，能够帮助别人走出困境，顺便还可以让自己关心的人获益。他并不打算做善事，这只是顺水推舟。他那灵敏的鼻子能嗅到宝贝藏在哪里，会把这个宝贝给妹妹拿出来，就像现在正在做的这样，他非常慷慨。她此刻所能做的就是感谢他，然后自行离开，可是，有什么绊住了她的脚步，是一个疑问，让她的手心发痒。她拿起笔，轻轻润湿笔尖，像往常一样在纸上快速写道：卡尔洛，告诉我，你记不记得我以前是说过话的？

不记得！玛丽安娜。

他毫不犹豫，一句"不记得"，一个感叹号，一行飞舞的字，就结束了谈话。

但是我记得，我的耳朵曾经听到过声音，是后来才听不到的。

我什么也不知道，妹妹。

写完这句话，他们的会面就结束了。他起身与她告别，但玛丽安娜没有要离开的意思，她手里还拿着笔，手已经沾上了墨迹。

还有别的事吗？他俯身在妹妹的笔记本上写道。

母亲大人曾经告诉我，我并非生来就是聋哑人。

她现在是怎么回事？为了一个男仆过来打扰我，这还不够吗？她很有可能爱上了这个男仆……是呀，我刚才怎么没有想到？……难道我们不是同一个妈生的吗？都沉迷于酒肉声色，都惯于纵情享乐、强取豪夺，我们不是生来就有这个特权吗？……请求上帝的饶恕！……或许，这就是一个邪恶的思想……乌克里亚家族的人都是好猎手，是一些永不餍足的掠夺者……尽管他们总是半途而废，不像谢巴拉斯家族的人那样，会超越一定的限度……看看玛丽安娜，皮肤还像婴儿一样奶白，嘴唇还是那么柔软……我感觉，妹妹什么都没有体验过……在这样的年纪，真是很刺激……一片空白……没人对她进行性启蒙教育……很容易就预测到，她不会毫发未伤地走出来……我可以教她一点儿，但那不是兄妹之间可以交流的东西……她小时候就是一只小野兔，容易受惊，但也总是快快乐乐……不过的确，在她四五岁时会说话……我记得很清楚，我记得家里长辈间的窃窃私语，是那些需要守口如瓶的秘密……为什么？在月桂路的迷宫里到底发生了什么？那是一个晚上，他们听到了一阵让人毛骨悚然的尖叫声，玛丽安娜被带走时，大腿上全是血。是的，是父亲和拉斐尔·库法把她带走的，奇怪的是，没有女人在场……现在我想起来了，是的，这就是真相。皮耶罗舅舅——那个可恶的野蛮人侵犯了她，留下半死不活的她……是的，是皮耶罗舅舅，现在一切都明朗了。我怎么能够忘记呢？他说是因为爱，纯粹的爱，他那么喜爱这个小女孩，喜欢得疯了……我怎么能把这个悲剧给忘了呢？

后来，是的，后来当玛丽安娜痊愈以后，就再也不能说话了，就好像他们把她的舌头"咔嚓"一声给剪断了……父亲大人对这个女儿又爱又恼，想的都是些怪主意……他是想对女儿好，却弄巧成拙……带女儿去看绞死犯人，他是怎么想的！……之后居然还在她十三岁时，把她嫁给了那个在她五岁时就强奸了她的舅舅……父亲大人真是个傻子……他觉得，反正是舅舅作的孽，那就把她嫁给他好了，反正她的小脑袋已经把一切都删除了……谁知道……或许这样还更好，让她一直蒙在鼓里，这可怜的聋哑女……最好给她喝下一杯鸦片酊，让她睡过去吧……他对聋哑人没什么耐心，对那些束手束脚的人也一样，还有那些头脑简单，一心想侍奉上帝的人……让妹妹想起这段让她失语、失忆的经历的人不应该是我……毕竟这是家里的秘密，这个秘密连母亲大人都不知道……这是男人之间的事，也许是一场犯罪，但他已经赎罪了，他也死了……有什么必要旧事重提呢？

卡尔洛院长这时完全陷入了自己深深的思绪里，已经忘记了慢慢远去的妹妹。她已经走到了花园的栅栏旁，从背后看，她好像在哭，可她为什么要哭？难道他给妹妹写了什么东西吗？就好像她听到了他脑中的想法一样。这个傻瓜，不知道在她的失聪背后，她的听觉会不会更加敏锐，她那中邪一样的耳朵，是不是能揭开人脑中的秘密。现在，我要追上她。他想道，我要抓着她的肩膀，把她紧紧地抱在怀里，亲吻她的脸颊。天塌下来，我也要这么做。

"玛丽安娜！"他在妹妹身后喊道。

但妹妹无法听到他的声音。当他从窝陷的小沙发里站起身，妹妹已经越过栏杆，上了租来的轿子，沿着山路向巴勒莫方向行去。

三十五

"心有所期，只愿不期吾所期……"玛丽安娜的书散发出一股很好闻的味道，混合着皮革、纸张和墨水的香味。玛丽安娜手里拿的这本小诗集就像一块水晶，米开朗琪罗的诗句工整完美，在她脑子里勾勒出一幅清晰的图画，像中国水墨画一样纯净。

> 吾爱黑甜之梦乡，
> 更愿昏睡若磐石。
> 不看不闻清福享，
> 睡至劫难羞辱止。
> 低语莫惊梦中人！

玛丽安娜抬眼望向窗外，才四点半外面就已经黑了，手炉里的炭火还在烧着，但图书室里仍然很冷。

她伸手准备去拉响铃的绳子，但看见门自己开了，一道光照了进来。她看到门外有一只烛台，接着看见菲拉的手。菲拉头上戴了一顶粗布宽檐帽,脸几乎全给盖住了,那块粗布盖住脸的样子很奇怪,把耳朵也遮住了,帽带紧紧地系在脖子上,快把她勒得不能呼吸。她苍白得像个病人,眼睛红红的,像是哭过。

玛丽安娜示意她靠近,但菲拉假装没懂,只是飞快地行了一个礼,把烛台放到桌子上后,就快步向门口走去。

玛丽安娜从窝陷的沙发里站起来,走到她身旁,抓住她的一只胳膊,感觉她在颤抖。她的皮肤冷冰冰的,上面有一层薄汗。你怎么了?她用眼神问菲拉。她摸了一下菲拉的前额,嗅了嗅,发现从帽子里渗出一股油腻的酸味,令人恶心。玛丽安娜看见黑色的液体正沿着她的耳朵滴落下来,流到脖子上。那是什么?玛丽安娜摇着她,比手势问她,但菲拉固执地低着头,没有一丝反应。

玛丽安娜拉了响铃,把伊诺琴叫了过来,她继续闻着菲拉身上的味道。伊诺琴虽然不会写字,但每当玛丽安娜需要时,她能比菲拉表达得更清楚,让玛丽安娜更容易明白。

厨娘一进图书室,玛丽安娜就指着菲拉的头,她的粗布宽檐女帽染成了深色,散发着臭气的黑色液体滴在脖子上。伊诺琴大笑起来,她一个音节一个音节地把"黄癣"这两个字说出来,好让公爵夫人能够通过她的唇形看出来。

玛丽安娜想起来,自己曾经在萨莱诺大学印制的《皮肤护理手册》上看到过这个,在寻常百姓家,有时会用烧热的沥青把头癣治好,但这种治疗方式很猛,危险系数很高。相当于把头皮灼伤,把头发都烧掉。如果倒霉的患者忍受得了,就能痊愈;如果忍受不了,就会被灼热的疼痛折磨至死。

玛丽安娜猛地把宽檐女帽从菲拉的头上拿开，发现为时已晚。那可怜的脑袋上连一根头发丝儿都没有，上面的头皮已经被灼破，血迹斑斑。

　　最近一次去探望菲卡拉齐的亲戚后，菲拉就变成这样了。她住在那些黑乎乎的窑洞里，与驴群、母鸡和蟑螂一起待了十天；现在她回来了，什么都不跟玛丽安娜说，打算就这样处理头上的寄生虫，活生生地烧掉头发。

　　自从萨罗和裴丕娜结了婚，菲拉就开始不对劲了，会在夜间穿着睡衣梦游，还有一天早晨，有人发现她晕倒在了莲池中，一半身体都没在里面，现在她又长了黄癣。

　　一个月前，她向玛丽安娜请假，要去探望菲卡拉齐的远房亲戚。当时来了一个男人接她，他身形粗壮，穿着一双山羊皮筒靴。还有一辆西西里小马车，上面画的勇士、森林和马儿图案都十分鲜艳。

　　菲拉跳上车，坐在一只狗和一袋小麦中间。出发时，她的腿晃来晃去，看起来十分高兴。玛丽安娜记得，自己当时站在窗前和菲拉挥手告别，目送她离去，直到颜色艳丽的马车渐行渐远，变得越来越小。

　　萨罗结婚已经一个礼拜了，玛丽安娜为他举办了一场盛大的婚礼，拿出了酒窖里的酒，还准备了各种各样的海鲜，有炭上烤的青鱼、海鲈鱼，有煮章鱼、油炸沙丁鱼，还有烤海贝。

　　裴丕娜吃了很多东西，后来感到不舒服。萨罗看起来很满意，公爵夫人为他选的妻子很符合他的品味：像小女孩一样娇小，肤色偏深，手臂上汗毛拥簇，嘴唇圆润，牙齿雪白有力，眼珠是咖啡色的，眼睛又大又水灵。

尽管她像山羊一样野，但很快大家都发现她是个聪明勤快的姑娘。她习惯了过苦日子，在家里做各种家务，在太阳底下给别人缝补渔网，就为了挣一块面包，抹一点儿大蒜吃下去，她现在吃什么都很幸福，总是一边大声唱歌，一边跑来跑去。

她脸上总是带着笑，性格倔强得像头骡子，却对义大的话言听计从，因为她知道这是自己的本分。她有一种顺从的方式，但没有一丝的卑躬屈膝，你吩咐她做的事情，好像是她自己决定的一样，完全照自己的性子来，与女王无异。

萨罗把她当成宠物一样对待，有时，他会在黄色大厅的地毯上和她一起打闹，两人一起打滚儿，他会挠她痒，把她挠得笑出眼泪来；有时候，又会好几天都把她抛在脑后。

玛丽安娜心想：如果舅父大人还在世的话，一定会把这两人都赶走。但她可以容忍，她甚至很乐意看他们像这样玩闹，自从萨罗结婚后，她觉得自己更平静了。她不用再整天为了避开他，避免遇到他而踮着脚尖走路，也不用再害怕和他独处，早上也不会再像从前一样，期待在窗户旁看着他从下面经过，看他干净的衬衫领子还没扣上，露出了线条优美的脖颈，头发肆意地落在鬓角。

玛丽安娜把裴丕娜安排在厨房工作，协助伊诺琴。她在厨房的表现也值得称道，她很擅长杀鱼，把鱼开膛破肚，刮鱼鳞时也不会溅到身上，还会调制烤肉料——大蒜、牛至叶、迷迭香和油混合而成的蘸料。

她和菲拉一样，刚来时不穿鞋。尽管玛丽安娜送了两双鞋给她——一双皮鞋、一双绣花鞋，但她仍旧一直光着脚，每次都在大厅明亮干净的地板上留下潮湿的小脚印。

婚后五个月，她怀孕了，不再与萨罗打打闹闹，走到哪里都把肚子挺起，好像那是一件战利品。她用一根亮亮的红带子，把乌黑的头发牢牢地绑在后颈。

她走路时总是把腿张得很开，好像随时准备把孩子生在厨房或是黄色大厅里似的，但她的劳动丝毫没有受到影响。她像士兵一样拿着刀干活儿，话很少，几乎不怎么开口，也已经过了刚来时暴饮暴食的阶段，现在她吃东西就像小麻雀。

她干活儿卖力，但她偷东西。不过她不偷钱，也不偷贵重物品，而是偷些糖、饼干、咖啡粉和猪油。她把这些吃的藏在自己房间的屋檐下，一有机会，就会把这些吃的带到巴勒莫去，送给自己的姐妹。

她的另一个癖好是收集纽扣。一开始，她只是偷那些掉下来的纽扣，后来就开始把它们从衣服上扯下来，神情恍惚地放在手里玩儿。最近一段时间，她突然开始用牙齿把衬衫上的纽扣咬下来，如果被人发现了，她就把扣子含在嘴里，直到进了自己的房间，把它们都放进那个装饼干的旧盒子里，她才安心。

萨罗现在已经基本会写字了，他会把年轻妻子做的所有事，都写下来告诉玛丽安娜。他很乐意事无巨细地向女主人汇报自己妻子的情况，仿佛在用这种方式让玛丽安娜知道，如果发生这些事情，也全都是她的错，因为是她执意要让他娶裴丕娜的。

裴丕娜的那些古怪行为让玛丽安娜觉得很有意思。因为这个有点儿驼背，壮得像头小牛，静如处子、动如脱兔的女孩，给她带来了很多乐趣。

萨罗觉得自己的妻子有点儿丢脸，但他学会了不把这些话说出来。他学到的那些东西，他记得很清楚：要做一位绅士，就要不露声色，对一切都洒脱一点儿，学会控制好自己的双眼和舌头，而且要自然。

裴丕娜又偷东西了，我应该怎么办？

拿鞭子抽她！玛丽安娜这样写道，开心地把字条递给他。

她正怀着孩子，而且她会咬我。

那就算了吧。

她要是再偷怎么办？

那就用鞭子抽两次！

您为什么不抽她？

她是您的妻子，当然是您管。

玛丽安娜知道，萨罗是不会打裴丕娜的。因为说到底，萨罗还是怕她。他对妻子的害怕就像人们面对一只未被驯服的流浪狗一样，如果你惹恼它，它肯定二话不说，直接咬你的腿。

可是此时此刻，菲拉在图书室晕倒了，而伊诺琴根本不关心她的死活，反而在用围裙清理菲拉滴在地毯上的黑色液体。

玛丽安娜俯下身，把手张开，放在菲拉的胸口上，感觉她的心跳很轻、很慢。然后用一根手指压在脖子的血管上，感觉到有规律的颤动。然而她的身体冰凉，就像死了一样。得把她弄起来。玛丽安娜示意伊诺琴抓住菲拉的脚，她自己则扶起菲拉的肩，她俩一起把病人放到沙发上平躺。

伊诺琴把围裙解开，摊平放在枕头上，以免弄脏枕头。从伊诺琴的神情可以看出来，如果菲拉晕倒了，就算有公爵夫人的允许，她也完全不赞成小侍女菲拉躺在乌克里亚别墅里的白色与金色相间的沙发上。

这位夫人真是古怪，没有一点儿尊卑之分……每个人都有自己的位子，如果乱套的话，这个世界岂不是变成一团糟……今天是菲拉，明天是萨罗，还有那个手脚不干净的裴丕娜，她就是一条狗，与狗唯一不同的，就是她少两条腿……谁知道夫人是怎么能忍受这个女孩的。不过也是，这女孩是卡尔洛那个大胖子找来的，夫人就把她带回来了……夫人转个身的工夫，那女孩就把油给偷走了。每个星期都有那么一次，她会搭着公爵夫人的马车去巴勒莫，要么搭修女费丽斯小姐的马车，她的紧身胸衣鼓鼓的，里面全是偷来的东西……她那个笨蛋丈夫都知道，但他管教了吗？什么都没做……谁知道他脑子里想的是什么……他看起来好像是坠入爱河了……公爵夫人总是护着他……她没有威信，也没有什么分寸……如果皮耶罗公爵还在的话，肯定会给他们点儿颜色看看……可怜的公爵，现在他被挂在圣方济各的地窖里，皮肤就像那些沙发上的皮子一样，紧紧地包着骨头，牙齿上面的皮肤向上扯着，像一只旧手套，看起来像在笑，却是冷笑……他应该知道她很爱钱，死之前给她留了四百枚小金币，上面印着教皇的鹰图案，背后印的是"通宝"，还有三块印着西班牙国王查理二世头像的金币。

玛丽安娜俯下身，把脸凑近菲拉那带有罗勒味的棉布袖子上，试着不去在意伊诺琴的想法，但她在那里，继续把那些话输送到玛丽安娜的脑子里去。有那么一些人会把自己大胆、恶毒的想法输送到玛丽安娜的脑子里，但他们自己完全意识不到，伊诺琴就是其中一个。她把那些无耻的想法，还有她的情感一股脑儿地倾倒在玛丽安娜的脑子里。

玛丽安娜心想：我必须为菲拉找个丈夫了。她会准备一笔丰厚的嫁妆，但她还没有见菲拉爱上过谁，不管是男仆、酒馆老板、鞋匠，还是放牛倌。这种事情好像很轻易就会发生在其他侍女身上，而菲拉却总是全身心地照顾着自己的弟弟。当她不能陪在他身边时，就独自一人，耷拉着脑袋待在房间，嘴唇紧闭，眼睛盯着一处看，神情忧郁。

如果她尽快结婚的话，不久就会有孩子，她就会好起来。玛丽安娜在心里重复道，她一边笑，一边觉得自己的这些想法真是可笑，这可能是她母亲或奶奶，甚至是经历过一六二四年的鼠疫的曾祖母会提的建议。能保护这座城市的不是仙女，也不是圣·阿加塔，而是一个来自奎斯奎纳的古老家族，西尼巴尔迪的优雅、高贵的圣女——圣·罗萨莉亚，只有她可以对鼠疫说：现在够了。这是朱塞帕奶奶写在笔记本上的一句话，玛丽安娜依然保留着这张纸，把它和父亲大人的字条保存在一起。

结婚生子，再让自己的女儿结婚生子，再让她们的女儿结婚生子，就这样一代接一代……这是家族的智慧，这句使人信服、甜美的话流传了几个世纪，就像用羽毛筑了一个软绵绵的窝，把乌克里亚的子孙后代都放了进去。通过联姻的方式，乌克里亚家族和巴勒莫最显赫的家族都结成了姻亲。

就是这些自信大胆的声音，支撑着这个家族像大树一样枝繁叶茂。每一片叶子上都有一个名字和一个日期：西诺雷托，一一七九年，风塔纳萨尔萨王子，他旁边那些干枯的小叶子是阿加塔、玛丽安娜、朱塞帕、玛利亚和特蕾莎。

卡尔洛·乌克里亚在另一片叶子上，一三一五年，旁边是菲亚梅塔、玛妮娜、玛丽安娜。这些女孩里，有些是修女，有些嫁人了，所有人都成了财富的牺牲品，但她们和几个弟弟一起，为了维持大家族的完整，都牺牲了自己。

家族的名号是个食人魔，是一只针尾鸭，是心存嫉妒的海格力斯，像猪一样贪得无厌，吞下了麦田、葡萄园、母鸡、山羊、乳酪、房屋、家具、戒指、画作、雕塑、马车和银烛台，这个家族的名号会把一切都吞下，它们像在舌尖上施了魔法似的，一遍又一遍地重复。

玛丽安娜的叶子之所以没有死，只是因为皮耶罗舅舅继承了一笔意想不到的遗产，总得有人要嫁给这个怪物。"玛丽安娜"这四个小小的金字，写在几根枝干的正中央，这样就把乌克里亚家族的两条支系都连在了一起，一条是由性格古怪的独子皮耶罗继承，正面临着断香火的危险；另一条尽管子孙众多，但实际上面临破产，处于更危险、摇摇欲坠的境况。

玛丽安娜感觉，自己是这个古老家族的联姻战略的配合者，甚至没有人比她陷得更深。但她因为聋哑的缘故，却像个局外人，成了一个冷静的旁观者，对家族所有人的处境冷眼旁观。"书籍使她堕落。"特蕾莎教化姑姑曾这样说过，书籍真的会荼毒人的思想，而上帝需要的是一颗纯净的心，它能够死守那些老习惯，带着热烈而盲目的爱，没有猜忌，没有好奇，没有疑问。

玛丽安娜站在头部受伤的侍女身边，站在地毯上，任凭这些思绪在自己的内心翻滚。她像一只青虫一样扭着身子，脑海中响起了祖先的声音，要求她尊敬、忠于先人的规矩，这让她手足无措。与此同时，其他蛮横的声音在她脑中出现，比如那位戴着绿色头巾的休谟先生，他告诉玛丽安娜，让之前那一大堆迷信思想都见鬼去吧。

三十六

房间里有急促的呼吸声，空气中弥漫着一股樟脑和药膏的味道，玛丽安娜每次进去时，都感觉像回到了小儿子西诺雷托病重时：断断续续的痛苦喘息、被酸臭的汗液浸湿的皮肤、不安稳的睡眠、苦涩的气味，以及因发烧而干燥的嘴唇，都让她想起了那个时期。

发生的一连串事情，让人措手不及，她都没有时间细想。裴丕娜生下了个圆滚滚的男孩，全身都长满了黑色的汗毛。菲拉帮产妇剪了脐带，用肥皂水把新生儿清洗干净，再用软软的毛巾把他擦干。看起来，命运赐给菲拉的这个侄子，让她感到十分满意。

有一天晚上，当母亲和孩子相拥入眠时，菲拉穿戴整齐，像要去做弥撒一样，下楼进厨房，拿起一把剖鱼的刀，在半明半暗中走向床边，对躺在床上的身体刺过去，母亲和孩子都没放过。

她当时没发现，与母子躺在一起的还有萨罗，他蜷缩在裴丕娜的背后。受重伤的人是萨罗，他的大腿、胸膛、耳朵都分别有一处刀伤。

孩子死了，不知道是父亲压死的，还是母亲压死的，因为他死的时候身上没有刀伤，是窒息身亡，而裴丕娜只有手臂上有一道刀伤，在脖子上有几处轻伤。

伊诺琴拉着玛丽安娜的一只胳膊下楼时，已经是早上了，四个从宗教法庭来的男人正准备把涉嫌杀人的菲拉带走。

经过三天的审判，他们决定要对她处以绞刑。玛丽安娜不知道可以向谁求助，于是她去找了贾科莫·卡玛雷奥，试图让他代为求情。他是巴勒莫的大法官，是参议员之首。孩子确实死了，但并不是由菲拉的刀伤致死。萨罗最终会痊愈，裴丕娜也一样。

有罪不罚，这会引起更多的犯罪。他在玛丽安娜给他的纸上这样写道。

如果让她坐牢，也算是一种惩罚。玛丽安娜答道，她尽力克制自己，让手不要颤抖。她想赶快回到萨罗身边，因为她把萨罗交到了一位叫波佐伦哥的"郎中"手上，她对这人不是很信任。与此同时，她又很想把菲拉救下来，让她免于死刑，卡玛雷奥却是一副不急不慢的样子，用好奇的目光打量着玛丽安娜。

玛丽安娜的手腕有些僵硬，但还在写字，她想到了希波克拉底，还引用了圣·奥古斯丁的话。

在交流了半个小时后，他的态度变得温和，给玛丽安娜倒了一杯产自塞浦路斯的红酒，放在了他们面前的小桌子上。玛丽安娜只好隐藏起焦虑，一边优雅谦逊地笑着，一边跟他一起喝红酒。

卡玛雷奥写得更多，从圣西蒙讲到帕斯卡尔，一直在引经据典，用他那飞舞飘逸的字体写满了整张纸，每写三个词就停下来，对鹅毛笔尖吹气，笔尖上全是墨水。

我亲爱的公爵夫人，每个生命都是一个微型世界，活生生的思想，都会从阴影中浮现出来……

　　玛丽安娜的回复很痛心疾首，也很得体，完全配合谈话者的语气。刚开始时大法官还在摆架子，但现在，他显然十分乐意与玛丽安娜进行学问上的切磋。他不是每天都能遇到一位知道圣·奥古斯丁、苏格拉底、圣西蒙和帕斯卡尔的女人。他的眼睛说，他必须抓住这个机会，对这个女人展开追求的话，他的所学才能派上用场。他可以尽情展现自己的学问，她不会像他以前追求的那些女人一样对他产生敬畏，对他的话感到烦闷。

　　玛丽安娜不得不压抑自己的焦虑和担心，把它们抛在脑后。她坐在那儿，一边和这位大法官谈论哲学，一边喝着塞浦路斯红酒，内心盼望最后可以得到他的承诺。

　　对话者的聋哑，没有对大法官造成丝毫困扰。相反，他甚至有些庆幸她不能说话，因为这样，他才能够向玛丽安娜展示自己的笔头功夫，从而可以避免聊天中间的停顿——显然，他很讨厌那种时候。

　　最后，他向玛丽安娜承诺，他会去法院替她求情，让菲拉不上绞刑架，同时提议让他们把菲拉当作疯子，关在乐普洛斯的圣约翰疯人院。

　　您告诉我，这女孩是为了爱而如此疯狂。而为爱疯狂的事，滋养了许多文学作品。罗兰不疯狂吗？堂吉诃德不也跪倒在洗衣女工的石榴裙下，称她为公主？过分理智不就是疯狂吗？这是一种没有矛盾的理智，而矛盾让这种理智变得不完美，变得人性。一个完整、无懈可击的意识，在那种慎重的理念里，已经靠近堕落的深渊……只要循规蹈矩，一点儿也不怀疑，不揶揄这些规矩，这样我们也会掉入疯狂的地狱里。

第二天一早，一辆载满鲜花的马车到达月桂路，上面装了两束巨大的玫瑰和一束黄色百合，还有一盒甜点。一个黑头发的小伙子把所有东西交到厨房后就自行离开了，玛丽安娜连一句感谢的话都没有来得及让他捎回去。

玛丽安娜再次来到卡玛雷奥法官那儿，想要知道法院的最终判决。他表现得太过兴奋，有些吓到玛丽安娜了。如果他向她要求回报呢？他太热情了，让人觉得有一种威胁的意思。

他让玛丽安娜坐在会客厅最好的沙发上，还像之前一样，请她喝了一杯塞浦路斯红酒。他很急切，几乎是夺过了她手上的纸，在上面写了博亚尔多的几行诗：

> 与之交谈或行礼，
> 坐于旁侧亲近伊。
> 今夕何夕皆忘记。[①]

卖弄了两个小时的文学辞藻后，他终于告诉玛丽安娜，在他的帮助下，菲拉已经关进了乐普洛斯疯人院，她可以放心了，菲拉不会被绞死。

玛丽安娜的蓝色眼睛有些不安地看着大法官，但她很快就放下心来。他的表情告诉玛丽安娜，他很乐意为她效劳，已经不仅

---

① 《热恋的罗兰》中对东方美女安杰莉卡的描写。

仅是帮忙的问题了，他简直太享受这种交流了。他曾就读于萨莱诺大学，也曾在雷焦·卡拉布里亚法庭做过助理，还曾在图宾根留过很长时间的学，这位参议员觉得，对一个真正有权的男人来说，对玛丽安娜提出要求，太过有失身份。

他允许玛丽安娜派侍从每天送新鲜面包、乳酪和水果去疯人院，却没有告诉她，这些吃的很难送到她想要保护的女孩手中。

之后，玛丽安娜时常看见法官先生早上来到自己家里。他乘坐马车来到她家门口，马车由一匹灰色斑点马拉着。她会赶紧整理好自己的头发，因为平时头发都是披散在肩膀上的，她带上自己所有的写字工具，衣着庄重地接待他。

他一般会在黄色大厅里等待，站在那儿观看因特马西尼画的那些奇美拉，那些妖怪仿佛永远都定格在壁画上，含情脉脉地看着那些看它们的人，但只要转过身去，它们的表情就成了嘲讽。

玛丽安娜走进大厅时，他会对着她鞠一个躬，头都要挨到地了，他身上散发着栀子花的香气。他会直直地盯着玛丽安娜看，向她投去像蜂蜜一样甜蜜的目光，那是他表达喜欢的目光。他会开始和玛丽安娜讲起菲拉，那个在他善意的保护下，关进了乐普洛斯疯人院的"可怜的疯子"——他是这么称呼她的。

他不厌其烦地到巴盖里亚来看她，总是彬彬有礼，在来之前会先给玛丽安娜送上几束花和几盒甜点，在椅子上坐得端端正正，仪态优雅地握笔写字。

玛丽安娜一般会给他呈上一杯浓香可可，有时放上肉桂，有时加点儿西班牙马拉加葡萄干精酿，这种酒有着干无花果的甜香气息。字条上的那些话，开头总是很客气：公爵夫人，今早感觉如何？您昨晚睡得好吗？

在喝完两杯加了很多糖的热可可，往嘴里塞满奶油巧克力夹心点心和鲜奶酪后，卡玛雷奥就像蜥蜴一样，在白纸上奋笔疾书。

他双眼放光，嘴角上扬，笑意中带着一种满足感，他可以一直滔滔不绝地说，不，是写下关于修昔底德、塞内加，还有伏尔泰、马基亚维利、洛克、布瓦洛的东西。玛丽安娜开始觉得，看来自己只是个无关紧要的借口，他其实只想卖弄文学知识。玛丽安娜也善解人意，给他准备好崭新的笔、从威尼斯刚刚运过来的中国墨水、镶蓝边的纸，还有能使墨迹快速变干的粉末。

现在，玛丽安娜已经不再对他感到畏惧，只对他的博学多才感到好奇，还生出了一丝好感。为什么不呢？尤其是在他张开手掌压住纸，低头写字时。他的身体比例并不协调，上半身细长，下半身矮壮，他的双手是全身上下最好看的地方。

对法官先生粗笨的身体感到好奇的同时，玛丽安娜也陷入了对萨罗伤势的担忧。她心想：此时此刻我坐在他旁边，但我心里唯一想的、不得不想的却是萨罗的伤势，他甚至还没有完全脱险。

眼下，萨罗看起来好像在睡觉，但其实是陷入了比睡眠更危险、深沉的状态，他一动也不动。菲拉下手太狠了，他的伤口一直愈合不了，虽然外科医生丘罗特意从巴勒莫赶来，给他把伤口缝合得很好，但一时间血液还是难以流通，伤口也有化脓的趋势。

裴丕娜在受了刀伤之后就回娘家了，因此轮到玛丽安娜来照顾萨罗，和她轮班的是伊诺琴，但后者一点儿都不情愿，尤其是晚上。

刚开始时，这位可怜的伤员一直在挣扎，就好像要和一些想把他绑架、封口、捆进袋子里的敌人斗争似的。可现在他疲惫不堪，仿佛已经放弃了从袋子里出来的念头，整日都在睡觉，他有时会啜泣，但没有眼泪，身体会艰难地抽动。玛丽安娜坐在他床边的沙发上陪着他，给他清理伤口、换绷带，用水和柠檬润湿他的嘴唇。

她请了很多医生来给他看病。她没有叫坎那梅拉，因为他已经年长，并且一只眼睛已经失明，她请了其他更年轻的医生。在这些医生中，有一位名叫巴切的医生，以精湛的医术而声名远扬。一天早上，他骑马到这里，披着一件宽大的斗篷，戴着风帽，他给病人把了把脉，嗅了嗅尿液，脸上出现一些让人看不透的表情，不知道是很泄气，还是只是表现出分析病情的样子，就像一个科学家，面对注定要恶化的病情，在深思熟虑。

最终他宣布，需要放水蛭。

他已经失血过多了，巴切医生。玛丽安娜靠在扶手上快速写道。但巴切医生并不想和她讨论，他把那句话当作公爵夫人的命令，那是一种对他的冒犯。他把风衣上的帽檐立起来，抬腿就走了，并没有忘记索要出诊费和路费——这其中包括路上给马儿吃的燕麦，还有要换的马蹄铁。

于是玛丽安娜向女儿费丽斯求助，她来时带着一些草药、汤药、荨麻和锦葵膏药，随后往伤者的伤口上敷了卷心菜叶和醋浸的草药。

一个星期后，萨罗的伤势略微好转了。他全身都散发着一股药味，但还只能躺在床上，一动不动，雪白的被子下盖着一具惨白的身体，他的胸腔和大腿包扎着绷带，耳朵上包着棉花，就像一具木乃伊，偶尔会睁开灰色的眼睛。他没有想好是要长眠归去，还是回到人世，面对刀伤和难以下咽的汤。

玛丽安娜紧紧地握住他的一只手，就像许多年前握着玛妮娜的手那样——那次玛妮娜在产后由于血液感染，大病了一场，差点儿就死了；也像她之前对父亲大人那样——只是当她握着父亲大人的手时，他已经死了，浑身都传递出肉体消亡的冰凉气味。

这一连串生老病死的回忆，让玛丽安娜的思想变得黯淡，每一次面对死亡，就像在伤口上撒了一把盐，她的脑瓜早已伤痕累累，布满了无法修复的裂痕。

现在她就像一只耐心孵蛋的鸽子，等待着一只生机勃勃、全新的小鸽子破壳而出。她可以找人把裴丕娜接回来——那应该是她的义务，但玛丽安娜不想那么做。她一天天地往后推，心想：裴丕娜要是想继续过那种大吃大喝、偷纽扣、在地毯上滚来滚去的生活，她自己会回来的。

三十七

　　玛丽安娜想，她要是和贾科莫·卡玛雷奥大法官一起去乐普洛斯的圣约翰疯人院，会不会不太得体？他是巴勒莫大法官，这样做会不会太草率了，兄弟姐妹和几个孩子会不会指责她？

　　在乌克里亚别墅的庭院里，一辆两匹马拉着的马车正在等待玛丽安娜，当她踏上马车踏脚板时，这些问题在她的脑海中盘旋。一只戴了手套的手搀着她上了马车。

　　玛丽安娜进入车厢，一股浓烈的栀子花香迎面扑来。堂卡玛雷奥一袭深色衣服，天鹅绒裤子，栗色天鹅绒袍子，上面有一缕缕的金线，扑了粉的假发上有一顶深栗色的三角帽，脚上是一双镶钻的尖头鞋，鞋尖是银质的。

　　玛丽安娜坐在他对面，马上从银色的网兜里掏出一个装着笔和墨水瓶的木盒子，拿出了纸和小桌板。这套书写工具很像之前父亲大人送给她的，就是之前在斯卡纳图拉被抢了的那一套。

　　看着玛丽安娜有些天真的动作，这位大法官微微笑了：这一路上，他会给玛丽安娜写很多字条，会引用霍布斯和柏拉图的话，避免了一种私密和窘迫。但他写的这些字条中有一张，玛丽安娜后来保存在那些中国风格的盒子里。在这张字条上，堂卡玛雷奥向她袒露了自己的内心，提到了大约三十年前，他在图宾根的学习生活。

我当时住在一栋三层高的塔楼里，正好能看见内卡河的风景。我下午常常在楼里看书，就坐在彩陶的壁炉旁边。我抬眼望去，能看到河两边的杨树，天鹅在窗下等着，总是有人把面包从窗户扔出去喂它们。它们常常会扯着嗓子发出长鸣，到了发情的季节，每当它们互相打斗时，那场面非常可怕。那时，我很讨厌那条河，讨厌屋顶尖尖的房子，讨厌声音像猪一样的天鹅，讨厌覆盖着整个城市的皑皑白雪，我甚至讨厌那些披着流苏披肩出入岛上的美丽姑娘。塔楼的对面有个公园，公园在一座长长的岛上，气氛非常阴郁，总有学生在上课的间隙去岛上散步。而现在，如果能回到内卡河岸边那座黄色的塔楼上，听那些天鹅发出长鸣，我愿意用十年的生命来交换，我会乐意吃本地的油腻香肠，甚至会欣赏那些披着亮丽的流苏披肩的金发女孩。这难道不是对记忆的扭曲吗？一个人会爱上失去的东西，正是因为失去了，我们才会怀念之前深深厌恶的人和事？这一切不是很傻吗？难道不是可以预测的吗？你不觉得这很庸俗吗？

从巴盖里亚到巴勒莫的旅途中，只有那么一次，贾科莫·卡玛雷奥抓住了玛丽安娜的手，握在自己手中，好像想对玛丽安娜表明心意，但只是握了一秒就放开了，仿佛有点儿后悔，怕冒犯到她。

玛丽安娜不太习惯男人的追求，她不知道该如何应对。她有时候挺直了上半身，透过车窗，欣赏着自己很熟悉的乡村风景，有时候弯下腰，在小桌板上慢慢写字，她小心翼翼，不让墨水洒出来，然后用灰粉把湿润的字体弄干。

幸好，堂卡玛雷奥示爱的方式，都集中在感人至深的话语和不厌其烦的引经据典中，这些话能激起她的艳羡和惊异，而不是欲望。他当然不是一个鄙视感官享受的男人，但直至现在，从他的眼神中可以看出，他很清楚，他们之间的关系还没有成熟，如果强行去吃那颗果子的话，只会酸到牙齿。只有年轻人才会轻举妄动，他们不懂得等待的乐趣，漫长的等待会使得到的结果更芬芳深沉。

玛丽安娜心事重重，看着他小心翼翼、礼貌得体的举动，那双好看的手已经习惯扼住世界的喉咙，但不想伤害谁，只是享受寂静的沉思。到目前为止，这个男人与她之前认识的所有男人都不一样，那些人都急不可耐、贪得无厌。与卡玛雷奥相比，舅父大人就是一头犀牛，但他能一眼望到底，就像丰达克罗的海水一样。父亲大人也不同，他虽然学识渊博、诙谐幽默，但没有野心，在一生中从没有制订过计划，没有想过什么策略，也从来不会觉得，未来可以承载他的成功与失败。他从没有想过要经历长时间的等待，让结果更加香甜。

到达圣约翰疯人院时，堂卡玛雷奥从车上跳下来——尽管他已经五十五岁了，但身体依然灵活自如，并且没有一丁点儿多余的赘肉。他想轻轻地搀着玛丽安娜下来，但玛丽安娜没有让他扶，她也跳下来了，自信地看着他，脸上露出了喜悦又无声的笑。他突然有一种失衡的感觉，因为那些他追求过的女人，一般都特别喜欢装得很柔弱。紧接着，他们一起笑了，卡玛雷奥挽着她的胳膊一起向前走，就好像他们是学校同学一样。

不一会儿，他们就走到一扇笨重的铁门前。钥匙在锁眼里面转动，一只粗笨的手伸出来，做着一些难以理解的手势，又摘下帽子，俯身行礼，一排卫兵跑过来，他们的佩剑闪着光。

现在，一名非常魁梧的看守带领公爵夫人，沿着空荡荡的长廊走着，而法官先生和两位高大的先生关在一间房间里交谈，从发饰来看，他们应该是西班牙人。

长廊的两边是一道道门：一扇铁门、一扇木门，然后是一扇木门、一扇铁门，一扇明亮、一扇昏暗，一扇昏暗、一扇明亮。在门上方有一个装了栅栏的矩形窗子，窗子里出现了一些好奇的面孔、疑惑的眼神、蓬头垢面的脑袋，还有张开的嘴巴，露出破碎、变黑的牙齿。

看守长打开一条大锁链，推开门。玛丽安娜发现自己走进了一间冰冷的大厅，地板上的砖都碎了，上面布满了灰尘，墙上的窗户很高，根本够不着，微弱的光线从天花板透进来。斑驳的毛坯墙又脏又潮，上面有黑色的印迹，还有一些让人惊心的红色污迹。地上摆着一堆稻草和几个铁桶，这个牢笼散发出的恶臭味让人窒息。

看守示意玛丽安娜坐在一个用稻草编的凳子上，凳子很破烂，看起来就像被老鼠啃了，麦秆都翘起来了。

在一道铁栅栏后面有一片空旷的院子，院子的地面铺着石头，中间有一棵无花果树，显得很雅致。在墙壁尽头，有个半裸的女人缩成一团在地上睡觉，再近一点儿的地方，另一个女人被绑在一个长凳上，花白的头发从缝了补丁的帽子下散落下来，她无休止地向远处吐口水，光裸的手臂上有竿子打过的痕迹。在无花果树下，有个人靠着树干单脚站立，是个看起来十一岁左右的女孩，她在用缓慢而精确的动作织毛线。

这时，有一根手指从玛丽安娜的脸上拂过，把她吓了一跳，是菲拉。她的头上包着一块肮脏的头巾，把脸衬得越发小，而眼睛越发大。她在开心地微笑着，手还有一点儿发抖。她瘦了，瘦得太多，要是从后面看，玛丽安娜甚至会认不出她来。她的粗布长衫破破烂烂的，一直到脚踝，没有腰带、领子，赤裸的手臂上青一块、紫一块。

玛丽安娜站起身，抱住她，房间里刺鼻的臭味也入侵到她的鼻孔里，让人毛骨悚然。短短几个月，菲拉就变成了一位老妇，她的脸麻木僵硬，掉了一颗前牙，手在发抖，双腿瘦得像一把柴，感觉站着都很吃力，她努力想要挤出一个感激的笑容，但目光很呆滞。

玛丽安娜抚摩她的脸时，菲拉抿紧嘴巴，压抑地哭了出来。为了缓解这窘迫的气氛，玛丽安娜从口袋里掏出一袋钱币，递到菲拉的手中。菲拉不想让别人发现它，但那件囚服上根本就没有口袋，她也只能战战兢兢地看着四周，把那袋钱紧紧地握在手里。

玛丽安娜把那条绿色三角丝巾从脖子上拿下来，披到菲拉的肩膀上。菲拉想用手指把丝巾弄平整，但她的动作看起来就像喝醉了的人一样。她止住了眼泪，露出平静的笑，可下一秒，她的脸色马上沉了下来，缩起肩膀，好像有人要打她似的。

一个手臂粗壮的囚犯抱住菲拉的腰，把她像小女孩似的举起来。玛丽安娜正想阻止，却突然意识到这个动作很温柔。这个男人把菲拉举起来，温柔地与她说话，像要哄她睡觉似的。

玛丽安娜盯着他的嘴唇，想看明白他们说话的内容，但她失败了。他们说的那些话，只有他们自己明白，这是当两个人在被迫相处了很久之后，只有彼此才懂的话。她看着菲拉开心地伸出那双喝醉了似的的手，抱住男人的脖子，充满爱意地把头垂在他胸前。

玛丽安娜还没来得及跟菲拉告别，他们俩就消失在门后了。她心想：这样更好，这个囚犯懂得如何讨她的欢心，就算不是因为喜欢，至少这个可怜的女孩还有个可以亲近的人。虽然那个男人盯着钱袋的眼神让玛丽安娜觉得，他对菲拉的亲近，动机没有那么单纯。

三十八

　　萨罗两天前已经恢复了饮食，他深陷的眼眶使眼睛看起来更大了。玛丽安娜靠近床边，看到他苍白的脸上终于有了一点儿血色。他还是包扎得像木乃伊似的，但绷带已经开始松动，慢慢可以解开了，他的身体也可以动了，肌肉慢慢复苏，头也可以在枕头上活动。他额头上的黑发已经梳洗过，像一只乌鸦的翅膀落在他消瘦的脸上。

　　今早，玛丽安娜又去看了一次菲拉，回来后，她往澡盆里倒了香柠檬水，泡了个澡，想洗掉身上那股从疯人院里带出来的恶臭味。那个澡盆是法国制造的，由铜匠锤打而成，外观看起来就像一只高帮鞋。玛丽安娜躺在里面，水漫至肩膀——这种澡盆比之前那种敞开的澡盆温度保持得更持久，就像睡在床上一样舒服。

　　很多贵妇会坐在法式澡盆里，和姐妹朋友一起聊天，吩咐下人做事，为了私密一点儿，她们会在澡盆前摆上一扇半透明的屏风。

　　尽管她很喜欢待在澡盆里，很喜欢伊诺琴把一锅锅热气腾腾的水倒在她身上的感觉，但她也不会在里面待太长时间，那里不能写字，也不能看书，因为总是会把书本打湿。

她还没有感觉秋天过去，但冬天毫无预兆地来了。昨天人们还能光着胳膊出去，今天就需要生炉子，披上披肩和斗篷了。冷风呼啸而来，掀起海浪，吹落了树木的叶子。

玛妮娜不久前又生了个小女孩，取名玛丽安娜。昨天朱塞帕来看母亲了，她是唯一会对玛丽安娜说心里话的人，她说起了自己的丈夫：她觉得自己有时候爱他，有时候又恨他，还有奥利弗表哥，他一直在提议，让朱塞帕和他一起私奔到法国。

费丽斯礼拜天来玛丽安娜这儿吃午饭了，她听到母亲讲起菲拉，以及乐普洛斯疯人院的事时，十分震惊。她也想获得许可，去看看菲拉。她现在很有决心，想打造出一条"被遗弃的女人援助链"。事实上，最近一段时间她变了很多，她发现自己在行医方面有天分，在用心地研究药方，把那些草药、草根和矿物结合在一起治病。她治愈了第一个患者后，就有人在碰到疑难杂症，尤其是一些与皮肤相关的疾病时来找她。而她既要对病人负责，也要对得起大家对她的信任，于是她开始学习，进行实验。她额头上开始出现一条深深的、笔直的皱纹，就像用马刀劈了一下似的。她不再那么在意保持修女服的干净纯白，也把同一家修道院的小修女的闲言碎语抛到脑后，周身都散发出一种专业药剂师的忙碌与暴躁。

玛丽安娜的儿子马里亚诺倒是从来都不来这儿，他好像迷失在幻想中了，没有时间过来看看自己的母亲大人。不过，他让西诺雷托舅舅过来，这位舅舅谨慎地提起了亲戚间都在谈论的闲话，事关那位老是来乌克里亚别墅的追求者。

在您这个年纪，还让人家挂在嘴边说闲话，这不是很得体吧。

西诺雷托从祈祷文书上撕下一页，在上面小心写道，您是寡妇，这没错，但您已经四十五岁了，这时和一位五十五岁还是单身的花花公子结婚，这事有些可笑……

我不会嫁给他的，您放心。

那您就不应该让卡玛雷奥法官再来家里了，让别人说闲话可不好。

我们没有任何肉体上的关系，只是朋友之间的往来。

一般的贵妇，在您这个年纪，已经开始为进入另一个世界做准备了，而不是建立新的友谊。

您比我更年长，兄长大人，但我发现，您并没有准备后事啊。

您是女人，玛丽安娜，天命注定要保持生活贞洁。您还有四个孩子，要为他们考虑。您的继承人马里亚诺，他担心您会心血来潮，做出一些令人遗憾的事，把您的财产拱手让人。

就算我改嫁了，也不会让他失去一针一线。

您可能不知道，卡玛雷奥在成为巴勒莫大法官之前，一直在为法国人效力，法国人出钱雇他监视西班牙人。而且据说，后来西班牙人给他提出了更好的条件，他转头就为西班牙人效力了。总之，您面对的是个危险人物，他的道德品质谁也不敢保证。他来去无踪，因为一些背地里的交易，摇身一变成了富翁，他不是乌克里亚家族的女人可以交往的对象。这是整个家族的决定：您不能再见他了。

家族的人有什么权力做出这样的决定？

您别跟我来这套，我讨厌伏尔泰，这是我妻子多米提拉成天挂在嘴边的。

以前，您也经常引用伏尔泰。

那是当时年少无知。

我现在是个寡妇，可以做我想做的事。

真是烦死人了！还是这些毫无意义的废话！您明明很清楚，您不是单单一个人，您是属于整个家族的。就算伏尔泰先生赞成，甚至天堂所有圣人都支持您，您也没有自由可言。您必须放弃那个男人。

卡玛雷奥是一位亲切和善的人，他帮我从绞刑架上救下了一个侍女。

不要让一个侍女影响您的生活。卡玛雷奥的意图很明显，就是要跟您结婚。与乌克里亚家族的人联姻，是他的秘密策略之一。相信我，那人对您没一点儿真心……不要相信他。

我不会相信他的。

他有些放心了，虽然其实并不是完全放心，但西诺雷托还是亲切地吻了妹妹的手，离开了。众所周知，兄长大人结婚之后，情人比结婚之前还要多。而且最近他为了一个歌女花了很多糊涂钱，那女人在圣露琪亚剧院演出，据说曾是总督的情人。

尽管他的语气那么专横，但玛丽安娜再次见到他，还是很高兴。他依旧顶着一头金发，看起来很温柔，但现在脸上已经长满了明晃晃的赘肉。他看人的方式还是那样，微微斜视，眼神中带着疑惑，让她想起了年轻时的父亲大人，但他没有父亲大人那种会自嘲的态度。

兄长大人西诺雷托的眼皮变得沉重、肿胀，说话也越来越咄咄逼人了。他越是习惯于颐指气使，就越是对自己宽容，这简直让他失去了判断力。

不知道从什么时候起，他的骨骼开始变形，眼眶开始突兀，使他看起来眼窝深陷，他的骨盆变大，一双脚掌支撑着庞大的身躯。或许是在参议院里坐着时，或许是在和其他的白袍兄弟陪着囚犯一起走上绞刑架时，或许是在一个又一个的夜晚，在高高的床幔下，他与妻子一起睡在大床上时，他妻子依旧很美丽，但他厌倦到不想正眼看她。

在这些年里，每当玛丽安娜面对家族里的其他男人时，脑海中总会突然浮现出舅父大人的样子。那个悲伤、不安的存在，总是用一种轻蔑的态度，看着周围的人所做的蠢事，说到底，他比其他所有人都更忠实于自己，更直接坦诚。那些人带着他们的笑容和礼貌，躲在自己家里，害怕听到所有新消息，以至于又逐渐相信那些被嘲笑了多年的思想和认识。

这只是角度的问题，卡玛雷奥可能会这样说，时间让褪色的回忆里多了些许温柔。舅父大人皮耶罗的东西依然散落在家里的各个角落，那些物件依然保留着主人身上的某些特质，让人想到他的难以相处，还有难以应对的悲伤。但是，这个在她未满六岁就强奸了她的男人，玛丽安娜不知道自己是否会原谅。

现如今，与她走得最近的人是当修道院院长的哥哥卡尔洛，他像玛丽安娜一样整日闷头看书。可以说他是唯一目光长远、不只着眼于眼前一时利益的人。卡尔洛天生如此：他是一个沉湎于书籍的浪子。他不虚伪，不自我陶醉，也不想卷入其他人的麻烦之中。

至于她的儿子马里亚诺，在经历了愉快的童年，体验了轰轰烈烈的爱情，环游世界后，现在已经快三十岁了。他能够安静下来了，他难以忍受社交活动，觉得这威胁到了自己的平静。

他对自己姐姐们的态度很生硬，很容易发脾气。对母亲也是表面尊重，但大家都知道，尽管他经常把自由挂在嘴上，却很讨厌母亲的自由生活。

事实上，他的确让西诺雷托舅舅代表自己去找母亲，而不是亲自去。他这种方式让玛丽安娜看到他的顾虑：假如造化弄人，母亲再生一个孩子，而他却一直生不出孩子，那会发生什么事？如果这个孩子得到谢巴拉斯支系的一个寡妇姑姑的好感呢？他一直很期望得到这个姑姑的遗产。假如这个不合常规的婚姻出现，那就会让他显得很可笑。这个包袱比他作为坎波·斯帕尼奥洛的乌克里亚家族长孙，还有斯卡纳图拉家族的继承人更沉重。

马里亚诺热衷于奢侈品，他的衬衫都是从巴黎运过来的，就好像巴勒莫没有顶尖的衬衣裁缝一样。他请了一个叫克莱梅的先生帮他做头发，那位先生来的时候，随身携带四个随从，手上都带着他们的工具：一些大大小小的盒子，里面装着香皂、大剪刀、剃刀、梳子、铃兰霜和康乃馨香粉。

他还请了亨利·阿拉古乔·卡勒斯托·巴雷斯来保养自己的手脚，巴雷斯来自巴塞罗那，在卡拉·维奇亚的街道上有自己的店。只要十个查理尼[1]，他就会上门服务，他还会去一些夫人家提供服

---

[1] 查理尼（Carlini）是 13 世纪末、14 世纪初在那不勒斯和意大利南部一些铸币厂发行的硬币，最初由西西里国王安茹查理一世于 1278 年开始铸造发行，查理尼硬币一直使用到 19 世纪。

务，因为她们都穿巴黎风格的鞋，鞋尖像鸡嘴似的，鞋跟又像天鹅喙似的，他要给年轻小姐和老妇们修理鸡眼。

玛丽安娜陷入深深的思考中，萨罗抓住了玛丽安娜的手，力度和之前不一样了。他正在康复中，看来就快要痊愈了。

萨罗睁开双眼，眼神很清醒、大胆，就像从豆荚里剥出来的新鲜豆子，他刚刚从睡眠中苏醒过来。玛丽安娜靠近他，伸出两根手指放在他裂开的嘴唇上。他轻轻的、湿润的、有规律的呼吸吹进了玛丽安娜的手掌心，一种舒适的感觉让玛丽安娜停在了那里，她温柔地呼吸着男孩的呼吸。

就在这时，萨罗的嘴轻轻地张开了，亲吻着她的手指、她的手掌心，呼吸有些急促。玛丽安娜这次没有把手缩回去，反而闭上双眼，像是要更好地感受这种触碰。那仿佛是一个来自远方的吻，来自那个夜晚，在菲拉的房间里，在摇晃的烛光下，脏脏的镜子里，他们初次相见的时候。

萨罗似乎累了，他把玛丽安娜的手指含在嘴里，只是没再吻她。他的呼吸又变得急促、剧烈和不规律。

玛丽安娜慢慢地把手抽回来。她从窝陷的沙发里站起身，在床边跪下，用一个她想象了很多次，但从来没有做过的姿势，上半身靠在他的被褥上，额头靠在他的胸膛上。她的耳朵透过散发着樟脑味的厚绷带，在一道道肋骨下面，感受着他剧烈的心跳。

萨罗一动不动地躺着，生怕自己一个小动作就会打断玛丽安娜和自己的亲密时刻，他害怕她会像之前一样突然间逃走了。因此他把决定权交给她，屏住呼吸，闭上双眼，绝望地期盼着她会搂住自己。

玛丽安娜伸出手指，沿着他的前额滑过耳朵，再到脖子，仿佛她不相信自己的眼睛，她要用手证实他的状况。紧接着，她的手指滑入他汗湿的头发，停在了他左耳的棉花球上，她又一次抚摩了他嘴唇的轮廓，又滑向康复过程中长满了粗硬胡子的下巴。她的手回到鼻子上，似乎只能够通过手指肚来认识这具身体——她的目光有多胆怯和节制，手指就有多大胆和好奇。

　　她的食指从一边鬓角滑到另一边鬓角，沿着鼻翼向下，到了他的颧骨处，掠过他浓密的睫毛，像很偶然那样摸到了他紧闭的嘴唇，牙齿打开一条缝，她触摸到了他的舌尖。

　　萨罗做了一个难以察觉的动作：用牙齿极其轻柔地咬住了她，她的手指卡在了上腭和舌头之间，感觉到唾液的湿热。

　　玛丽安娜笑了，她伸出另一只手的拇指和食指，捏住男孩的鼻子，直到他把牙齿打开，张开嘴呼吸。她把湿润的手指拿出来，又开始摸索。萨罗开心地看着她，就好像在告诉她，他的血液正在融化。

　　她的手抓住了棉被，让它从床上滑落下去，接着布满褶痕的床单也被扔到了地上。她大胆的动作让自己也惊讶万分，她用惊异的目光看着他赤裸的身体，他身上只有几块绷带盖住了腰身、胸膛和耳朵，其他地方都是赤裸的。

　　他的肋骨排列在那里，像一排月牙儿，好像在介绍行星运转的图册上画的那样，把各个阶段的月相放在一起。

　　玛丽安娜把手很轻柔地放在他刚刚愈合的伤口上，还很红，没有完全好。他大腿上的伤像尤利西斯受野猪攻击时受的伤——尤利西斯在外面打了很多年仗，回家之后，所有人都把他当成一个古怪的乞丐，奶妈通过这道伤口，一眼就认出了自己的主人。

玛丽安娜的手指开始轻轻滑动，萨罗的呼吸开始急促。他紧闭的双唇突然微微张开，让人想到他的疼痛，也让人感受到了一种陌生而狂野的快感，那是幸福的感受。

玛丽安娜也不知道，她是怎么和萨罗赤身裸体地躺在一起的。她知道，这其实很容易，她也并不为此感到羞愧。她知道他们抱在一起了，是友善的，她的身体接纳他，让他进入自己，她就像重新找回了身体的一部分，之前她以为永远失去了的那部分。

她之前从未想过，自己的肚子可以去接纳一个男人的肉体，这个男人既不是自己的儿子，也不是一个充满敌意的侵略者。

那些在她身体里待过的孩子，都不是她自愿接纳的，就像舅父大人情欲高涨时，进入她身体里的那部分，从来都不是她渴望的，也不是她想要的。

而现在这具身体是她渴望的，是她想要的，也是她心甘情愿献身的。这具肉体不会像那些孩子那样，从她的身体里出来时，会让她感到被撕裂的痛苦。而萨罗，就算他会从她的身体里抽身而去，他们也一起享受到了那美妙的激情，会让他们很乐意再来一次。

在她多年的婚姻生活中，她一直认为，男人的身体只会给女人带来折磨和痛苦。而她只能屈服于这种折磨，就像屈从于"上帝的旨意"一样，这是每个好女人都不得不履行的义务，即使是咬断牙齿也要承受。我们的上帝，不是在橄榄园里也忍受过被痛苦淹没的感觉吗？他不是毫无怨言，被钉死在了十字架上吗？在基督遭受的痛苦面前，交媾的痛苦难道不是微不足道吗？

而此时，她面对的这个怀抱是她熟悉的，她没有遭受攻击和抢夺，没有被要求牺牲和投降，而是坚定、甜蜜地交流。那是一具懂得等待的身体，懂得一步步去获取，而不是强行去占有。她现在怎么能放手呢?

三十九

裴丕娜·马拉伽回家了，她用头绳把两条黑辫子绑在耳后，像往常一样赤着脚，双腿粗壮而笨重，腹部鼓鼓的，把裙子撑得很高。

玛丽安娜透过玻璃窗看她时，她正从马车上下来，飞快地向萨罗跑去，而萨罗却抬眼望向玛丽安娜的窗户，好像在问："我该怎么做？"

"莫用镰刀去收别人家的麦子。"严肃的女诗人加斯帕拉·斯坦帕会这样说。所以她现在应该让他们夫妻开心地团聚，给他们分配一个更大的房间，让快要降临的小生命可以在那儿长大。

但是，"在我欣慰之时，内心的疑问却让我不安，让我陷入了挣扎"。是嫉妒吗？那个"蠢货"，"长着绿眼睛的妖怪"，就像莎士比亚说的那样，"那个对不起自己吃的粮食的人"。坎波·斯帕尼奥洛的玛丽安娜·乌克里亚公爵夫人，萨拉·迪·帕鲁塔伯爵夫人，博斯科·格兰德、菲乌梅·门多拉和索拉齐的男爵夫人，难道会对一个贱婢，一个从鸟窝里掉出来的"雏鸟"存有嫉妒之心吗？

然而事实就是如此，那个皮肤黝黑、有点儿丑陋的女孩，就好像得到了所有来自天堂的快乐。她天真得像一朵南瓜花，纯净得像一串葡萄。玛丽安娜心想：我甘愿把自己的土地和别墅都送给那个女孩，来交换那年轻、忠贞的娇小身体和肚子里怀着的孩子，并向萨罗走去。

玛丽安娜紧抓着窗帘的手慢慢松开，窗帘落下，盖住了窗户。庭院在眼前消失了，随着庭院的消失，小车和用羽毛打扮过的驴也消失了。裴丕娜挺着肚子，向丈夫走去，就像里面装着一肚子快乐。萨罗也消失了，他紧紧地抱住妻子时，抬眼望着玛丽安娜，眼里有一种戏剧化的无奈。但从他张开双臂的样子，也能看得出来，这双倍的爱让他很受用。

从这一刻起，偷偷摸摸、欺骗、逃跑和私会便开始了，还得封住别人的口，拉拢别人，把每一次拥抱的痕迹都抹得干干净净。

突如其来的愤怒使她的眼色沉下来。我一点儿都不想掉进这样的陷阱中去，玛丽安娜心想。她当初让萨罗结婚，就是为了让他远离自己，而不是为了掩人耳目。那么现在呢？现在应该斩断这种关系。

她骨子里是很自负的，她知道自己丝毫没有考虑过第一次感受到快乐、刚刚苏醒的身体，她想都没有想过萨罗的意愿，甚至根本没考虑过要和他谈谈。她就这样自己为他做了选择，违背了他的想法，尤其是违背了自己的意愿。

她练习了很多年该如何放弃，这让她变成了一个很警惕的人。这么多年过去了，她一直都在控制自己的欲望，这让她的意志力变得很强。

玛丽安娜看着自己长满皱纹的双手，抚摩着自己的脸颊，发现泪水浸湿了双手。她张开嘴，尝到一丝咸味，还带了点儿苦涩，那代表着她的舍弃。

她可以嫁给贾科莫·卡玛雷奥，虽然她并不爱那个男人，但她觉得他很有魅力。再说，他已经向她求过两次婚，可是她如果不能完完全全抓住如宝石般珍贵的爱，又如何能经营一段玻璃般的爱？

她在干什么？在她这个年纪，许多她认识的夫人都已经深埋地下了，或是佝偻着背，变得麻木僵硬。她们出行时，总是需要坐在封闭的轿子里，她们会非常小心，轿子里要放好刺绣的垫子和毯子，她们已经变得两眼昏花，因为生了太多孩子变傻了，或者由于生命中等待的时间太久太久，变得尖酸刻薄、轻浮草率。玛丽安娜看着她们粗壮的手指上戴满了戒指，由于指关节变大，戒指都脱不下来了。而她们一旦死去，那些没有耐心的继承人就会把她们的手指偷偷剁下来，把那些镶嵌着中国珍珠、埃及红宝石，或是死海绿松石的戒指据为己有。她们手拿一本书的时间从来不会超过两分钟，那些手必须精通刺绣艺术，会弹斯频耐琴，但哪怕是这两件事，世人也都不允许她们一丝不苟地钻研。一位贵妇人的双手，生来就应该无所事事。

那些手虽然戴着金银珠宝，却从来不知道这些东西是从哪儿来的；那些手从来没有体验过一口锅、一只水壶、一个洗衣盆和一块抹布的重量。也许那些手熟悉念珠、珍珠母和镂空银的触感，但她们对自己的身体绝对是陌生的。她们的身体重重叠叠，包裹在一层层亚麻布衬衣、汗衫、紧身胸衣和衬裙下，在修士和牧师看来，这些身体生来就是"有罪的"。那些手爱抚过新生儿的脑袋，但从来没有清理过孩子的便溺。那些手，或许有时会停留在十字架上耶稣受伤的胸膛上，却从来没有抚摸过一个男人赤裸的身体，因为这样做不管在男人看来，还是女人看来，都是一种不得体的举动。她们当然也会躺在男人的怀抱里，但都维持一动不动的姿势，她们的手不知道放在哪里，不知道应该怎么做。因为每个手势、动作，对出身于贵族家庭的女孩来说，都是危险、不得体的。

玛丽安娜曾和她们一样，吃着同样的面，喝过同样的安神茶。而现在她的双手触摸过了她所爱的身体，从上到下每一处的抚摩，都让她爱不释手。正因如此，她才必须和他一刀两断，把过往的一切丢进垃圾里去。玛丽安娜静静地站在紧闭的窗户前想，但此时空气的一丝流动提醒着她，背后有人过来了。

是伊诺琴，她拿着一个带着两根蜡烛的烛台。玛丽安娜一抬眼，就看到厨娘的脸离自己非常近，她很烦躁地向后退了一步，但伊诺琴继续若有所思地观察着她。她知道，公爵夫人看起来不对劲，她在猜是什么原因。

伊诺琴伸出一只胖胖的，混合着迷迭香和香皂气息的手，放到夫人的肩膀上，温柔地摇晃了两下，好像要把那些不愉快从她的脑中释放出来。幸好，伊诺琴不识字，只需一个手势就能让她放心，没必要说谎骗她。

伊诺琴的围裙上有一股鱼腥味，这让玛丽安娜从冰冷麻木的状态里回过神来。厨娘对她十分关心，上来就晃了晃女主人，这是对的。她们相识多年，都自认为对对方了如指掌。玛丽安娜这样想，是因为能够读到她的想法，就好像写在纸上那样一目了然。而伊诺琴觉得，玛丽安娜在自己面前没有秘密，是因为跟随她多年，也知道别人是怎么评价夫人的。

现在她们四目相对，双方都感到好奇。伊诺琴把沾了油烟的手放到红白条纹的粗布围裙上擦了一遍又一遍，而玛丽安娜机械地鼓捣着她的写字工具：可折叠桌板、银墨水瓶、笔尖是蓝色的鹅毛笔。

最终，伊诺琴抓起玛丽安娜的手，拖着她走，就好像她是一个因为受罚而独处太久的小女孩，而现在要把这个小女孩领出去和别的小孩玩儿，带她去吃东西，安抚她。

玛丽安娜任凭伊诺琴拉着自己走石梯下楼，穿过黄色大厅，走过琴盖打开的斯频耐琴，从两尊杂色大理石雕刻的狄俄斯库里兄弟雕像里穿过，在一群奇美拉怪物的眼皮底下走过。

进厨房后，伊诺琴拉着她在高椅子上坐下，对着燃烧的火炉。她往玛丽安娜手里放了一个杯子，从柜子上拿下一瓶露酒，往她的杯子里倒了点儿酒。然后，借着女主人的耳聋、心不在焉，伊诺琴把酒瓶放到嘴边喝了一口。

玛丽安娜假装没有看见，这样就不用责备她了。但她转念一想，为什么要责备她呢？她孩子气地从厨娘手里一把抓过酒瓶，也对着瓶口喝下去。顿时，主仆俩一起笑了，她们互相传着酒瓶，一个坐着，汗水浸湿的金发沾在宽宽的额头上，淡蓝色的眼睛越睁越大；另一个站着，脏脏的围裙掩盖着她的大肚子，她手臂粗壮，漂亮的圆脸上泛起了一个开心的微笑。

对玛丽安娜而言，此时此刻，更容易下决心了，尽管这很残忍。伊诺琴在不知道的情况下，已经帮了她一把，让她停留在日常生活的安全地带。她已经感觉到伊诺琴把手放在她的脖子上，那双手布满刀伤、灼伤和渗入手纹的油烟。

她需要不动声色地离开，并且需要有人帮她一把，一只惯于数钱的手就能推她一把。这时，厨房的门神秘地打开了——在玛丽安娜的眼里，门都是这样悄无声息地打开的，一点儿征兆都没有，这个缓慢的动作里隐藏着很多惊喜。

费丽斯站在门口，蔚蓝色的十字架挂在她的胸前，站在她旁边的是奥利弗，他穿着一身斑鸠颜色的袍子，脸上露出不知所措的表情。

多米提拉夫人，也就是您的嫂子，她有一只脚骨折了，所以我早上去了她家。玛丽安娜看着女儿递过来的皱巴巴的小字条。

堂温琴佐·阿拉尼亚因为欠债太多，开枪自尽了，他的妻子没有服丧，没有人喜欢他那个蠢货。她的小女儿去年得了丹毒流火，我把她给治好了。

奥利弗到这儿来，是问我要忘情水的，母亲大人，您觉得我应该给他吗？

乐普洛斯疯人院不再让我进去了。他们说，我给他们带去许多麻烦。里面有一个生了疥疮的女人，之前的医生认为她必死无疑，但我把她给治好了。母亲大人，您怎么了？……

四十

双桅帆船刚刚启动，在绿色的水面上摇晃。眼前的巴勒莫城像一把扇子一样打开：有一排排赭石色和灰色的房子，灰色和白色的教堂，刷成粉色的简陋小屋，用绿色布条装饰的商店，还有城里的石板路，污水从石头间的缝隙流过。

城市的背后，在不断翻滚的灰蒙蒙的云朵之下，能看到齐乔山上陡峭的岩石、蒙丽阿雷修道院和斯卡莱的圣马尔蒂诺修道院的碧绿森林、半明半暗的陡峭上坡，还能隐隐约约看见紫色的落日霞光。

玛丽安娜的目光停在了维卡利亚监狱的高窗之上。在牢房的左边，在一栋栋房屋后面，能看到滨海广场的不规则矩形。空荡荡的广场正中央，放着一个登上绞刑台的深色搁脚板，表示明天早晨有人将被处以绞刑，父亲因为爱她，曾把她带到那里，想治好她的聋哑。可玛丽安娜从来没有想过，父亲大人和舅父大人一直都守护着一个和她有关的秘密，她也从来没有想过，关于她小时候所受的伤害，他们会联合起来，对所有人守口如瓶。

此时，双桅帆船随着剧烈的海浪晃动，船帆升起来了，船首坚定地向深海航行。玛丽安娜的双手扶着船的栏杆，看着巴勒莫沉浸在黄昏的霞光里，棕榈树、风吹散的垃圾、绞刑台和马车离她越来越远。她的一部分将会永远留在那里，留在那泥泞的马路上，留在甜茉莉花和马粪混合的气息里。

她想到了萨罗，尽管她之前决定再也不见他，但有时还是会紧紧地抱住他。桌子底下握紧的手，门后的拥抱，在别人睡觉时在厨房里匆忙的吻，这些都使她肆意的心得到快乐。

玛丽安娜不在乎伊诺琴的猜测，不在乎她用谴责的目光看自己，不在乎几个孩子的闲言碎语，不在乎几个兄弟都威胁说要"找个人把他杀了"，也不在乎裴丕娜对她的仇视。

而堂卡玛雷奥也成了家里的常客。他几乎每天都坐着那辆灰色斑点马拉着的轻便双轮马车来找她，和她一起谈论爱，谈论书籍。他说玛丽安娜现在容光焕发，越来越明艳。当她照镜子时，发现他说的是真的，她的皮肤光洁白皙，眼睛明亮闪烁，披在脖子上的蓬蓬的头发就好像发酵了一般。不管是帽子还是发带，都无法驯服这束头发，因为那金光闪闪的头发披散在肩上，凸显了那张充满了喜悦的脸。

当她通知儿子马里亚诺她要出行时，他皱起眉头，露出一个很滑稽的表情。他本意是想让人觉得他很担忧，却让人猜到他松了一口气，而且心满意足。他不像西诺雷托那样，擅长掩饰自己的情绪。

那您要去哪儿？

先到那不勒斯，之后我也不确定。

一个人吗？

我带着菲拉和我一起。

菲拉是个疯子，不值得信任。

我会带着她的，她现在很好。

一个杀人的疯子和一个聋哑人一起去旅行，很好，多么开心的事啊！您想成为全世界的笑柄吗？

没人会管我们。

我想，堂卡玛雷奥到时候会去找你们吧。您是打算让整个家族名誉扫地吗？

堂卡玛雷奥不会去的，我自己去。

那您什么时候回来？

我不知道。

那谁来照看您的女儿？

她们会照顾自己，她们长大了。

这肯定要花好大一笔钱。

玛丽安娜盯着儿子的头看，他尽管已经开始秃顶，但还是那么英俊。当他弯腰写字时，会把笔握得很紧。

那些泛白的指关节泄露了他无法抑制的愤恨：他无法忍受从自己的幻想里脱离出来，去面对这些他无法理解，也漠不关心的问题。他只是焦躁不安，他周围的人会如何谈论这个冒冒失失、举止轻浮的母亲？她会花一大笔钱吗？会欠债吗？她到时候会来要钱吗？或许在那不勒斯逼他拿钱，还不知道会向他要多少呢。

我不会花你一分钱。玛丽安娜轻轻地在白纸上写道，我只会花自己的钱，你不用担心，我不会做出让全家人耻笑的事。

您那些古怪的言行，已经让全家人丢脸了。从我们的父亲大人过世那天起，您的所作所为，就一直招人诟病。

你指哪些事？

您只穿了一年丧服，而不是依照风俗，永远都穿着。您记得吗？父亲过世，要服丧三年；儿子过世，要服丧十年；丈夫过世，要服丧三十年，可以说是永远。每当教堂举办重要的弥撒时，您也不去教堂。还有，您总是和下人混在一起，有一些事情根本没办法说。那个男仆，那个想攀高枝儿的男人，您让他成为这里的主人。您让他把妻子、疯姐姐和儿子都带到了家里。

事实上，是他姐姐把他带过来的。至于他的妻子，那是卡尔洛给他找的。

这就是了，您太信任这些人了，他们和您根本不是一个阶层。您变了，我已经认不出您来了，母亲大人，您之前那么温柔贤惠。您知道，您有失去爵位的危险吗？

玛丽安娜晃了晃脑袋：为什么要想那些糟糕的事？儿子写的这些话里，有一些她并不是很明白。对那些所谓的丑事的指责，还有对金钱的担心，掩盖着的其实是一种无法言说的愤恨。他一直都是个慷慨大方的人，为什么现在对于母亲的花费如此焦躁不安？他还在为另一个儿子的事心怀嫉恨吗？那个孩子，他自己不愿意放下，也不知道如何放下。他还没有原谅母亲对那个孩子——小儿子西诺雷托的偏爱，甚至可以说明目张胆的溺爱吗？

玛丽安娜的目光转向菲拉光秃秃的脑袋，现在她和自己一起笔直地站在甲板上，看着从地平线上渐渐远去的城市，起伏的海浪包围着她们，船头的雕饰——赤裸的胸脯迎向海浪。

是萨罗的一个眼神让她决定要离开的，那是清晨刚刚醒来时的一个眼神，一个不由自主的眼神：那天早晨，她把嘴唇从萨罗的肩膀上移开，想要推他起床。天已经亮了，卧室地板上，晨光在漫延。

那是一个充满了爱意的眼神，带着满足，也带着不安。他害怕发生自己无法控制的事，会让这一切都忽然中断，让他失去一切，不仅仅是她的身体，还有那些高雅的服装、亚麻床单、爱神木和玫瑰精油、用红酒烧制的野鸡肉、柠檬冰激凌、草莓葡萄味冰沙、橙花水、善意而安静的温柔——每一样属于她的东西，她都在萨罗的灰色眼眸里看见了。那些光怪陆离的影像，就像夏天炎热时，人们在海上看到的海市蜃楼，浮现在烟雾和光影之中。

那些海市蜃楼让人们觉得，可以无止境地享受财富和欢乐，然而这一切最后都会消失在夏季晚霞的暗淡余光里。因此，她决定在一切都破碎、化为乌有之前，从她爱人的眼里抹去那个幸福城市的幻觉。

此时此刻，她站在摇摇晃晃的甲板上，海水的味道与沥青、油漆的刺鼻味混合在一起，而陪伴着她的人只有菲拉。

四十一

晚上，在船长的餐桌前，在那个顶棚是拱形的客厅里，坐着一些奇怪的旅客，他们彼此互不相识：一位聋哑的巴勒莫公爵夫人，身穿一件蓝白相间、华托式的高雅袍子；一位英国旅客，名字很难发音，他从墨西拿过来，戴着一顶红色的卷毛假发；还有一个来自拉古萨的贵族先生，穿一身黑衣服，不管走到哪儿，他的银色佩剑都不离身。

此时的海上有风浪，轮船一侧有两扇窗户，透过窗户能看到昏黄的天空上有淡紫色的条纹。本应该是月圆之夜，但层层叠叠的云朵总是不断地把月亮挡住，一会儿又会放出来。

菲拉在漆黑的船舱里躺着，她把一块浸了醋的毛巾放在嘴上，想缓解晕船的痛苦。她吐了一整天，玛丽安娜一直托着她的脑袋，直到自己也受不了，才不得不出去，不然的话她也会开始吐。

船长给玛丽安娜呈上一份清炖肉，红色鬈发的英国人往她盘子里放了一勺曼托瓦芥末。三个男人开始聊起天来，偶尔会转过脸，对着公爵夫人礼貌性地笑一下，然后继续开始聊天。他们说的可能是英语，也可能是意大利语，玛丽安娜无法从他们的口型中猜出来，她也不是很想知道。他们用手势邀请了她一次，想让她加入他们的谈话，后来就再没问过，放任她沉浸在自己的思绪里了。玛丽安娜也很高兴他们说别的事去了。在这些人面前，她感到很不自在、很窘迫。面对这种新的处境，她有些手足无措，觉得手怎么也拿不稳叉子，袖子的花边总是不停地掉进盘子里。

她感到很疲倦，脑子里漂浮着一些支离破碎的思绪，就好像有一只不耐烦的手，搅乱了脑海中那看似清澈安静、缓缓流淌的水，从散落的记忆，或者几乎快要消失的回忆中，又泛起了一些沉渣：有失去呼吸的小儿子西诺雷托，像只小猴子一样，柔软的身体趴在她的胸口，而她承受着无边无际的痛苦；有舅父大人尖瘦的脸，当她第一次鼓起勇气近距离看他时，发现他的睫毛已经开始变白；有眼神傲慢的女儿费丽斯，她是一个没有受到感召的修女，但在草药里找到了属于自己的尊严，而现在她已经不需要从家里拿钱，她为人治病就有一笔不错的收入。

而玛丽安娜的兄弟姐妹，就像很多年前五月的那一天，她画的那幅画像里的样子。那天，在乡下老宅的庭院里，图涂乙表演木偶剧时，她晕倒了；阿加塔的手臂上都是蚊子叮的包；杰拉尔多穿着一双尖头鞋，而他进棺材时穿的也是这种鞋，它们就像是进入天堂的信物，希望他能在天使居住的群山里长时间地行走；她妹妹菲亚梅塔，笑容狡黠，随着年龄的增长，变得有一点儿古怪，一方面她穿着苦行衣，以自我抽打的方式来进行赎罪，另一方面她又特别热衷于打探家里所有人的风月之事；卡尔洛，他的眼神是那么迷离，为了不让自己惊慌失措，他总是看起来怒气冲冲，不好相处；还有她女儿朱塞帕，还是那么不安分、不知足，她是这几个孩子中唯一会看书、想要快乐的人，也是唯一没有责备玛丽安娜言行古怪的人，更是唯一不顾丈夫的反对，坚持送母亲到出发港口的人。巴盖里亚别墅的墙上砌的是砂岩砖，从近处看就好像有很多孔的海绵，有许多的洞和巢穴，里面藏着海蛞蝓和亮闪闪的小贝壳。这世界上没有比巴盖里亚的砂岩石更温和的颜色了，它白天吸收太阳的光藏在怀里，晚上就像很多灯笼一样。

还有母亲大人睡肿了的脸，被烟草熏黑的鼻子，金色的大辫子散落在厚实的肩膀上，她的床头柜上总是有三四瓶鸦片酊。玛丽安娜长大以后，才知道鸦片酊是由鸦片、藏红花、白桂皮、康乃馨和酒精制成的。但后来圣多梅尼克广场的药剂师增加鸦片的含量，减少了藏红花和白桂皮，因此有好几个早上，玛丽安娜发现母亲躺在床上，眼睛半闭着，一脸享受的样子，面孔像上了一层蜡一样，煞白煞白的。

她又想到了自己的卧室，五个孩子全都在那儿出生。在天花板上绘制的奇美拉妖怪厌烦的目光注视下，萨罗进来了，他双腿修长，脸上带着温柔的笑。她和萨罗躺在那张她经历过分娩和流产的床上，拥抱在一起。那时裴丕娜挺着十个月大的肚子，不知道哪天才会生下来，她不安地在家里走来走去。最后接生婆不得不想办法把孩子弄出来，她开始在裴丕娜的身上踩来踩去，就好像她是一个塞满稻草的垫子。她差点儿因为失血过多死掉，但在看起来快要死的时候，终于把那个巨婴生出来了。那婴儿和萨罗一样，黑头发，白皮肤，粉嘟嘟的，生出来时，脐带绕颈三圈。

她决定离开也是因为裴丕娜，她每次看向玛丽安娜的眼神中，都带有妥协，一种女人之间的心知肚明。就好像在说，她默许了玛丽安娜分享她的丈夫，换来的是住房、衣服、丰盛的食物，以及对于她偷窃行为的视而不见。

家庭的默契就这样形成，他们三个人之间达成了某种"平衡"，在这种关系里，萨罗处于焦虑和幸福之间。可能很快他就会觉得餍足，但也可能不会，他会一直这样下去，一边是母亲一样的情人，一边是孩子般的妻子，他会永远温柔而忠诚地对待她们。他或许会变，就像现在一样，他常常要分身而出。一个称心如意的小伙子，几乎要失去他的天真和快乐，因为他要协调两个身份，要像父亲一样迁就，也要做到对未来家庭的明智管理。

玛丽安娜离开之前，给了他们很多钱，不是因为她慷慨大方，或许她是想让他们原谅自己义无反顾的离开，想让他们在她离开之后依然爱她，哪怕只有很短的时间。

那个长着漂亮的深色眼睛的英国旅客吃到一半就消失了，拉古萨男爵靠在高高的窗户旁气喘吁吁，这时，船长一步两个台阶地跑上通往甲板的楼梯。发生了什么事？

咸咸的海风从门那边刮进来，海面肯定掀起了巨浪。封闭在安静的世界里的玛丽安娜听不到甲板上的任何动静，听不到船长下了落帆的指令，以及甲板下的游客大声叫喊的声音。

玛丽安娜继续吃着东西，就好像什么事都没发生一样。同行的旅客很多都晕船了，但她没有腹中翻江倒海的感觉。现在桌上的油灯一闪一闪的。终于，公爵夫人发现这可能不仅仅是海浪忽然有点儿大的问题。灯油滴到桌布上，一张餐巾燃烧起来。如果她再不行动的话，不用一秒，火势就会从亚麻桌布蔓延到桌子上，再从桌子蔓延到干木地板上。

突然间，玛丽安娜的椅子开始滑动，撞向墙壁，椅背把一个画框上的玻璃撞碎了。就这样死掉吗？她穿着一身条纹的旅行套装，大翻领上别着父亲大人送给她的天青石大胸针，一根塔夫绸玫瑰花饰把她的头发绑在后颈，如果就这样死去的话，实在是太戏剧性了。母亲大人想象的狗，或许正准备抓着她的腰，把她拖进漆黑的海水里。她感觉自己好像看到了有什么东西在不停地眨眼，不就是巴盖里亚的乌克里亚别墅里，那些奇美拉怪物在笑她吗？

玛丽安娜突然找到力气站起来，往燃烧的桌布上倒了一瓶水，用湿了的桌布盖住油灯，油灯扑哧一声熄灭了。

现在，黑暗包围着这个房间，玛丽安娜试着去想起门的位置。周围没有人，这提醒她要赶快逃走。但往哪里跑呢？海浪声越来越大，风在咆哮，而对一个聋哑人而言，只能通过脚下起伏不定、踩不稳的木地板才能感知。

菲拉肯定有危险，这个念头支撑着她，让她找到了门，她吃力地打开它，迎面扑来汹涌的咸咸的海水。在如此剧烈的摇晃下，怎么才能走下木梯呢？但她还是去做了，她两只手紧紧地抓住楼梯的木扶手，用脚去感觉每一级台阶的位置。

下到船腹的时候，一股咸咸的沙丁鱼气味迎面扑来。肯定是因为鱼桶被撞碎了，鱼全都跑了出来。在黑暗中，当玛丽安娜摸索着到达船舱时，她感觉有什么东西重重地向自己压过来，最后发现是浑身湿透、正在发抖的菲拉。

玛丽安娜紧紧地抱住她，亲吻她冰凉的脸。菲拉乱七八糟的想法通过鼻腔——她的鼻腔里全是呕吐的气味——涌入了玛丽安娜的脑中：这个讨厌鬼、笨蛋、猪脑子，我为什么要跟她一起出来？……简直是要毁了我，脑子坏掉了，疯子，简直太倒霉了！

总之，都是些骂她的话，但她还是用力抱紧了菲拉。毫无疑问，她们即将随着船一起沉没，不知道还需要多久，海水就会吞没她们。玛丽安娜开始默念祈祷文，但其实根本没有办法念完。她们准备要赴死了，但总感觉有些怪异。然而，她并不清楚，这时候有什么东西能战胜海水，她甚至都不会游泳。她闭上双眼，盼望这个过程能快一点儿结束。

这艘双桅帆船随着海浪剧烈地摇晃，它神奇地挺住了。它摇晃着，雪松和栗树制作的船身很有弹性，最后撑住了海浪的冲击。

女主人和侍女站着抱在一起，以这样的姿势等待死亡。后来她们太累了，不知不觉睡着了，咸咸的海水把木块、鞋子、沙丁鱼、解开的绳子和橡木塞都推到她们身上，她们毫无察觉。

两个女人醒来时，已经是早上了，她们依然抱在一起，躺在木梯子下面。一只好奇的海鸥在甲板的入口处盯着她们看。

四十二

　　玛丽安娜是朝圣者吗？也许是吧，不过朝圣者的目的地只有一个，而她却不想停下脚步。她是为了旅行而旅行，她从自己家的寂静逃到别处的寂静中去。她成了一位流浪的人，可以应对跳蚤、炎热和灰尘。但她从未真正感到厌倦，她迫不及待地想要去新的地方，遇见新的人。

　　菲拉一直陪在女主人身边，她的秃头上永远戴着一顶洁白的棉质女帽，每天晚上，她都会把帽子洗了，挂在窗户上晾干，不过，那得是在她们住的地方有窗户时。因为她们有时会睡在稻草堆上，比如在那不勒斯和贝内文托的交界地，她们睡在牛棚里，有一头母牛好奇地嗅着她们。

　　她们在斯塔比亚和埃尔科雷诺有新考古挖掘的地方短暂休息，她们在一个小孩儿的西瓜摊前吃了西瓜，他切西瓜时用的折叠小桌板，很像玛丽安娜用来写字的桌子。她们还坐在那里，喝着蜂蜜水，看着一幅巨大的罗马壁画，在壁画中，红色和粉色很和谐地搭配在一起。她们头顶烈日走了五个小时，在沿海一株巨大的松树下庇荫休息。她们骑着骡子，沿着维苏威火山的斜坡下来，尽管戴上了之前在那不勒斯商贩那儿买的草帽，她们的鼻子还是晒脱皮了。在她们睡过的那些臭烘烘的房间里，玻璃窗都碎了，地上还有鼻涕，床垫上的跳蚤就像在比武一样到处乱窜。

偶尔会有村民、商人、乡绅看她俩结伴旅行，好奇地紧随其后，但玛丽安娜的一言不发和菲拉的怒目圆睁，总能把他们吓跑。

她们在去卡塞塔的路上，还被抢劫了一次，歹徒抢走了她们的两只铜扣旅行箱、一个银色针织手提包和五十斯库多。但这并没有让她们感到绝望，因为箱子里装的都是一些她们很少穿的衣服，而损失的钱也只是她们带的钱中的一部分而已。其他钱，菲拉都藏得很严实，她缝在了内衣里面，歹徒一点儿都没发现。面对这个聋哑女人，他们还有点儿同情，甚至连搜都没搜，其实，玛丽安娜的衣服口袋里也放了一些钱。

在卡普亚，她们与一群结伴去罗马的人交上了朋友，其中有一位喜剧女演员、一位年轻男演员、一位剧团经理、两个阉伶，还有四个仆人，以及成堆的行李箱和两条土狗。

他们都很开朗可爱，一心想着吃喝玩乐。公爵夫人的聋哑没有给他们造成一丁点儿困扰，相反，他们很快就开始比手势跟她交流，并且能够让她理解清楚，把菲拉逗得笑疯了。

吃饭时自然是玛丽安娜请客。但不管是在餐桌旁，还是在游戏桌旁，演员朋友在表达他们的想法时，都会用表演的方式，带给大家欢乐，无论是在驿站停下来休息，还是在小旅店里休息，都一样洋溢着快乐。

到了加埃塔，他们决定要乘坐二桅小帆船，也花不了多少钱。

因为据说走旱路的话，强盗太多了。绞死一个土匪，就会冒出来一百个。他们躲在乔恰里亚山里，专门对那些出行的贵族夫人出手。她读到的一张字条上这样写着，真是有点儿吓到她了。

在船上时，他们一直在玩纸牌游戏。剧团经理朱塞佩·伽罗发牌，他总是输，赢的总是那两个阉伶。而那个喜剧演员吉尔贝尔塔·阿梅迪奥，她从来没想过睡觉，一直玩儿个没完没了。

到了罗马，他们在同一家小旅店里住宿，那家旅店位于蟋蟀路，那是一条狭小的上坡路，没有马车能爬上去，他们必须从蟋蟀广场下来，步行上去。

一天晚上，这些演员邀请玛丽安娜和菲拉去瓦莱大剧院观看演出，那是唯一一家可以在非狂欢节期间演出的剧院。人们可以看到一场歌曲与表演结合的演出，在她们观看的这场节目里，喜剧女演员吉尔贝尔塔跑到侧幕后换了十次衣服，她一会儿扮演牧羊女，一会儿扮演侯爵夫人，一会儿是维纳斯，一会儿是朱诺。而两位阉伶，一位用甜美的嗓音唱歌，一位穿着牧羊人的衣服跳舞。

表演结束之后，他们又邀请玛丽安娜和菲拉一同去吃饭，他们去了位于帕尼雷路的一家叫作"无花果"的小饭馆，庆祝她们的朋友演出圆满成功。她们在那儿吃了很多盘酱汁牛肚，喝了很多红酒，一杯接一杯，所有人都开始在灯笼下跳起舞来，一位打杂的助手开始演奏曼陀林，另一位吹起了长笛。

玛丽安娜品尝到了自由的味道。她把自己的过去像尾巴一样卷成一团，藏在裙子下面，只在某个瞬间才想起来。而她的将来是一团迷雾，隐约可见闪烁的光。她现在的状态，一半是狐狸，一半是美人鱼，终于有这么一次，她自由自在，没有思想负担，和她在一起的同伴都不在乎她的聋哑，他们会大大方方地用表情或是肢体动作，愉快地和她进行交流，让她无法抗拒。

菲拉爱上了其中一位阉伶。正好是在演出结束后的那场庆祝会上，大家都在跳舞时，玛丽安娜看到他们在一根柱子后面接吻。她看到这一幕时，只是微微笑了一下。他是一个英俊的男孩，金色的鬈发，身形微胖。而菲拉和那个男孩拥抱时踮起了脚尖，背向后弯着，那个样子让玛丽安娜想起了她的弟弟。

一个拉扯，一声细语，过去的那条尾巴开始渐渐松开。一个人在逃离时，不一定真的能逃离。就像《一千零一夜》里，那个住在撒马尔罕的男人一样，她记不清那人是叫努尔丁还是穆斯塔法。总之，有人告诉他，他会死在撒马尔罕。于是，他急忙跑去另一座城市生活，但在那个陌生城市，他平静地走在路上，还是被人杀了。后来人们才知道，他被袭击的那个广场就叫撒马尔罕。

几个演员朋友出发去佛罗伦萨了，留下了痛苦万分的菲拉，她难过得整整一个礼拜没有吃东西。

蟋蟀路的旅馆老板齐乔·马萨亲自到菲拉的房间里，给她送鸡汤，整栋房子都弥漫着鸡汤的香味。自从她们在他这里住下，他就整日对菲拉关照有加，但菲拉不喜欢他。这个男人很结实，腿很短，小眼睛，嘴巴很好看，他的笑声爽朗，很有感染力。但他经常打骂下人，可过一会儿，他又会后悔，在那些被他打骂的下人面前重新变得很和善。在客人面前，他表现得既亲切又紧张，因为他要留下一个好印象，也想尽量在他们身上赚钱。

只有在菲拉面前，他会整个人都手足无措，就像现在，他一碰见她，就被她的美貌所吸引，呆在那儿，一动不动地看着她。可当他和玛丽安娜在一起时，总是流露出一股自负的神情，一有机会就要让她掏钱。

菲拉才刚满三十五岁，但她重拾了十八岁时的美丽，并且还增添了一点儿以前没有的性感与丰满。尽管她的头秃了，身上有伤疤，牙齿也碎了，但她的皮肤光洁白皙，走在街上人们都会回头看她。她灵动的灰色眼睛，看每样东西、每个人都很温柔，就像用目光去爱抚他们一样。

要是菲拉想结婚呢？那就送给她一笔很丰厚的嫁妆，玛丽安娜心想。但是每每想到要和她分开，玛丽安娜的热情就冷却了一分。而且她爱的人是那个阉伶，那个男人哭着离开了，去了佛罗伦萨，却没让菲拉跟着一起去。正是这一点让菲拉伤透了心，她开始接受那个身材粗短的旅店老板的追求，没人知道她是因为赌气，还是只想得到慰藉。

四十三

亲爱的玛丽安娜：

就像我们的朋友乔瓦尼·巴蒂斯塔·维科说的那样，每个人、每个时代，都会受到那些占主体的、隐形的野蛮行径的威胁。您离开之后，我的大脑就空了一块，杂草丛生。我受到了威胁，严格来说，胁迫我的是慵懒、厌烦和自我放逐。

现在，岛上也没少遭受新野蛮行径的冲击，萨伏依的维托里奥·阿梅迪奥之前在岛上厉行管理，带来了严肃的风气，后来的统治者哈布斯堡家族也艰难地沿袭了这种风格，如今的查理三世是个骄奢淫逸、挥霍无度的君主，深受岛上那些热衷于胡吃海喝的居民的欢迎。

这里盛行着最理直气壮的不正之风，这种风气如此根深蒂固，大家都觉得自然而然。人们没有办法改变自己的本性，您也知道，谁会想去改变头发和皮肤的颜色呢？人能去改变天命吗，把它变成一种邪恶的意志？孟德斯鸠说过，君主有权让他的臣民相信，一斯库多等于两斯库多，"贪小利者为小吏，贪大利者为执政官"。

或许，我们处在时代轮回的终点，因为人类的本性在一开始很残酷，然后变得严肃，也就是说仁慈，后面就变得娇弱，最后恶化成骄奢淫逸。到了最后，如果生活没有规范，人就会沉迷于恶习，"新的野蛮行径会让人们毁掉一切"。

从您的祖先建造了斯卡纳图拉塔楼和巴盖里亚"老宅"开始，事情已经发生了翻天覆地的变化。您祖父那一代人，都是亲自管理他们的葡萄园和橄榄园；到了您父亲这一辈，就已经通过中间人去进行管理；再到您丈夫这一代人，就只是偶尔伸伸鼻子，到他的酿酒桶里闻两下罢了；而到了您儿子这一代人，已经认为亲自照料土地是粗俗的、不合身份的做法。因此，他把所有注意力集中在自己身上。您应该看看他是如何经营和包装自己的！就我目前看到的状况，您在斯卡纳图拉的领地正在走向荒芜，土地租赁人欺上瞒下，从中获利，越来越多村民离开村庄，移居到别处。我们正踏着舞步进入一个颓废时代的狂欢，这是我们这个时代，准确来说是我们下一代巴勒莫人所推崇的。这种颓废的状态，表面上看来欣欣向荣，我甚至敢说，它的动力是无穷的。这些年轻人从早到晚都很忙碌，他们出门做客，参加舞会、晚宴，沉迷于风花雪月和市井八卦之中，他们连一分钟无聊的时间都没有了。

您儿子马里亚诺继承了您的长相，他有着漂亮的高额头，一双楚楚动人的眼睛。他的挥霍已经出了名，简直堪比我们的国王查理三世，他举办晚宴，会把所有亲戚朋友都请过来。

您说他喜欢做梦，那是肯定的，他要做梦也是做大梦。他做梦时会准备盛宴，因为他的亲戚朋友面对美酒美食，喝得醉生梦死时，是不会唤醒他的。

他似乎还让人制作了一辆与佩莱格里诺伯爵——福利亚尼总督一样的马车，上面装有镀金的木车轮，车顶上有三十个镀银的木雕塑，每个角上都挂上了金色的徽章和布幔。福利亚尼·阿拉戈内总督知道了以后，还派人告诉他不要再过分自我膨胀了，但您的长子丝毫不予理会。

我想，您可能也知道您其他几个孩子的消息。您女儿费丽斯在巴勒莫变得越来越有名，她现在治疗丹毒流火、疥疮和所有湿疹都很有疗效。她给富人看病收高价，对穷人分文不取。因此她很受大家的喜爱，但有很多人在背后议论她，说她作为一个修女，整天驾着一匹阿拉伯马到处跑。她自己扯着缰绳，驾着双轮马车独来独往，风尘仆仆。她还有一个计划，就是"帮助乐普洛斯疯人院里被遗弃的人"，这个计划耗费了她很大一笔钱，因此她不得不去新巴迪亚那儿借高利贷。为了还债，她开始帮人家秘密流产，但这些消息都是"坊间传闻"，都是出于嫉妒才造出来的，我不应该告诉您的。可是您知道，我对您的爱让我把所有顾虑、谨慎都抛到脑后了。

您的另一个女儿朱塞帕，她和奥利弗在一起，被丈夫捉奸在床。两个男人打了起来，互相决斗，但没有人伤亡。两个懦夫见到第一滴血时，就把武器给丢了。现在美丽的朱塞帕怀孕了，她也不知道孩子是丈夫的，还是表哥的，但她丈夫决定承认这个孩子。因为不这样的话，他就应该杀了她，他当然下不了这个决心。奥利弗的父亲西诺雷托把他送到法国去了，尽管他是长子，但他父亲似乎威胁说要剥夺他的继承权。

至于玛妮娜，她前不久又生了个儿子，她给孩子取名马里亚诺，和她外曾祖父的名字一样。孩子办洗礼时，整个家族的人都来了，包括卡尔洛院长，他现在看起来像个了不起的科学家，满脸严肃。事实上，全欧洲的大学都请他去破译古代手稿。他在巴勒莫是名人，参议院提议为他颁发一个勋章，并且将由我来把放在天鹅绒盒子里的勋章颁给他。

受您保护的男仆萨罗，他对您的离开感到特别难过，几个礼拜都没有吃东西。但过了那阵儿，他好了。现在看来，他和他妻子一起，在您的巴盖里亚别墅里过得十分舒适，就像主人一样在家里发号施令，背着您挥霍您的钱财。

事情还能怎么样呢，上行下效，那些该做出表率的人也是放任自流。我们的国王查理和他美丽的妻子阿玛莉亚，要求侍臣在他们用膳时跪着，连跪好几个小时。还有传言说，王后喜欢用饼干蘸着卡纳利亚红酒吃，红酒盛在高脚杯里，专门有侍女举着，而且侍女是跪着的。简直是一出好戏，您认为呢？但或许这些都只是传言，我从来都没有亲眼见过。

另一方面，萨伏依的伟大公主生下一个女孩后，就变得没有地位了，孩子是在一位外科医生的帮助下出生的。

我承认，我正在变成一个拙劣的道德主义者。我已经看到您的脸色沉下来了，噘起了嘴巴，那是您特有的一个神情，您的失语让您具有那种温柔的残暴。

但您知道吗？偏偏是您，偏偏是您不完整的感官，把我吸引到您的思想轨道上来。正是因为您和世界的联系中断，使您被迫埋头于书本、笔记本和图书室中，您才能具有如此深厚的思想。您的智慧开辟了一条不同寻常的道路，这让我好奇，激起了我对您无法抑制的爱意。这本是一件我认为在我这个年纪不可能会发生的事情，但我欣赏着这一切，就像那是一个想象的奇迹。

　　在这封信里，通过这些庄严的白纸黑字，我还是想再问您一遍：您愿意嫁给我吗？我不会对您有任何要求，我们甚至可以不睡在同一张床上，我完全尊重您的意愿。我希望您保持现在的样子，您嫁给我，不带别墅和土地，不要财产、孩子、房子、马车和用人。我渴望您的陪伴，这个愿望让我失魂落魄，像在太阳底下暴晒的黄油一样。您是一位拥有丰富思想的女性，这在我们这个时代的女人中是多么珍稀，她们中的大多数都不读书，浅薄无知。

　　我越沉迷于工作，我见到越多的人，就越来越陷入一种孤寂的状态里。是您那种像帕斯卡尔一样的高雅的灵魂之光，在吸引我靠近您，还有别的吗？那就像可以使海洋变热的激流一样。

　　您的聋哑使您变得独一无二。虽然您生来就是个贵族，但您在特权之外；尽管您受到了您所属阶层的条条框框的束缚，但您还是做到了脱离它而存在。

　　我来自一个诚实正直的公证员和律师家庭——或许我的家族并不诚实正直，谁知道呢？因为要迅速获得优越的社会地位和经济利益，并不是因为诚实正直。我只对您坦白，是我爷爷为了我们这个朴素但虚荣的平民家庭，买下了男爵的头衔，因为他执意要使整个家族壮大起来。我知道，这样做其实不值得，我的眼睛已经学会看到那些官袍和顶冠之外的东西。

您也懂得看到锦缎和珍珠之外的东西，您的失语把您引向书写，而书写把您引向我。我们俩都依赖这双眼睛而活下来，就像两个书虫一样，靠书本滋养，我们贪婪地啃食着米纸、椴木纸、枫木纸，只要上面有字。

"心灵自有其道理，而理性并不知晓。"这是我的朋友帕斯卡尔爱说的一句话，那些晦涩的理由根植于我们的思维深处。在那里，衰老并不意味着失去，而是对人世有充分的理解。

我知道，我的缺点数不胜数，首先就是多年以来，我一直在审判我喜欢的那些思想，这是一件愚蠢而且偏执的事，更别谈快要将我吞没的虚伪。其实我欠您很多。有时候，我觉得虚伪是我最大的美德了，因为它也让我具有隐居者般的耐心。还要加上一个世俗的能力——懂得其他人。虚伪是宽容之母……又或者，宽容是虚伪之母？我不知道。总之，它们是亲戚。

我也常常让流言蜚语牵着鼻子走，尽管我很讨厌这些。但如果仔细想想的话，就会发现文学是基于街谈巷议。孟德斯鸠先生的《波斯人信札》，不也是闲话吗？那些收集起来的信件，不是写满了幽默和恶毒的话吗？但丁不八卦吗？谁还能比他更乐于提到所有朋友和认识的人的秘密和弱点呢？

作家们如此热衷于幽默的笔法，如果不是源自把别人的缺点揭露出来的乐趣，那是来自什么呢？他们会夸大这些缺点，让它们变得不可救药，然而他们轻易忽视了自己的缺点，"看不见自己眼中有梁木"。您不这么认为吗？

那现在，我将像往常一样为自己辩白：我是不是能通过这些自我谴责，把您从死水一般的沉寂中拉出来，我想用这些自我谴责当饵吗？

我比您想的要更邪恶，我的自私自利有时令人发指。我能向您明说，这说明事情并不是那么严重。我是个骗子，这点我是有意识的。但就像您知道的那样，索伦说阿吉拉的人都是骗子，但他自己也是阿吉拉人。那么，他说的是真话还是假话？除非这只是个吸引人眼球的伎俩。您看看后面写的吧，我亲爱的夫人，您会看到您想看的东西。或许是另一次求爱，或许是一个珍贵的信息，或许只是自负的夸耀。在经历了各种世事之后，我的感官也缺失了，变得粗俗不堪。但这个世界仍然是我唯一能够居住的地方。我不认为我会愿意去天堂，尽管那里的道路很干净，没有难闻的气味，没有伤害、绞杀、征税、抢劫、偷盗、通奸和卖淫。可这样的话，人们每天做什么呢？只是散散步，玩玩纸牌游戏？

您知道，我在这儿安静地等您，我会向您倾诉我的所思所想。我不能说想念您的身体，因为它倔得像头驴。所以我是对着您辽阔的思想说的这些话，那里有海风，在那里，您很健谈，您有好奇心，更是有爱的，这样我至少还可以抱一丝希望……您知道，有时候，我们会爱上恋爱的感觉，我们看到一个人，也是因为他希望我们看到。

　　向您致以最美好的祝愿，衷心希望您早日回来。没有您的日子，我很痛苦。

贾科莫·卡玛雷奥

　　玛丽安娜看着散落在条纹裙上的几页信纸，尽管对巴勒莫的思念让她的目光变得模糊，但这封信让她心满意足，让她的脸上浮现出一抹微笑。那些在太阳底下晒过的海藻、刺山柑和成熟无花果的味道，在其他地方都不会遇到。那些被海浪腐蚀、散发着海水气息的海岸，那些翻滚的巨浪，那些在太阳下不断盛开的茉莉花。多少次，她和萨罗一起骑在马上，向着阿斯普拉海角疾驰而去，一路上，醉人的香气伴随着他们。他们一起下马，一起玩耍，一起坐在长着水藻的礁石上，从那下面会涌出许多海蚤，来自非洲的海风会吹到他们脸上。

　　她和萨罗的手像螃蟹一样向后摸索，慢慢地握在一起，直到手腕感到疼痛。他们慢慢地把手臂、手指都缠在一起，然后是一个突如其来、让人欣喜的热吻，这时舌头会怎么做呢？那些喜欢撕咬的牙齿会做什么呢？他们的眼神在交融，心在翻滚，时间和那些咸咸的水藻味一起，停在了空中。他们背后那些圆圆的、坚硬的鹅卵石在那一刻就成了羽毛枕头，他们在海边一棵洋槐树的树荫下，紧紧地拥抱在一起。

　　那个瞬间的拥抱与她残忍的意志相违背，怎么能在记忆中幸存下来呢？她无法自拔地想起了那些拥抱，它们像不安的死尸一样浮在水面上，无法沉于水底。

自从菲拉嫁给了齐乔·马萨，玛丽安娜就很难再留在小旅店里了。尽管菲拉说，要继续服侍女主人，尽管他们夫妻俩都好吃好喝地招待她，像照顾小孩一样，无微不至地照顾她，可每天早晨，她一醒来就想离开。

回到孩子们身边，回到别墅，回到萨罗身边，回到怪兽奇美拉的目光中去，还是留在这里？逃离她非常熟悉的刻板生活，还是听从自己脚步的意愿，继续旅行？

玛丽安娜把那十页信纸塞到裙子口袋里，一边看着四周，一边寻找她的无声问题的答案。今天出太阳了，脚下的台伯河水流湍急，颜色有些泛黄，河边长着一簇簇浅绿色的芦苇，被河水冲得弯下了腰，芦苇快要贴着河面了，但会忽然生机勃勃地从水里浮出来。无数条银白色的小鱼在水里逆流而上，河水在那里形成了一个小湖，周围长着一簇簇荨麻和尖尖的刺菜蓟。河水的味道很好闻，有泥土、薄荷和接骨木的味道。

往前一点儿，一艘平底船的船头在水里起伏，由河岸伸出来的一条绳子绑着。再往前一点儿，有一群洗衣服的女人跪在石头上，在水里淘洗着手上的衣服。还有另一艘船，其实那是一条木筏，上面站着两个划桨的人，从一边河岸缓缓地把木筏划到对岸，他们要把一些棕黄色的袋子和马车轮给运过去。

再往远处看，利佩塔港口看起来就像一把打开的扇子，可以望见那些大理石台阶、为了停船用的铁环、用生砖筑起的小墙，以及白色大理石座椅和来来往往的搬运工。

在这个寂静的中午，玛丽安娜心想，她是否能够融入这里的风景，在这里给自己建一座房子、一个庇护所。一切都是那么陌生，所以都那么可爱。可是周围这些东西难道不会很快变得熟悉吗，那种完全理解但又遥远，而且难以名状的状态能保留多久？

以她的力量，要摆脱命运为自己安排好的未来，这难道不是一个巨大的挑战吗？她心里想要认识不同的人，想要漂泊，这难道不是一种徒劳，难道不是一种轻浮和病态的渴望？

在她看来，每一所房子都根深蒂固、没有新意，她要去哪里安定下来呢？她还是更喜欢像蜗牛一样，背着自己的房子漫无目的地游走。但忘记她渴望的怀抱，忘记那种拥抱带来的充实感，这不是一件简单的事。在她的脑中有一个闸门，会把她回忆里的一点一滴，把快乐的星星点点都牢牢拦住。但她脑中也应该有另一片天地，会思考，充满了智慧，可以让她的脑子摆脱那些感官的期望。"一位太太，从一家旅店到另一家旅店，从一座城市去到另一座城市，这真是不成体统，简直无药可救。"她儿子马里亚诺或许会这么说，或许他说得有道理。

那样的奔波游荡，每一次停留之后的痛苦，每一种期待，不就是一种结束的提醒吗？走进河里，让河水沾到鞋尖，然后漫至脚踝、膝盖，再淹没胸膛和喉咙，水不冷，河水散发着腐叶的味道，让自己被漩涡吞没，这不会是一件很艰难的事。

但是，继续走下去的欲望更加强烈，玛丽安娜的目光停在泛着泡沫的淡黄色河水上，对自己无声地发问。可她收到的答复，依然是一个问题——一个无声的问题。

图书在版编目（CIP）数据

玛丽安娜的漫长人生 /（意）达契亚·玛拉依尼著；
陈英，王子俊译 . -- 北京：北京联合出版公司，2024.7
ISBN 978−7−5596−2959−3

Ⅰ.①玛… Ⅱ.①达… ②陈… ③王… Ⅲ.①长篇小
说－意大利－现代 Ⅳ.① I546.45

中国版本图书馆 CIP 数据核字 (2019) 第 038237 号

北京市版权局著作权合同登记 图字：01-2024-2187 号

©1990--2017 Rizzoli Libri S.p.A./ Rizzoli, Milano
©2018 Mondadori Libri S.p.A., originally published by Rizzoli, Milano, ltaly
The Simplified Chinese edition is published in arrangement through Niu Niu Culture Limited.

玛丽安娜的漫长人生

作　　者：[意] 达契亚·玛拉依尼
译　　者：陈　英　王子俊
出 品 人：赵红仕
策划编辑：王　鑫
责任编辑：龚　将
出版统筹：慕云五　马海宽
封面设计：几　迟　汐　和 at compus studio

北京联合出版公司出版
（北京市西城区德外大街 83 号楼 9 层　100088）
北京联合天畅文化传播公司发行
北京中科印刷有限公司印刷　新华书店经销
字数 210 千字　880 毫米 ×1230 毫米　1/32　10 印张
2024 年 7 月第 1 版　2024 年 7 月第 1 次印刷
ISBN 978−7−5596−2959−3
定价：59.00 元